無職轉生 ⑨

到了異世界就拿出真本事

理不尽な孫の手
Rifujin na Magonote
插畫：シロタカ

Kadokawa Fantastic Novels

無職轉生～到了異世界就拿出真本事～⑨

CONTENTS

「即使被人擺布、嘲笑，仍舊會有所收穫。」

——When having to exert oneself, I have that.

著：魯迪烏斯・格雷拉特

譯：金恩・ＲＦ・馬格特

第九章

青少年期學園篇（後）

第一話「天才少年的祕密 前篇」

克里夫．格利莫爾。

他是米里斯教團教皇的孫子，年紀輕輕便擅使魔術的天才少年。

個性有點衝動易怒、自尊心甚強，有著比較自大的傾向。

因此他沒有朋友。克里夫現年十六歲，雖於一年前成年，卻沒受到任何人的祝賀。

然而，儘管他談吐令人生厭，卻不倚仗自己的才能為此自滿，反而十分勤奮好學，因此有少數人對他這部分頗具好感。

他會來到魔法大學的理由很簡單，就是被捲入了權力鬥爭之中。

由於幾年前米里希昂發生了神子暗殺未遂事件，使得米里斯教團內部的權力鬥爭與日俱增。

教皇在這場混亂之中，將自己的孫子克里夫送到拉諾亞王國避難。

「克里夫，你具有大將之才。但別因此自滿，得時常審視自己。」

教皇這樣說之後，便把克里夫送走了。

克里夫知道自己備受期待。

這是當然的。儘管不及當初在米里希昂偶然相遇、一同冒險，並瞬間就把老練的殺手給收拾掉的艾莉絲那般高強，但他認為自己也是個天才。

他在經過漫長的旅途後抵達了拉諾亞王國，然而那裡卻是難以生存的土地。

不僅食物不合胃口，而且氣候嚴苛，群聚在此的還都是與自己想法大相逕庭的人。

即使如此，克里夫仍然只相信著自己的才能。他認為身為特別生又是教皇的孫子，將來必須一肩扛起米里斯教團未來的自己，與其他人是不同的。

然而他卻在一年內受到兩次嚴重打擊。

第一次是因為札諾巴·西隆這號人物。

他是神子，與生俱來就受到神明寵愛的人類。

儘管腦袋有些古怪，能力卻是貨真價實。克里夫曾看過他抓住對方的臉高高舉起並直接扔了出去，而那人的體重約有他三倍之多。

明明有如此實力，但他卻在這間魔法大學學習魔術。

就克里夫的觀察，他的成長速度相當緩慢，但歸根究柢，神子根本就沒有必要學習魔術。

所謂魔術，有一說是太古時期無力的人們為了模仿神明的行徑而創造出來的。

而神子正是具有神明之力的人類，因此並不需要學習魔術。

克里夫對此抱持疑問，便詢問他：

「你為什麼想學魔術？」

「嗯，因為我有想做的事。」

札諾巴這樣說著，從平時隨身攜帶的箱子拿出了一隻人偶。

接著就開始長篇大論敘述有關那個人偶的故事。

他話中的含意，克里夫有一半以上都聽不懂，唯有確實地傳達出那個人偶是有多麼精緻。

「本王子已認製作這人偶的人為師傅，為了與他一同將人偶推廣到全世界，本王子也得了解怎麼製作人偶才行！倘若重逢時連基本功夫都辦不到，怎麼有臉面對師傅呢！當然了，本王子也打算要自己親手製作人偶！」

那是一種「夢想」。

是克里夫身上所沒有的東西。

不，應該說是克里夫已捨棄的東西。只要考量到自己的立場，那他就非得放棄不可。

札諾巴畢竟也是位神子，身上應該也肩負著國家的期待才對。一旦他回到故鄉，肯定無法過著自由的生活。但他卻沒有捨棄那一絲希望，期盼著自己總有一天會突然獲得自由之身。

而且還打算在獲得自由時，去做自己想做的事。

順帶一提，克里夫並不曉得在西隆王國發生的事件以及札諾巴本身的狀況，他只是基於自己的常識做出判斷，得到了這樣的結論。

儘管是個誤會，但克里夫敬佩著札諾巴，認為他是個了不起的人。

「你說的師傅是什麼樣的人？」

「吾師名為魯迪烏斯・格雷拉特。」

聽到名字後，克里夫再次受到打擊。

魯迪烏斯・格雷拉特。

自從被艾莉絲甩了的那天開始，這名字就殘留在他心中，沒想到會在此再次聽到這個名字。而且還是從自己敬佩的人口中說出。

這打擊實在太大了。

第二次是因為學姊。

克里夫理所當然地自認是這所學校中最強的人。

儘管在近距離戰鬥上能贏過他的人大有人在，但若將範圍限定在魔術師之中，則無人能勝過自己。畢竟他認為自己是天才，在這所學校的人終究只是學生水準。即使在師長之中，仍然有許多人的魔術水準無法與他相提並論。

因此，他認為自己是這所學校最強的人。

然而當他入學約兩個月後，才明白自己根本就是不知天高地厚。

就是在他輸給據說在學生之中，也是頂尖高手的兩名獸族少女時。

莉妮亞以及普露塞娜。

契機是哪一方先發起的呢？

克里夫講話尖酸刻薄，動不動就說些惹人厭的話。

儘管當時的莉妮亞與普露塞娜已經收斂很多了，但聽到自大的晚輩對自己出言不遜，還是會感到氣憤。克里夫本人也不記得當初是說了什麼才會惹她們倆生氣。

但是他還記得交手的內容。克里夫當時打算詠唱上級魔術，在詠唱過程中卻遭到普露塞娜用初級魔術牽制。接著莉妮亞再拉近距離，把克里夫狠狠修理了一番。

在大庭廣眾之下被打得體無完膚，克里夫事後一人獨處時忍不住流下眼淚。

他安慰自己說「畢竟是二打一，這也沒辦法，我並沒有輸」，但是在後來聽說一位名叫菲茲的學弟單憑一己之力就打倒了那兩人，讓他受到第二次的打擊。

人外有人天外有天。自從來到這學校後，克里夫總算明白了如此基本的道理。

他這時也總算理解到，只是會使用上級魔術絕對不代表自己變強。

儘管受到打擊，但自從那天開始，克里夫便奮發向上。

他開始去思考自己該怎麼做才能變強。但由於他自尊心強，一直以來都沒受過任何人的教導，不知該從何下手，只能一味地去補足自己不足的部分。

於是時間來到入學之後第二年。

他再度受到兩次的打擊。

第一次的打擊。

是魯迪烏斯・格雷拉特入學。

沒有自信的臉龐、寒酸的深灰色長袍、對初次見面的對象畢恭畢敬的言行舉止，謙恭到卑微的態度，加上死盯著女性的色咪咪眼神，以及完全感受不到男性魅力的站姿。

這人實在與自己當初從艾莉絲和札諾巴的話中所想像的形象相去甚遠。

克里夫甚至還覺得真的是這傢伙嗎？應該只是同名同姓的人吧？

但札諾巴卻稱呼他為師傅，而且他也的確認識艾莉絲。

那麼就是這傢伙在撒謊，他撒謊把他們倆蒙在鼓裡，克里夫做出了這個結論。

證據就是，即使受莉妮亞與普露塞娜挑撥，他也只是低著頭道歉。要是他真有那麼強，應該已經打倒那兩個人了才對。

克里夫這樣判斷，並思考著要馬上讓他現出原形。

札諾巴不僅是真正的神子，還相當努力好學，莉妮亞與普露塞娜的實力也是貨真價實。

這裡並非是用謊言或虛張聲勢就能混下去的地方。

雖然克里夫也有耳聞菲茲敗給魯迪烏斯的傳言，但想必是哪裡搞錯了，應該是他散播的謠言，或是使用了卑鄙的手段吧。

但是，魯迪烏斯展現了他的實力。

他可以不經詠唱就使出魔術。

而且還沒過多久就收服了莉妮亞與普露塞娜，讓札諾巴對他更是由衷欽佩，甚至連菲茲也認同他的實力，現在他們關係好到每隔幾天就會一起去圖書館念書。

儘管他具有如此實力，還是會看到他出席神擊以及結界魔術的「初級」課程。明明事到如今已經沒有必要學習這些知識，但他仍然積極地學習自己所不足之處。

魯迪烏斯和自己同樣好學，比自己更有才華。而且和自己不同，他有向眾人展現出成果。

那對克里夫來說，明明應該是不想承認的事實。

不過意外的是，他很乾脆地接受了這一切。

或許是因為他認識了札諾巴，再加上輸給了莉妮亞與普露塞娜的經驗才讓他有這種想法。

他很乾脆地承認魯迪烏斯這名少年是比自己還要出色許多的人才。

但儘管如此，也不代表他會喜歡這個人。

接受事實與喜歡上魯迪烏斯，這完全是兩回事。

再來就是最後的打擊。

那是當他在某天夕陽西下，正準備返回宿舍，不經意地抬頭仰望時發生的。

——他看見了女神。

那位女性的金色燦爛秀髮隨風飄逸，躺臥在窗邊露出慵懶的表情注視著窗外。

被夕陽染紅的那豔麗臉龐，打動了克里夫的心。

克里夫對她一見鍾情。

說起來，克里夫原本就是個外貌協會。在他憧憬著冒險者的年幼時期，也曾說希望將來的能娶個漂亮的老婆。順帶一提，他之所以會憧憬當個冒險者，是因為過去在孤兒院長大的治癒術師是個美人。

「……唔！」

這時窗邊的女性注意到了克里夫。

不論是輕柔的笑容、揮手的動作以及這個狀況，全都打動了克里夫的心弦。

克里夫這樣想著。

我一定是為了與這位女性相遇而生，而她也是為了與我相遇而生。

他初戀的對象艾莉絲，在這瞬間變成了一名單純的認識的人。

★魯迪烏斯觀點★

每個月召開一次的班會。

我的身旁現在有札諾巴、茱麗、莉妮亞與普露塞娜。

和朋友像這樣一起鑽研學業，果然很不錯。

莉妮亞一如往常把腳蹺在桌上，毫不吝惜地將那健康的大腿呈現在我的眼前。能夠近距離

觀賞這雙美腿，這樣的生活也挺不壞。

「老大每次都緊盯著我的腿喵。呵呵，老大畢竟也是匹飢餓的野狼呢，還是說我的美貌實在太罪孽深重了喵……喵呵呵，老大你看，若隱若現的喔，呀！別把手伸進裙子裡面喵！」

莉妮亞偶爾會主動挑逗，我都會毫不客氣地摸下去。

可是縱使我再怎麼摸，內心也只是徒增空虛罷了，只會讓這股無處宣洩的性慾隨著哀傷一同增幅。

「喵！你那是什麼眼神喵？明明是你主動摸的，為什麼要露出那種表情喵！對我有哪裡不滿嗎喵？」

老實說，最近我甚至覺得摸耳朵或是尾巴還比較好。

畢竟貓耳和貓尾巴能治癒我的心靈。

「莉妮亞真笨的說。」

普露塞娜坐在我的手剛好無法觸及的位置啃著肉。

那有時會是肉乾、烤肉，或者是生肉。

儘管種類五花八門，但她基本上都會啃著肉。平時雖然愛裝酷，愚弄粗心大意的莉妮亞，但只要用肉當誘餌，就會把尾巴搖得像電風扇那樣自己靠過來。

她的毛質輕柔，摸起來相當舒服，只是她和莉妮亞不同，若是不給她肉就不會讓人摸。

反過來說只要給她肉，無論我要怎麼摸都行。

雖然算是有貞操觀念，但多少還是令人擔心。

「唔……師傅請看。腳踝的角度比之前更糟了。」

「我來修吧，主人。」

「茱麗，要稱呼本王子為 Master，稱呼師傅為 Grand Master。」

「是，Master。」

札諾巴還是老樣子。

不過，他在這團體內的地位處於金字塔的最底端。

前陣子那場決鬥主要都是靠我才能打贏莉妮亞與普露賽娜，札諾巴充其量只是黏在我身上的跟屁蟲罷了。莉妮亞則是對這點不滿，說他不過是狐假虎威。

札諾巴對此則是主張「本王子可是師傅的大弟子」。

然而，曾受過我教導的人有希露菲、艾莉絲和基列奴，他算是第四人。

我與基列奴之間算是一種互助合作的關係，即使扣除掉她也只能排第三。

當我這麼說之後，札諾巴就露出了可憐兮兮的表情，讓我感覺自己好像做了壞事。

於是我告訴他說在人偶方面他是大弟子，當作是幫腔。

製作人偶的第二號弟子茱麗則是認真地聽札諾巴傳授洛琪希人偶經。

可以看得出她已經被徹底洗腦，現在非常積極地投入在製作人偶上面。話雖如此，要達到像我或是札諾巴這種水準去暢談人偶經，似乎還得花上一段時間。

然而，儘管她還不算熟練，但現在也能夠使用無詠唱魔術了。

果然從小就使用魔術的話，魔力總量也會有爆發性的成長，甚至能使用無詠唱魔術的菲茲學長的假設似乎是正確的。

「…………Grand Master，我辦不到。」

「好。」

只是她畢竟還小，經常會搞砸。

現在也是把人偶的腳弄得像起水泡那樣腫成一團。

看來要她操控小尺寸的土魔術還是太勉強了。

不過我當然不會生氣，而是教導她凡事都要經過嘗試。不要畏懼失敗，要反覆進行挑戰。畢竟俗話說失敗為成功之母，要是因為一次失敗就放棄，將來很有可能會成為家裡蹲。

「看來要修理人偶對妳來說還太快了呢。」

「對不起。」

她注視我時偶爾會流露出畏懼的眼神。

看來她還是很怕我。

「呼啊～好想睡喵。」

「最近開始暖和起來了說。」

「老大，我下次告訴把我的午睡地點告訴你喵。」

「咦？我可以趁妳午睡時對妳惡作劇嗎？」

「……老大的腦袋裡都只會想那些色色的事嗎喵？」

「師傅總是以人偶為優先考量。」

「你一開口事情就會變麻煩，還是閉嘴的說。」

「可是……」

「好了，快去買肉來的說。」

「老師就要來了耶喵！」

「用衝的說。」

「Master，由我去…」

「怎麼可以讓年幼的孩子跑腿呢，還是我去吧。」

「喵？老大要去的話我也要去喵。」

「請便請便。」

「喵！」

直到老師來之前，我們就像這樣閒話家常。

我想應該很吵吧，肯定很吵才對。

好了，這房間裡其實還有另一人。

一個人孤零零地坐在教室前面認真用功的少年，名叫克里夫。

他似乎對我們在這閒聊感到不悅，盛氣凌人地站了起來。

「吵死了！這樣我沒辦法集中精神！如果你們是來玩的就快滾回故鄉！」

我沉默不語。而札諾巴也不再閒聊，繼續教導茱麗。

只是原本就是問題學生的兩人認為他是來找碴的。

「你以為你在對誰說話啊喵！」

「你的錢包裡放的從今天起就是我的買肉錢的說。」

一般來說，上次被打倒的傢伙應該會在下一回變成配角。只是她們倆似乎已經跟克里夫起過一次衝突。據說克里夫剛入學就被她們慘電，從那之後就一直專注在學業上。懂得把敗北化為成長的動力，真是個勤奮好學的少年，還是別打擾他吧。

「真不好意思。我們這樣會給認真學習的人添麻煩對吧，會安靜點的。好了，妳們兩個也坐下吧，坐下，我叫妳們坐下。」

「……既然老大都這麼說了那也沒辦法喵。」

「法克的說……」

莉妮亞和普露塞娜露出不滿的表情一屁股坐下。

「哼，明白就好。真是的，為何連札諾巴都跟你們勾搭在一起啊，實在是……！」

克里夫用鼻子哼了一聲。

莉妮亞與普露塞娜也咂嘴了一聲。

不要去打擾認真過活的人。

雖然我並不打算渾渾噩噩過下去，無論如何，我與他之間應該不會有什麼交集吧。

當時我是這麼想的。

從那之後過了一週。

我就像平常那樣，和菲茲學長在調查轉移事件。

最近我們開始明白，轉移和召喚之間似乎有一些雷同之處。尤其是魔法陣的形狀，還有從魔法陣散發出的魔力光的色澤等等都相當類似。

不過，還是有關鍵性的不同。

那就是「無法召喚人類」這一點。

無論是何種召喚魔術，都無法召喚人類。

即使能夠召喚魔獸、精靈還有植物……就唯獨人類無法召喚。

實際上，即使查閱過去的文獻、資料以及故事書，裡面也都沒提到召喚人類這件事。

儘管這世界上有形形色色的種族，但就是無法透過召喚呼叫出名為人類的物種。

但話說回來，畢竟這與我們想知道的事情無關，所以最後得到的結論是「那又怎樣」。

只是有一點很讓我在意。

即使無法召喚「活生生的人類」……那麼只召喚「魂魄」的話呢？

「……」

我沒把這個想法說出口。

不過我認為這種事還是得詢問一下專家的意見，究竟有沒有辦法召喚徘徊在異世界的人類魂魄。

「菲茲學長，能請你幫我介紹精通召喚魔術的老師嗎？」

「咦？嗯，好啊。不過在我們學校教的召喚魔術，頂多就只有附加系喔。會有老師能理解我們在做的調查嗎……？」

這麼說來，在看課表時好像也沒寫到召喚魔術的課。

雖然明擺在那的東西很顯眼，但沒有的東西卻很難察覺呢。

不過附加系的魔術原來被分類在召喚術裡啊，魔術教科書上有寫嗎？

「總之也只能去找找看了。」

這時我的內心湧現一股不安的情緒。

但我並沒把它表現出來。

應該是我杞人憂天了，不會有關聯的。那場災害是在我十歲時發生，是在我轉生的十年後才發生的。

肯定沒有關係的，畢竟那十年來什麼都沒發生過。

我邊抱著這樣的煩惱，邊踏上往宿舍的歸途。

周遭被夕陽染紅，雪已經幾乎融化，開始能瞧見北方大地特有的紅褐色土地。

就在我走在用石板鋪在紅土上的道路時，突然聽到了聲音。

「給我站住！」

「別以為你還有時間詠唱！」

有名少年突然從校舍後面衝了出來，另外有六名男子像是要追趕他似的跑了過去。

儘管少年打算拉開距離使用上級魔術迎敵，但卻遭到男子們的妨礙。他想說乾脆用初級魔術牽制，但以六人為敵的話毫無意義，最終他被逼到絕境，遭到痛打倒在地上。

那六人不斷地追打像烏龜一樣縮成一團忍耐的少年。

這根本就是霸凌的現場。

由於這景象看得實在令人心痛，我忍不住出聲制止：

「喂喂，你們怎麼可以欺負烏龜呢。」

我不假思索地上前這樣說著，六個人便一起朝我這邊瞪了過來。

其中還有人個頭比我稍微高了一點，帶來了壓迫感。

「你誰啊！」

不過其中一人注意到了。

「喂……喂，這傢伙是那個泥沼……」

「泥沼……？是……是魯迪烏斯！」

「聽說把莉妮亞她們監禁在房裡調教的……那個魯迪烏斯？」

我沒調教她們啦。

「不，那應該是謠言吧？」「普露塞娜可是搖著尾巴叫他老大耶……」「只要有肉吃，她幾乎對誰都會搖尾巴吧！」「可是那兩個人是真的聽命於他吧？」「是啊，我上課的時候還看到她們倆臉上被塗鴉耶。」「好像是……『我是魯迪烏斯大人的性奴隸』來著？」「這……寫了什麼我倒沒記得那麼清楚……」「打贏了決鬥之後，居然還綁走她們當奴隸……」「……而且對方還是德路迪亞族的公主耶。」「他完全都不考慮後果的嗎……」

這群男的開始在那竊竊私語講些有的沒的，講到最後吞了一口口水，對我露出了不寒而慄的視線。

接著對彼此點頭使了眼色，把目光放在倒在地上的少年身上。

「喂，今天就先放你一馬。」

我敏感地對「今天就先」這個詞起了反應。

「今天就先……意思是你們以後還打算再做同樣的事？還想六個人一起痛扁一個人嗎？」

我用嚴厲的語氣這麼說，六個人露出了明顯煩躁的表情。

「嘖……」

「是說魯迪烏斯……同學，這跟你沒關係吧……」

會做這種勾當的傢伙總是如此。

說什麼沒關係、沒關係的。我就是知道這件事跟我無關還淌這趟渾水啦。

「我是不知道發生了什麼事，但六對一還是太卑鄙了。」

「…………」

六個人面面相覷，然後搖了頭。居然能用眼神交流，看來他們還挺要好的。

「知道了，我們不會再做這種事。不過這不代表那傢伙完全沒錯。」

其中一名男子這樣說著，掉頭離去。

其他五人也跟上走回了校舍後面。難道說那邊有他們的基地嗎？

「呼。」

我沉沉吐了一口氣。

一次面對那麼多具有壓迫感的對象，果然還是會害怕呢。

儘管我也曾在心中模擬過以一敵多的戰法，但是內心的感受就另當別論了。如果是一對一的話倒是不會害怕啦……

「嗨，不要緊吧？」

我朝著緩緩站起來的少年走了過去。

他拍掉衣服上的灰塵，並小聲詠唱治療術。竟然連被霸凌的學生都會使用治癒術，真不愧是魔法大學啊……正當我這麼想著，少年就轉過身來。

是克里夫。

「…………」

老實說，我對克里夫沒什麼好印象。

畢竟每次見面他都會故意找我碴，這次大概也會說「我才不需要你來幫我！」之類的吧。

「我才不需要你來……」

話說到一半，克里夫突然噤口不語。

然後露出了若有所思的表情，嘆了一口氣。

「…………不，感謝你救了我。」

「不客氣。」

克里夫向我鞠躬之後，便匆匆離去。

我對剛才的狀況目瞪口呆。我的確是救了他，但這麼突然就改變態度，只會讓我認為他是不是有什麼企圖。

不，現在就坦率地接受他的道謝吧。

克里夫平常還挺常找我麻煩，但我卻從不反過來這麼做。或許是因為這樣，克里夫總算認為我並不是敵人了吧。真要說起來，我甚至不知道為何他會討厭我……

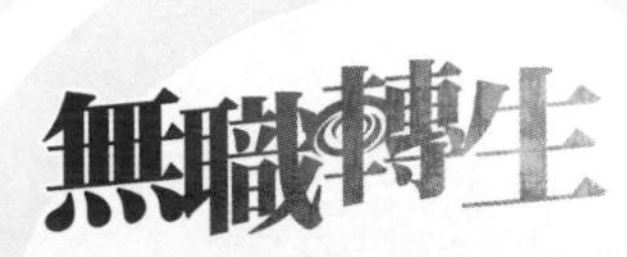

「算了。」

我朝向宿舍走去。

★　★　★

就在隔天。

我被克里夫叫到校舍後面。

「……」

克里夫正在生氣。雖然我不知道他在氣什麼，但表情確實很生氣。

是要找我吵架嗎？我茫然地這麼想。雖然我已經打開預知眼警戒四周，並把魔力集中在右手，不過竟然會恩將仇報，最近的烏龜還真是過分。

「好，這一帶應該可以了。」

克里夫確認四周沒有任何人後，便轉頭過來，滿臉通紅。

我一看就明白了，他並不是在生氣，也不是為了吵架這種目的才把我找出來。從現在的狀況來判斷，倒不如說，他是要跟我告白。

真傷腦筋。儘管我現在可能沒辦法滿足女性，但我可沒記得自己成了內褲摔角手啊。呵，受歡迎的男人真命苦。

「其……其實……」

「嗯。」

我已經決定好如何答覆了。

就讓我正面回應他吧。首先就從朋友開始做起，然後這關係也到此為止。

「我有喜歡的對象。」

「哦，這樣啊……」

克里夫羞澀地搔了搔臉頰，垂下紅通通的臉。

我得拒絕他嗎？胃好痛。甚至在想如果他是女孩子的話該有多好。不過我的劍並不是聖劍，也不是劍鞘啊。

然而克里夫卻抬起頭來指向某處。

「是那女孩。」

他指的地方是校舍。

我瞇起眼睛，看見從窗戶探出頭來的某人。

她金色的長髮隨風飄逸，露出慵懶的表情俯視著被夕陽染紅的校景。

「我白天看到你跟她在交談，你們認識吧？那個……你能幫我介紹嗎？」

「…………噢。」

從校舍探出頭來的那人，是我也很熟悉的對象。

她就是經常被人掛在嘴邊的問題人物，宛如女夢魔般享用同學的魔性之女——

艾莉娜麗潔·杜拉岡羅德。

第二話「天才少年的祕密 後篇」

各位好，我是魯迪烏斯。

呃，是的，總之呢，該怎麼說，前幾天啊，我收到克里夫同學捎來的訊息，那就是——

「我愛上了艾莉娜麗潔小姐，希望你幫我介紹。」

是的，我的確認識艾莉娜麗潔。因為她是我父母以前所屬的隊伍成員。

我並不是很清楚這世界該怎麼談戀愛，但既然克里夫同學迷上她，而且還對我坦承自己的心意，希望藉此獲得我的協助，那我當然也想為他加油。

——我是這樣想的啦，不過，現在請各位回想一下艾莉娜麗潔是什麼樣的人吧。

艾莉娜麗潔·杜拉岡羅德。

是S級冒險者，前衛，擔任戰士，目前是魔法大學的一年級學生。

年齡不詳。似乎意外地勤勉好學，成績優異。最近據說還打算把初級的水魔術套用在自己的戰術上。儘管與她有多年交情的冒險者都對此人敬而遠之，但她不僅有實力也很會照顧人，而且，床上功夫一流。

沒錯，床上功夫。

她的身體被某種詛咒侵蝕。

因此每晚都得吸取男人的精力不可。

所以，她不會與特定的男人交往，只會一而再再而三地重複僅僅一夜的關係。

據說她還生過小孩，但關於孩子的下落卻不願透露給我。

老實說，我曾懷疑她會不會是把小孩隨地棄養或是作為奴隸賣出去了。

然而實際上她鮮少懷孕，就算懷孕生產，也似乎會好好地撫養小孩長大使其能夠自立，但詳情如何我並不清楚。

要把這樣的人作為談戀愛的對象介紹給對方，這樣真的好嗎？

克里夫並不清楚艾莉娜麗潔是什麼樣的人。聽了他所描述的艾莉娜麗潔給人的印象，實在讓我相當苦惱。

「我稱呼她為窗邊的女孩，本名叫艾莉娜麗潔·杜拉岡羅德，非常適合她，是個既美麗又勇猛的名字。想當然的，她非常好學，成績似乎也很出眾。由於不久前還在擔任冒險者，因此具有適用於實戰的魔術知識。」

總而言之，在這個階段，該吐嘈的唯有窗邊的女孩這個字眼。

對她來說，所謂的窗邊八成是把手撐在窗緣上挺起屁股的地方吧。

不過呢，克里夫卻認為窗邊的女孩與性行為無緣。

「但是卻有不好的傳言指稱她會輕率地和其他男學生性交。我想大概是有人嫉妒她才會放出這樣的閒言閒語吧。」

像這樣，對於至關重要的部分，克里夫自己是這麼解釋的。

前幾天會吵架也是因為這樣。

那六個學生當時正在聊說艾莉娜麗潔是個無論對方是誰都會張開大腿的淫娃，我們也去拜託她看看如何，而克里夫聽到後就不高興了。

當時他警告對方不能因流言蜚語輕蔑他人。

當然，對方也不過是根據有力的情報才這麼說。

那六個人不僅是高年級，體格又好，原本還是問題學生。被自己的學弟克里夫用高高在上的口氣勸戒，就略感不滿地反駁了回去。

「我的學弟上次可是三個人一起受她款待耶。像你這種無法認清現實的傢伙乾脆也去找她幫忙擺脫處男如何？」

據說對方擺出下三濫的表情撂下這句話。

克里夫聽到當然就大為光火。不假思索地就朝那群體格魁梧的六個人揮拳揍了過去。不是用魔術，而是用拳頭。

其實克里夫認為自己還挺能打的。

然而在六對一的狀況下，再加上體格差距。如果是魔術戰還說得過去，但在對方觸手可及的位置挑起戰鬥，根本就毫無勝算。
然後我就在這時出現了。
這真是個美妙的故事，讓人重新體會到收集情報並加以分析的重要性。
不過，是說接下來該怎麼辦？
我也沒有任何義務去幫忙克里夫。
即使介紹艾莉娜麗潔給他，打碎他那可笑的幻想，其實也不關我的事。
只是話雖如此，這麼隨便就介紹他們認識真的好嗎？
艾莉娜麗潔或許會感謝我。
畢竟只要介紹男人給她基本上都會開心。
尤其她最近似乎對狩獵處男這件事樂此不疲。還說什麼那種一臉歉疚，技巧生疏的男生，或者是那種明明是第一次，卻又逞強的男生很合她胃口。
一開始是這種態度的男生會隨著次數累積而漸漸產生變化，她認為這點非常有吸引力。
畢竟我生前也玩過許多調教系的色情遊戲，也不是沒辦法理解。
何況克里夫看起來就是處男，艾莉娜麗潔應該會很開心地吃了他吧。
不過，克里夫會怎麼想呢？
他誤解了艾莉娜麗潔這個人。一旦實際碰面開始交往之後，肯定會發現她的真面目吧。只

是到時候會不會遷怒在我身上？推託都是因為我才害得他那麼慘……儘管就我的立場來說他算是自作自受，但明知內情還介紹兩人認識，我的確多少得負一些責任。

話雖如此，要是我不介紹給他會發生什麼後果？應該不會讓他產生奇怪的誤解吧？說不定他會誤以為我也看上了艾莉娜麗潔。

要是我的病治好，的確也會想和那樣的人共度春宵，來場夜晚的大冒險，但我可不想讓克里夫誤以為我也看上她。

該怎麼辦才好呢？

★　★　★

如此這般。

「菲茲學長，我有件事想跟你商量，現在方便嗎？」

下課後，我在圖書館對菲茲學長提出這樣的問題。

「怎麼了？」

「其實有關於戀愛方面的問題想找你商量……」

「戀愛方面的問題？」

菲茲學長整個人都轉向這邊。

感覺他充滿興趣，嘴角還不自然地歪向一邊。

「魯……魯迪烏斯同學，你有喜歡的人嗎！」

這話題能讓他如此有興致真讓我意外。

連眼睛感覺都為之一亮……不過實際上因為戴著太陽眼睛看不出來，是說這代表菲茲學長也到了想談戀愛的年紀吧。

「不，是我認識的人。」

「認識的人……？」

「對，認識的人。」

「吔……嗯，繼續說。」

「我認識的人對某人一見鍾情。」

「一見鍾情……而且還找我商量……難……難道是愛麗兒大人？如果是的話那可不行。雖然愛麗兒大人的確是很漂亮沒錯……」

菲茲學長的音量越來越小。

想必有很多人對那位公主殿下一見傾心吧。

以一名護衛的立場來說，他當然會想把那些壞蟲全都拒於門外。

「不，不是的。對方並不是愛麗兒公主。」

「這……這樣啊，太好了。」

「我認識的人一見鍾情的對象是我的朋友。只不過要把對方當作談戀愛的對象介紹出去會有一些問題。所以我正在煩惱到底該不該介紹給他。」

說到這我無意間發現，菲茲學長的表情很詭異。

他用手捂住嘴，從太陽眼鏡後面送出了一個強而有力的視線。

「你朋友知道那位女性的『問題』嗎？」

「不，我想他並不知情。」

……咦？我剛才有說對方是女性嗎？

不對，畢竟他原本以為是愛麗兒公主，所以才會認為對方是女的吧。也罷，實際上艾莉娜麗潔的確是女性，不構成衝突。還是說他誤以為那個人是我？

「容我再重申一次，那位朋友並不是指我喔。既然是菲茲學長我就明說吧，那個人其實是特別生克里夫學長。」

「噢，是這樣啊。對不起，是我誤會了。」

菲茲學長搔了搔耳朵後方。

果然是誤以為在說我吧。算了，嘴上說：「朋友他啊～」，結果卻是在講自己的這種招數也屢見不鮮嘛。

「請問像這種時候應該要怎麼做才好？」

「我想想，應該……是要把那個『問題』告訴對方吧？如果有不能說出口的理由那倒是另當別論……」

菲茲學長感覺不太有自信。

這麼說來，菲茲學長也是處男嘛。或許他也沒有什麼戀愛經驗吧。

「要告訴他是無妨，不過克里夫學長是個先入為主的觀念很強的人，就算告訴他真相，也很有可能不被採信。說不定他還會誤以為是我喜歡那名女性所以才這麼說。」

「噢，很有可能。」

「是的，所以我認為還是不要由我說出口比較好。」

嗯，自己說出口後也稍微釐清目前的狀況了。或許交給克里夫信任的其他女性不經意地透漏這個消息給他比較好。不，最好的方法是乾脆由艾莉娜麗潔本人親口告訴他。

「呃，魯迪烏斯同學不喜歡那名女性嗎？」

「我並不討厭她。只是無法當作談戀愛的對象看待。」

畢竟艾莉娜麗潔的床上功夫似乎相當了得，我也曾有過與她共度一夜春宵的念頭。

但要認真交往倒是免了，感覺她馬上就會去拈花惹草。

「這樣啊……不過，或許只是魯迪烏斯同學不用那種眼光看她，但克里夫同學並不是這麼想。」

這就難說了。我是不覺得會迷戀上純白無瑕天使的人會想把艾莉娜麗潔當成對象。

「唔～」

要介紹還是不要介紹呢？真讓人傷腦筋。

過了一會兒，菲茲學長喃喃發表意見。

「呃，因為我也有喜歡的人，所以可以了解那個人的心情。就一般狀況來說，似乎沒辦法把對方當成戀愛的對象，但即使如此，我還是喜歡那個人。」

菲茲學長有喜歡的對象？

會是誰啊……就常理推斷應該是愛麗兒公主吧，畢竟他剛才也起了不小的反應。

的確，要把愛麗兒公主作為談戀愛的對象看待或許是困難了點。畢竟她是阿斯拉王國的王族，過於高不可攀。不，現在先不說這些。

「只能看著對方卻無法表明自己的心意，我認為這樣很痛苦。」

菲茲學長滿臉通紅，甚至還紅到耳朵。

「所以，呃……我認為就好好幫他介紹，給他一個告白的機會應該比較好吧？」

「不過之後或許還會引起其他問題。」

「那也沒辦法嘛。畢竟你都幫忙介紹了，後面的問題就該交給當事人自己處理吧。」

哦哦，原來如此。

介紹之後就是當事人自己的問題，的確是這樣沒錯。只要先把這件事講清楚，應該會更安全吧。

「我明白了，那麼我就朝這個方向去著手。菲茲學長，感謝你的建議。」

「呃……嗯……有幫上你的忙就好……」

菲茲學長看起來沒什麼自信。

無論如何，方針就這麼決定了。

不過當我離開圖書館時，菲茲學長整個人趴在桌上這點讓我有點在意……

是因為他覺得以自己的年紀自以為是地提供意見，還是會感到有點難為情嗎？

不過既然講的話合情合理，那就算沒有經驗也不會有任何問題。

現在就好好感謝他吧。

隔天，我把克里夫找了出來。

「要介紹給你認識是無妨，但我醜話得說在前頭。」

我對露出些許期待眼神的克里夫這麼說道。

「怎麼了？」

「克里夫學長，我以前曾和艾莉娜麗潔小姐組隊過，因此我自認比其他人還要更了解她的狀況。」

當我說到組隊這部分時，克里夫的眉毛抬了一下。

「關於她的為人我就不多作著墨了。但這並不代表我打算對你有所欺瞞。我希望你能直接與她當面交談，然後再用你自己的雙眼去確認。」

「這是什麼意思？」

「簡而言之，就是我不希望你到時候才說什麼：『這跟原本講的不一樣』，『為什麼不告訴我』，或是『竟然敢騙我』之類的來找我麻煩。」

這樣姑且可以明哲保身，拉起預防線。也能先暗示他艾莉娜麗潔的為人有問題。

「這是當然。我是虔誠的米里斯教徒！自然會對媒人致上足夠的敬意。」

媒人？原來這對米里斯教徒來說算媒人。

我不是教徒所以不太懂就是了。噢，神啊，請祢引導我吧。

「畢竟我不是米里斯教徒，還請你不要到時候才說什麼：『媒人怎麼可以這麼做』之類的怪罪我喔。」

「我不會這麼做的。」

「無論結果如何都與我無關喔。」

克里夫點頭表示同意。

「我早就做好被甩的心理準備了！」

與其說被甩，我倒覺得會有某種更恐怖的體驗等著你。

艾莉娜麗潔待在空無一人的教室。

儘管今天也把手肘靠在窗邊，但至少沒變成有兩具上半身的四腳獸，她只是注視著窗外在發呆。

我了解她在想什麼。

怎麼還不快點到晚上呢？到了晚上鎮上的酒館就會開始營業，只要酒館營業那裡就會有累積了滿腔慾火的男人……她現在滿腦子大概都是那種粉紅色思想吧。

不過若是對她一無所知，說不定看起來確實會宛如天使一般。

「哎呀，魯迪烏斯……真是稀客啊，沒想到你竟然會主動來找我。」

艾莉娜麗潔注意到我，臉上並沒特別露出笑容，只是感覺意外地這麼說著。

這麼說來，我自從進入這間學校就讀後的確就沒什麼跟她交談。

頂多是艾莉娜麗潔偶爾會在午餐時間來看我而已。

「哎呀？那一位是？」

克里夫從我的身後迅速地站了出來，將拳頭頂在肚子前，雙腳併攏立定。

這應該是米里希昂流的禮儀規矩吧。

「艾莉娜麗潔小姐，這位是克里夫·格利摩爾。他是特別生，大我們一屆的學長。」

「承蒙魯迪烏斯介紹，我名叫克里夫。」

克里夫順勢低頭致意。

「哎呀哎呀，實在太客氣了。我叫艾莉娜麗潔・杜拉岡羅德。那克里夫先生，請問你找我有何貴幹呢？」

「他好像很希望我介紹艾莉娜麗潔小姐給他認識，所以我才帶他過來。」

「是！我總是瞻仰艾莉娜麗潔小姐的美貌！請妳務必與我個人有健全的交往！」

現場氣氛瞬間沉默，艾莉娜麗潔也愣住了。

過了一段時間後，她從容地從椅子上站起，並抓住我的手臂。

「過來一下。」

她這麼說著，把我帶到教室的角落對我咬耳朵。

「怎麼了嗎？」

「你要多少錢？」

我不懂她話中的含意，定格在原地幾秒。

莫非她的意思是要出多少才能把這個男的帶到自己床上嗎？真是個爛人。

「我不需要錢。」

「那為何這麼做？你有什麼目的？」

「不是啦，我只是聽他說喜歡艾莉娜麗潔小姐。」

「扯什麼謊……魯迪烏斯，你應該也清楚我的狀況吧？居然還把那麼容易拐騙的男孩帶過來給我……你應該要覺得可恥。」

感覺上好像被最不懂何謂禮義廉恥的人告誡自己要知恥一樣。

「我沒胡說，因為是他要我幫忙介紹的。」

「真的嗎？」

「沒有任何虛假。不然要我向洛琪希老師發誓也行喔。」

我說完這句話，艾莉娜麗潔考慮了數秒後，露出了代表困擾的八字眉。

「就算魯迪烏斯說的話是真的，動真情的男生也很讓我傷腦筋。」

會傷腦筋啊，真意外。我還以為艾莉娜麗潔會說「其實我早就料到會有這種事，已經先預約好旅社了」之類的。

「你很清楚我身上的詛咒吧？我沒有辦法跟單一特定對象交往。」

無法和單一對象交往。

因此她絕對不會動真情，而是持續與不特定多數的對象建立金錢或是玩玩的關係。

我記得之前好像曾在哪這麼聽說過。

所以她姑且也是有考量到這方面嗎……既然如此就沒辦法交往了呢。

「那也沒辦法，就請妳乾脆地拒絕他吧。」

「沒關係嗎？這樣不會讓魯迪烏斯顏面無光嗎？」

「沒關係。」

反正我是泥沼，更何況事到如今也沒必要再去宣揚自己的名聲。

「不過，還是請妳盡可能告訴他真相，別利用我當擋箭牌。」

「我知道。」

「那就好。」

我們結束對話，艾莉娜麗潔轉頭面向克里夫。

艾莉娜麗潔比克里夫還高，應該說男方太嬌小了。光是從旁看來就讓人覺得他們不太登對，不過就算有身高差距，應該也與戀情無關。

這樣一想就不禁讓人悲從中來。

「魯迪烏斯，偷窺別人的感情世界可是很失禮的喔。」

「啊，說得也對。那麼我就先失陪了。」

聽到艾莉娜麗潔這麼說，於是我決定先行離開。

儘管稍微有點同情克里夫，但這應該是最好的結果吧。

雖說也有詛咒的影響，但艾莉娜麗潔原本就是好色的女人，相對的克里夫是個虔誠的米里斯教徒。

根本就水火不容。

「魯迪烏斯……那個，謝謝你！」

克里夫最後留下了這句話。

我的心好痛。

之後又過了一週。

在每個月召開一次的班會，出現了一對公然調情的情侶。

身材高大的女方坐在男方的大腿上卿卿我我。

「只要把混合魔術會引發的各種狀況都背起來就很簡單。即使不使用兩種魔術，也可利用自然界內的現象順利重現。」

「不愧是克里夫，真是博學多聞！」

「這點程度沒什麼大不了的啦。」

雙方都是我認識的人。

那兩個人是克里夫和艾莉娜麗潔。

我緩緩地靠過去，並在他們面前歪著頭表示不解。

「嗯？魯迪烏斯！上次真是謝謝你了！」

克里夫試圖站起來跟我道謝，然而卻因為大腿上坐著一位女性，只能維持這個姿勢跟我低頭道謝。

「不客氣……艾莉娜麗潔小姐，這是怎麼回事？」

坐在克里夫膝蓋上的艾莉娜麗潔對我投以輕柔微笑。

「我們兩個開始交往了喔。」

哎呀————？為何？忍者為什麼？（註：出自《NINJA SLAYER 忍者殺手》，當路人遇到忍者時發出的悲鳴）

這跟說好的不同吧？

「呃，這跟說好的不同吧？」

「魯迪烏斯，被他用那麼有男子氣概的方式求婚，就算是我也會怦然心動的。」

求婚？再怎麼說也太快了吧？

「別說啦，我會害羞的。」

「『我一定會設法解開妳身上的詛咒！所以跟我結婚吧！』」

「喂……喂！」

「然後就到旅社品嚐了克里夫嬌嫩的……啊！光想起來彷彿又要高潮了。」

「不……不要這樣啦，有很多人在看。」

克里夫整張臉紅通通的。雖然嘴上說不，但好像也挺樂在其中。

總之，恭喜你擺脫處男。

我之所以沒有那麼不甘心，或許是因為我老早就擺脫處男了吧。

還是說是因為我清楚艾莉娜麗潔的本性呢？

不過呢，總之……

這表示艾莉娜麗潔有跟他提過詛咒的事了。這作為無法跟單一對象交往的理由來說也還不壞，何況這的確是真的……

但這是為什麼？克里夫聽了這件事後為何還對她求婚？

「我已經決定今後要為了克里夫盡可能忍耐了。」

「我……我不是說沒關係嗎？畢竟那是詛咒，這也無可奈何，只……只要妳的心能向著我，我就心滿意足了……」

「克里夫……那當然了。其他人只能擺佈我的身體，但我的身心都屬於你。」

克里夫輕撫一臉陶醉的艾莉娜麗潔的頭髮。

他們的視線很自然地對上，由於艾莉娜麗潔坐在他的大腿上，彼此的臉相當靠近。

「艾莉娜麗潔……」

「克里夫……」

然後順勢接吻。

接著就把我當作不存在一樣開始卿卿我我。

竟然在大庭廣眾之下公然調情、你儂我儂……這樣好嗎？克里夫，這樣真的好嗎？

儘管那女人說了些冠冕堂皇的話，但你這樣就像是個備胎耶。

你該不會是為愛沖昏頭了吧？

「……」

雖然我想這麼說，但還是努力忍住。

畢竟他都跟我約定無論有什麼樣的結果都不會抱怨。那我再去張口掉舌也很奇怪。

我看向教室後方。

有三個人表現出一副事不關己的態度。

普露塞娜在啃肉乾，札諾巴則是在對茱麗講解前幾天於市集發現的人偶。茱麗的眼神非常認真，完全無視身旁的笨蛋情侶。

唯獨莉妮亞在鬧彆扭，對他們的行為嗤之以鼻。

因此我走到莉妮亞身旁。

「老大，那女人是怎樣啊喵？我剛才只是去嘲諷個幾句，就被回了很過分的話喵。」

「我也不是很清楚。」

儘管我覺得匪夷所思，還是先來整理一下狀況。

前幾天道別時，我應該有要求她要乾脆地拒絕克里夫。

而且艾莉娜麗潔也打算按照這個方針去處理。

艾莉娜麗潔是老手了，想必她為了斬草除根，應該會把詛咒和其他雜七雜八的事情都一五一十交待清楚，並承認那些流言蜚語都是事實，好讓克里夫完全死心。

不過她卻被克里夫求婚了。

好像是克里夫說了類似「我一定會幫妳解開詛咒，所以跟我結婚吧」之類的話，因此被攻陷了。

只是我實在無法理解克里夫為何會做出這種結論。

不對，反過來站在艾莉娜麗潔的立場思考的話呢？

我一定會治好妳的病，所以請跟我結婚吧。

即使有人直截了當對自己說這種話……

難道光這樣就會墜入愛河嗎？

或許會心蕩神馳吧。畢竟自己一直在意著、煩惱著，就連是否有辦法治好都不清楚的症狀，如今竟然有人說願意為了自己而努力解決。

儘管艾莉娜麗潔再怎麼風流，也不可能完全不煩惱自己的詛咒。

所以才會墜入愛河啊……

不對，我也不能光講艾莉娜麗潔。

克里夫也很努力。他讓艾莉娜麗潔見識到自己具有男子氣概的一面，把她迷得神魂顛倒。

「老大，我想到好主意了喵。」

「怎麼了？」

「不如我們也交往，挫挫他們的銳氣喵。」

莉妮亞如此提案。反正那也只是她臨時想到的吧。

不過倒是讓我突然想實驗看看了。

「莉妮亞學姊，要交往是無妨，不過妳在交往後會願意協助我治好不舉的毛病嗎？」

「咦？」

除了艾莉娜麗潔以外的所有人都對我這句話「咦？」了一聲。

視線頓時集中到我身上，整個就是「這傢伙在講什麼」的氣氛。

怎麼？我要和莉妮亞交往有這麼奇怪嗎？

然後莉妮亞開始不知所措起來。

「老老……老大……難……難道說……你……你有聽到我們上次講的話嗎？」

「上次講的？」

「就是普露塞娜上次跟我吃午餐時，說我們這麼有魅力，但是老大監禁我們時雖然有摸胸部還有脫衣服什麼的，但就是不會想要交配，所以她說老大會不會是個不舉廢物喵。」

什麼東西？這我可是第一次聽說。

我看向普露塞娜後，她迅速地別開視線。

「不……不是的。這不是人身攻擊的說。因為老大之前碰我們時沒聞到什麼發情的氣味，所以我只是覺得會不會是這樣的說……」

普露塞娜說完這句話後，眾人注視著我的視線頓時轉變為憐憫的眼神。

這應該就是所謂體諒的眼神。不過，那並不是針對交往這件事，而是對我不舉的事實所做的回應。

我不舉這件事真的有這麼不可思議嗎？

「我沒打算大肆宣揚的說，而且說老大是不舉廢物的人只有莉妮亞，那傢伙有夠法克的說。」

「普露塞娜不是自己也說，老大雖然會動手動腳但卻不會襲擊我們，所以沒有威脅喵！」

「那是讚美的說。」

「喵！」

我懶得再理會演起相聲的這兩人，在位子上就坐。

「算了，也沒關係啦。反正被知道我也不會感到困擾。」

「就……就是說喵。就算老大不舉，我們也不會用有色眼光看你的喵。」

「沒錯的說。無論老大是性無能還是能幹，你還是我們老大的說。」

別在那一直說什麼不舉啦。

這其實還挺傷人的。果然還是隱瞞比較好嗎？

「師傅，請您不用在意，我們就貫徹人偶之道活下去吧。」

札諾巴這樣說著，輕輕地拍了我的肩膀。

只有茱麗歪著頭很是不解。

「Master，不舉是什麼意思？」

「嗯，應該說……無法完成男性的功能吧……無論如何，這與製作人偶沒有任何關聯。」

「哦～」

札諾巴應該是打算安慰我吧。

切實地感受到他有在挑選適當的詞彙。

「老大，我一直認為你很好色，結果原來是為了治好不舉才這麼拚命喵……真令人同情喵……」

「如果有幫得上忙的事我也會協助的說，如果給我肉的話……」

這兩隻貓狗假惺惺地表示同情。

就是那個吧……「感覺不太對」。聽到這種話我也絕對不會跟這兩個傢伙墜入愛河。

「魯迪烏斯，我姑且也以米里斯神父的身分受過聆聽信徒懺悔的訓練。儘管其他人說我在這方面並沒有什麼才能，但至少可以和你一起想辦法。要是有什麼事就找我商量吧。」

相較之下，克里夫先生的言語就非常真誠，讓人相當溫暖，感覺都要墜入愛河了。

不，我不是同性戀，是不至於這樣啦。

不過我稍微了解艾莉娜麗潔的心情了。

於是，克里夫與艾莉娜麗潔開始交往了。

老實說，我認為那個艾莉娜麗潔絕不可能一直忍受不跟其他男人上床，我也難以想像克里夫能一直忍受艾莉娜麗潔與其他男人同床共枕。不過現在這樣就好，反正我想他們總有一天會分手吧。

我就不多說什麼了……

總之呢，現在特別生都知道我的病況了。

雖然多少有受到些打擊，但大家姑且還是願意在我有事時協助我。

事到如今，我也總算是……首次踏出了一步吧？

我也想快點把病治好，跟某個女孩打情罵俏。

閒話「希露菲葉特3」

今天我跟在「公主大人」的後面在走廊上走著，無意間聽到了一陣對話。

「討厭啦～克里夫實在很正經耶。」

「我當然很清楚妳身上的詛咒，而且我……也很喜歡與妳享受肌膚之親。不過我們是為了增進知識才來到這裡的。如果一味做這種事的話，該怎麼說……會墮落的。」

「我知道啦。首先就好好念書吧，然後……」

眼前的人是克里夫與艾莉娜麗潔，他們非常親密地走在一起。

最近有風聲傳出，據說他們兩個人開始交往。

正經八百的克里夫，以及沒什麼好評價的艾莉娜麗潔。

儘管大家都說只有純情的克里夫是真心的，艾莉娜麗潔不過是跟他玩玩罷了，然而這樣看來，他們應該是兩情相悅。

「他們兩人會搭在一起倒是令人出乎意料呢。」

「公主大人」看到眼前的景象後喃喃說道。

「真是難以想像啊。那位固執己見，自尊心甚強的克里夫不答應我們的邀約，而是與流傳著不好謠言的長耳族交往。」

「……」

「他真是厲害呢。」

「公主大人」這樣說著，而魯迪就站在她視線前方。

魯迪正邊露出苦笑邊與剛才如膠似漆的那兩人交談。

相較之下，雖然艾莉娜麗潔臉上掛著笑容，克里夫卻露出了些微不悅的神情。

不過從克里夫的表情可以看出他對魯迪抱有敬意。

我記得克里夫以前應該很討厭魯迪才對，看來幫忙從中撮合自己與意中人這點果然起了很大的作用。

話說回來，魯迪又是怎麼想的呢？

魯迪的身邊聚集了許多出眾的美少女。

「公主大人的騎士」曾說，魯迪也繼承了諾托斯．格雷拉特的血緣，因此肯定喜好女色。

不過卻未曾傳出他與某人交往，或者是對誰出手的傳言，甚至沒有任何跡象。

是對這種事沒有興趣嗎……其實我並不這麼想。

畢竟以前他知道我是女性時，感覺態度也變得很奇怪。

難道他有在克制自己嗎？

「……？」

正當我想著這些事時，魯迪忽然轉頭望向這邊。

他露出了有些開心的表情朝我揮手。

那張表情與那個舉止，跟以前的魯迪身影重疊在一起，讓我不禁為之心動。

不過，並不是這樣，我自己也很清楚。

他並不是朝我揮手，而是對「菲茲」這個人揮手。

魯迪與身為「公主大人的隨從」之一的「菲茲」關係要好，他會找「菲茲」商量各種事情。

就在回答這些疑問的過程中，魯迪也漸漸地開始信賴「菲茲」。

所以他揮手的對象，並不是我。

儘管對這事實感到些許難過，我依然跟上先行一步的公主。

第三話「洗衣板未婚夫 前篇」

自從進入魔法大學就讀，已約莫經過半年的歲月。

季節來到秋天，是豐收之秋。

這個季節極其短暫。

然而，這也是為了克服嚴寒冬天的重要收穫期，因此這季節在鎮上會舉辦少見的祭典一類活動……而且這段期間對獸族來說也具有特別的含意，那就是發情期。

一旦來到這個時期，獸族人士不分男女都會開始坐立不安。

不過魔法大學裡並沒有那麼多的獸族學生在此就讀。

即使取一萬名學生來看頂多只佔五％，也就是五百人左右。

五百人這個數字聽來很多，但從魔法大學的大小來考量的話，這樣的人數並不多。

然而在這個時期，會經常看到這少數種族在各地進行決鬥的身影。

會展開決鬥的都是一男一女。

那是因為獸族在這個時期會由兩情相悅的異性展開決鬥。在決鬥結束之後，他們會卿卿我我幾個月，接著結婚。而戰勝該場決鬥的人就會成為「家族」這個群體的老大。

不過，聽起來終究只是「從以前流傳下來的習俗」……
然而在獸族之中，還有人會千里迢迢特地跑來大學，要求與在校生決鬥。
此舉會導致外校人士踏入校地。
原本校方應該要全面阻止這種案例發生，然而發情期是關係到習俗與繁殖的極其敏感問題。倘若全面禁止，獸族的學生很有可能會引發暴動。
因此校方規定，若是能確實得到許可，就允許並非在校生的獸族人士以「參觀」的名義踏入校地。
那麼，來談談莉妮亞與普露塞娜吧。
她們兩人對獸族來說是高不可攀的存在。
即使在這間學校就讀的獸族之中，她們的戰鬥力也是頂尖水準。何況她們還是德路迪亞族的公主。只要向她們兩人求婚，並在決鬥中獲勝，這同時也代表有機會登上德路迪亞族的族長寶座。
就算不可能馬上成為族長，但在選舉下期族長時，肯定會被提名為候選人。
不過，莉妮亞與普露塞娜千里迢迢為了留學而來，不可以讓她們擅自決定結婚對象。
因此在她們兩人十五歲時拒絕了所有求婚請求。
然而，儘管她們態度表得得如此明確，隔年向兩人提出求婚的獸族戰士仍然絡繹不絕，實在很受歡迎。

在這群人之中甚至還有主張只要生米煮成熟飯，之後要怎樣都行的傢伙，強行襲擊她們。

雖然要擊退這些人很簡單，但這導致她們兩人一到了這個時期就會關在宿舍閉門不出。

儘管女生宿舍不能說安全，但至少當不肖之徒侵入裡面時，還可以由所有女生合力將這些人擊退。

因此，她們兩人每到了這時期就不會離開房間。所以班會也跟著停擺。

這應該就類似所謂的生理假吧。

既然是發情期，那就表示她們兩人現在是處於那樣的狀態。

光想到她們把自己關在喵喵汪汪地發出苦悶的叫聲，也著實讓我興奮。

不過會興奮的部位只侷限於腦袋就是。

對了，她們還寄了一封信給我，上面寫著「雖然會給老大添麻煩，但之後就拜託你了」。

即使寫什麼之後就拜託你，可是我現在也沒特別做什麼，是指要我幫她們回覆對方的意思嗎？

另外，在秋天這個季節並非只有獸族會發情。

而且這個時期，類似強姦的事件也在魔法大學層出不窮。

這應該算是讓許多種族混雜在一起所導致的壞影響吧。

既然有這樣的隱情，就可以理解為何宿舍之間會對彼此嚴加戒備。

雖然說發情期的種族之間可能會以大自然的法則為由看待此事，但聽說也有完全無關的一年級生在毫不知情下的狀況下被襲擊。當然，強姦行為是被校規禁止的。

為此，在這段期間會有警衛在校內巡邏。

儘管強姦不行，但透過決鬥達成雙方「共識」便沒問題。另外，在拒絕決鬥之後依然襲擊對方是被嚴格禁止的，大概就是這種感覺。

這點老師也在班會上再三叮嚀。

說在這段期間不要輕易答應與他人決鬥。

對於戰鬥力沒有自信的學生則要隨時結伴成行。

菲茲學長也因為擔心我特地提出忠告：

「因為你很強，所以或許會有單純想要鍛鍊自身武藝的女孩子前來挑戰你，但那都是幌子。一旦拒絕了就別再搭理對方，無論對方如何挑釁都別接受挑戰，要一邊注意自己身後安全，同時迅速離開現場。」

這就是所謂的發情期系女子。

若是以前的我，或許已經對女孩子一個一個發出戰帖，建立起自己的後宮。

只是目前有病在身，即使這麼做也只會讓自己難受。

發情期？那跟我無關啦。跟這件事有關聯的，你看，就是那邊的兩個年輕人。正式成為情侶的長耳族與人族少年。

萬年發情期的長耳族坐在少年的大腿上，兩人正一起用功。

哎呀呀，從早到晚都超閃的。「愛心符號」都要飄到我這來了呢。

先不提克里夫，但艾莉娜麗潔的態度感覺就跟對待其他男人時沒什麼兩樣。

要是這件事讓克里夫知道還是會有點令人同情，我是不會說出口……

但老實說，艾莉娜麗潔的態度看起來跟演技沒兩樣，那兩個人的將來不要緊吧？

「師傅，我們是否也該開始著手製作新作呢？」

當我看著他們兩人時，札諾巴過來搭話。

他依然是老樣子。不懂何謂發情期，這對他也無任何意義。（註：出自《北斗神拳》中於修羅之國登場的角色「砂蜘蛛」）

「新作啊……」

前陣子我其實想說順便復健一下開始製作「1／8艾莉絲」，不過做著做著不知為何突然流下眼淚，所以就半途而廢了。

從那之後就感覺技巧生疏了。是空窗期嗎？

「也對，該做誰好呢……」

「不如就乾脆製作人類以外的模型如何？」

「那，就來做赤龍試試吧。」

「噢，這麼說來，師傅之前曾解決一隻呢。」

「當時可辛苦了，我還以為會死呢。」
「哈哈哈，您真是謙虛。」
「……？Master，你們在說什麼？」
由於茱麗歪著頭表示不解，因此我告訴她關於當年在冒險者時代打倒赤龍的故事。
於是她臉頰泛紅，雙眼也閃著興奮光芒。果然在這個世界的小孩似乎都很喜歡這種故事。
儘管我平常鮮少把她當小孩看待，但她畢竟也才六歲嘛。
「好，那我就為了茱麗製作赤龍送給妳吧。」
「唔……師……師傅，那本王子呢？師傅也能將您的作品送我嗎？」
「既然你是弟子，那至少得先出聲幫我吧。」
「……唔！是！師傅！弟子願盡微薄之力協助您！」
儘管態度有點像個壞人，但我也是老樣子。
神擊與結界的初級課程也快接近尾聲了。
這陣子每天都在煩惱接下來該上什麼樣的課程。
果然還是該上解毒的中級課程吧。不過目前從沒對解毒方面感到困擾，而且只要學會初級的話基本上都有辦法處理，應該沒必要學到中級以上。或者，應該要上治療的上級課程？但這也是學到中級基本上都有辦法應付，應該也沒必要。
還是說，該去學召喚系魔術，也就是附加系的課程？

附加系是與製造魔道具之類的道具相關的魔術。

其實我並不清楚為何明明是製造卻會被分類在召喚系的領域……總之，或許就當作挑戰新的領域去學看看也不壞。

不然就乾脆別去上課，增加泡在圖書館的時間也不錯。

儘管感覺轉移事件的調查方面有點走到死胡同，但或許試著去學習其他種族的語言也挺有趣。

既然不安排課程，那不如去請克里夫教我神擊吧。

不，他最近成天跟艾莉娜麗潔膩在一起。而且我也不希望被他認為我在打擾他們，就暫時別管他們吧。

或者說，該去見習一下其他的……並非魔術領域的知識？

感覺馬術的課程好像也挺有趣……

每天都在想著這樣的事，真是和平的每一天。

★　★　★

我原本是這麼想的……

「閣下想必就是單槍匹馬解決脫隊龍的A級冒險者『泥沼』魯迪烏斯閣下！請與我以婚禮

為賭注，正正當當地一決勝負！」

沒想到在前往圖書館的途中會被要求決鬥。

轉身一看，映入眼簾的是位美少女。

是位有著日曬的肌膚，將隨風飄逸的深藍色秀髮束在頸後的少女。年齡大約十七八歲吧。緊閉的雙唇，若要用一句話來表達她的外貌，就是威風凜凜。要進一步形容的話，她給人一種女武士的感覺。身上穿的並非制服，打扮是走劍士風格，群青色的服裝相當引人側目。莫非她喜歡藍色嗎？

胸圍尚可，肌肉看來相當結實。儘管體格不算魁梧，但給人一種健康的感覺。

腰間佩戴的是劍神流劍士經常使用的彎曲大刀。

然而這樣的少女卻朝著我看過來。

正確來說，她是露出詫異的神情注視著我前方的人。

她看的對象，是對我提出決鬥要求的毛茸茸粗勇獸族。

沒錯，說出這句話的其實是那名粗壯男子。

無論怎麼看他都不像魔術師，是個肌肉發達的犬系獸族。

這名少女大概只是路過吧。我想是因為旁邊突然有個魁梧男子說出這種話，因此才被嚇到。畢竟現在是這樣的季節嘛，八成是以為那是對自己說的吧。

「呃……」

總之先別管那名少女了。

問題在於我是男人，而這傢伙也是男人，我現在被一個男人要求決鬥。

這問題可大了。

「這是那個沒錯吧，就是這段期間流行的求婚決鬥嗎？」

「正是！」

啊——！

「不好意思，那個……雖然我長這副德性，但性向還算是正常，沒有辦法接受同性戀，還請恕我拒絕。」

「看來閣下似乎有些誤解。」

「哎呀，已經這麼晚了，得去練習鋼琴才行，請恕我就此告辭……」

一旦拒絕了就別再搭理對方，迅速離開現場。

我要按照菲茲學長的教誨行動。

「站住！」

當我這麼打算時，毛茸茸男發出巨大的聲響一躍而起。

隨後從我的身上跳過，在我眼前著地。這跳躍力簡直就像具有反向關節的生物才能辦到。

他肯定能成為龍騎士。（註：出自《Final Fantasy Ⅲ》的職業，特技是跳躍）

「你沒有拒絕的權利！吾名布魯克・亞德路迪亞！是要以求婚名義挑戰普露塞娜大人，日後將會成為亞德路迪亞一族之長的男人！」

「普露塞娜學姊請了發情假現在正在宿舍休息，請你過去找她吧。」

我這樣說完，布魯克就搖頭否定，滔滔不絕侃侃而談。

「我在把挑戰書寄給普露塞娜大人後，才得知你就是這集團的老大！還從裘耶斯殿下口中聽聞了你的威名！據說閣下武藝高強，曾單槍匹馬收拾赤龍！的確具有符合這間學校之主的實力，夠資格當我的對手！」

剛才就一直說單槍匹馬、單槍匹馬的……但我當時可是步行啊。

「如果拒絕你會怎樣？」

「身為集團老大的你有義務接受這場決鬥！」

讓我稍微釐清一下。

總而言之，因為我前陣子在決鬥中擊敗莉妮亞與普露塞娜，現在被她們稱為老大。如果想得到老大底下的雌性，那就得打倒老大才行，換句話說，只要打倒我就能得到名為普露塞娜的獎品。

據說接受決鬥是集團老大的職責。

儘管我也不是自己心甘情願成為她們那個集團的老大，但看來這跟我本人的意志無關。

這是動物的規矩吧。

換句話說，如果我故意輸給他，就能從集團老大這個身分卸任，普露塞娜則名正言順地成

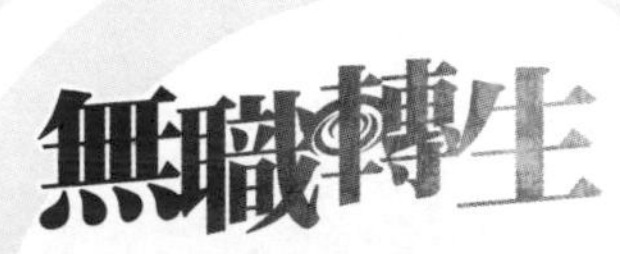

為這傢伙的新娘。

這麼一來，今後也不會有像這傢伙一樣要找我決鬥的傢伙。

「那就堂堂正正地……一決勝負！」

沒等我做出回覆，布魯克就嚎叫一聲飛撲過來。

「『泥沼』。」

他一股腦地衝過來，陷入了泥沼之中……

「『岩砲彈（Stone Cannon）』。」

我使出岩砲彈打昏他。

簡直是秒殺，只有嘴巴厲害。

「……」

雖然不自覺地做出反射動作打倒他，但仔細想想，我沒有必要故意輸掉。

更況且普露塞娜目前好像也沒打算和誰結婚……

啊，原來她寫在信上的「添麻煩」就是指這種事啊。雖然對她把所有事情都推到我身上這點不是很滿意，但只是要對付這種程度的對手應該還能設法解決，就算了吧。

我把事情想得太簡單了，光是在我去圖書館的這段路上就遭到五次襲擊。

他們個個都彷彿引頸期盼這天到來似的，莉妮亞和普露塞娜真受歡迎。

那兩個傢伙到底哪裡好了？

是身體嗎？不，應該有很多人甚至沒看過她們長什麼樣子。

那麼就是地位嘍？畢竟第一個出現的傢伙也說想當上族長。

他們這麼想成為領袖嗎？到底是哪來的航空參謀啊。（註：出自《變形金剛》的角色天王星）

這群獸族實在……

不過，看來他們有先決定好發起決鬥的順序。在途中有個打算找我一戰的傢伙還被其他人罵說什麼要好好排隊。

這全部都是獸族的規矩嗎？獸族真是不管做什麼都要按部就班。

不過獸族卻不會踏進圖書館，這點倒是令人覺得不可思議。

恐怕是被校方事先叮嚀不得在建築物內胡鬧吧。還是說這也是獸族的規矩？實在搞不懂，總之就暫時在這避難吧。

傍晚，菲茲學長來到了圖書館。

「魯迪烏斯同學，外面變得很不得了，發生了什麼事嗎？」

他的眼神帶有一點責備。

「沒什麼啦……好像是只要打倒我，就能娶莉妮亞與普露塞娜為妻。」

「那是什麼歪理……」

由於菲茲學長皺起眉頭，因此我為他詳細說明。

打倒了莉妮亞與普露塞娜的我似乎被其他人視為她們的老大。然後好像只要打倒老大就能夠獲得老大底下的女人。

當我結束說明後，菲茲學長露出了不悅的神情。

「這根本不合理啊，畢竟你又不是德路迪亞族的族長。就算你曾經戰勝她們，也應該沒有權利掌握她們的未來。」

唔……果然如此。也是啦。如果這種歪理能通用，那就表示我可以對她們身體為所欲為。

「話說回來，該怎麼做才能讓他們打退堂鼓？」

「咦？唔……就算講道理規勸，發情期的獸族應該也聽不進去……」

菲茲學長把手抵在下巴，嗯嗯連聲開始思考。

「我想其實沒有必要和他們周旋，只要在決鬥中打敗他們就會死心離開。」

「……所以到頭來，我還是得接下決鬥嗎？」

「是這樣沒錯。」

講得真輕鬆啊。

雖然不知道來了多少人，不過現在外面似乎有三十個人左右在排隊等著。

大部分都是打算成為族長的肌肉男。要我把這些傢伙全部打倒嗎……

「我可不希望過著這種充滿暴力的日常生活。」

「我知道，但不設法解決現狀的話也無法離開這裡。況且要是你一直躲藏，或許他們會忍不住一窩蜂衝進來，到時在圖書館大鬧也挺令人傷腦筋。」

「也對。」

好啦，這下麻煩了。

「跟一群粗勇男展開決鬥大會啊……」

這樣有誰會高興啊。

「是說，不至於全部都是男的啦，至少還有一個人是女的。」

「真的假的？那女孩可愛嗎？」

「魯迪烏斯同學……那女孩如果要求決鬥，你會接受嗎？」

「不，怎麼會呢。」

菲茲學長露出責怪的眼神，讓我不由得搖頭。

不過，還是想知道那女孩長什麼樣子。她是在哪裡認識我的？

「但還是會讓人在意吧。」

如果知道對方對自己有好感，那在意也是人之常情嘛。

當然，在認識之後要做什麼，就得等我把病治好再說了。

「是嗎？你會在意啊？哦……」

……不知為何菲茲學長的心情也很差。

畢竟他交待我不能輕率答應和別人決鬥嘛。

啊，我懂了。肯定是路克還是誰以前曾因此鑄下大錯，而得忙著收拾殘局。

所以菲茲學長看我想得這麼輕率才會覺得煩躁。

「不過明明事情都演變到這個地步了，學生會那邊都不幫忙設法解決嗎？」

「跟發情期有關的話就無可奈何了。畢竟要是禁止，可能會變得更嚴重。」

聽說學生會在這段時期也相當忙碌。畢竟失控的學生多，還有人會在校地外胡鬧。甚至還會有趁著這場決鬥騷動出其不意偷襲別人的傢伙。

隸屬於學生會的成員似乎正忙著保護戰鬥力較低的學生免於遭到那些宵小的魔爪。

因此他們會以幾個人一組巡視校園，只要看到違反倫理道德的事件發生就會當場制止。

而菲茲學長似乎待會兒也得馬上去跟巡視的人交接。

「既然學生會都在處理這些事了，那也順便幫我嘛。」

「魯迪烏斯同學你就自己設法解決啦，你應該可以辦到吧？」

今天菲茲學長的口氣難得地冷淡。

是我說了什麼話觸怒到他了嗎……

不。他或許是想起了之前那場測驗的事。當時菲茲學長口頭上說不介意我贏過他，但若是我現在選擇躲躲藏藏地四處逃竄，其他人就會認為菲茲學長輸給了一個膽小鬼，對他的評價也會一落千丈。

我受到菲茲學長不少照顧。

雖然我不是很想出手，現在就為了他好好努力一下吧。

「我明白了，為了維護菲茲學長的名聲，就交給我把他們趕盡殺絕吧。」

「不……不可以殺人啦！」

「我知道，只是開開玩笑嘛。」

儘管說是決鬥，但絕不能以命相博，這是不成文的規定。

只是，或許會有厲害的傢伙混在裡面。

絕不能大意，我得全神貫注去應付他們。

總之方針也決定了，就出去外面吧。

「……這是什麼狀況？」

眼前看到的是令人意外的光景。

有許多獸族男子倒在地上，眼前的景象用屍橫遍野來形容可說是再合適不過了。

在地上的全都是獸族男子，身材有大有小，就連耳朵的形狀也是五花八門。

看樣子，獸族的種類也是大相徑庭。

雖然也有穿著制服的傢伙，但大部分都沒穿。

啊，發現了一名女孩子。是剛才那個劍士打扮的女孩，會不會是被牽連進來的呢？

還是說她喜歡我？

當我在腦中胡思亂想時，一名男子發出了震耳的笑聲。

「呼哈哈哈哈！」

一名男子佇立在死屍累累的荒野之中。

那傢伙將最後一個人抓起，發出宏亮的笑聲。

「竟然膽敢挑戰吾！儘管不知天高地厚，但這所魔法大學真是聚集了一群有骨氣的傢伙嘛。」

我和菲茲學長對這一幕目瞪口呆。

「……那個……」

那傢伙將最後一人扔出去，轉向我們這邊。

「哦哦，剛才有人說要是不想排隊的話就把我們全部打倒，沒想到這麼做你還真的馬上就出現了啊！很好很好！吾中意像你這種守約的人類！」

對方擁有宛如黑曜石，讓人一看就知道是魔族的肌膚，還長著六隻手臂。

他把上層雙臂環胸，中層指向我們，下層扠在腰上。

長度及腰的頭髮則是紫色。

「本人乃是魔王巴迪岡迪！」

魔王。說到魔王就是指那個吧？就算從附近的村落誘拐年輕女孩好好享用一番也不要緊的魔王，當然是指性的方面。只要設法解決掉偶爾會被派來襲擊自己的那些名為勇者的刺客，就能隨心所欲……不，現在重點不是這個。

問題是……沒錯，為何魔王會在這裡？

「那只預知眼！你就是魯迪烏斯·格雷拉特嗎！吾已經從未婚妻魔界大帝奇希莉卡聽說你的事蹟了！」

他緩緩地移動那龐大身軀朝我這走來。

然後，他說了一句話。

「本人要向你下戰帖！」

現在到底是什麼狀況？

不如我把狗和貓當作祭品獻給你吧，能不能放我一馬啊……

第四話「洗衣板未婚夫 後篇」

魔王來襲。

這則消息火速地傳到了魔法大學附近的國家耳裡。

他們收到了魔王來襲的事實以及相關情報。原本應該是情報會先送達，然而因為魔王的移動速度實在快得驚人，導致情報送達至各國的時間與魔王抵達目的地的時間幾乎相同。

這狀況殺得各國措手不及。畢竟所謂的魔王，基本上不會離開魔大陸。

激進派與武鬥派的魔王幾乎都在拉普拉斯戰役中滅絕了。

因此，目前在魔大陸只剩下對戰爭沒有興趣的穩健派或是保守派的魔王。

然而，雖然掛名穩健派或是武鬥派，他們也是一方之主，具有足以統治魔大陸的實力。

要是因為某種理由開始大鬧，想必會帶給周遭毀滅性的打擊。

拉諾亞王國、涅里斯公國以及巴榭蘭特公國這三國在收到魔王巴迪岡迪來襲的消息後，隨即出動了國內的騎士團。同時也號召冒險者一同前往，然而，這三國離大學還是有段距離。

另外，拉諾亞魔法大學所在的魔法都市夏利亞，則是由魔術公會、冒險者公會，再加上派駐此地的三國聯合騎士團集齊稀少的兵力，包圍魔法大學。

這是為了在緊要關頭，可以在三大國派來的增援趕到之前先阻止魔王。

然而，沒有任何人知道魔王的目的為何。

他的外貌還算有名。提到漆黑的肌膚以及六隻手臂，那就是指不死身的魔王巴迪岡迪。

他是從拉普拉斯戰役開打前就存在的古老魔王之一。

而能力正如其名，是「不死身」。由於他屬於穩健派，知道他真正戰鬥力的人可說少之又

少，不過據說他曾與那個拉普拉斯交手過。換句話說，如果這事屬實，就表示連拉普拉斯也無法徹底消滅他。

然而這樣一個魔王，如今為何會出現在魔法大學？

而且，又是基於何種理由接連打昏無辜的一般學生及獸族？

當各國及魔法大學了解其中緣由，已是之後的事了。

★魯迪烏斯觀點★

現在，我正站在魔法大學的上級魔術用演習場……其實也就是荒蕪一物的寬廣校園正中央，與巴迪岡迪對峙。

雖然我現在雙手環抱打開雙腿，挺起下巴坦蕩蕩地站著，但內心卻是提心吊膽。

這是理所當然的啊。被一個全身漆黑、身材魁梧的魔王瞪著，是要怎樣保持平靜？

的確，我最近是覺得「搞不好我有點強喔」沒錯。（註：出自《獵人》）

不過，一旦對手換成魔王，那可不是有點強就能了事的。現在感覺就像是被警告別得意忘形一樣。

倒不如說，我現在根本想拔腿就跑。

看來我就是為了這一天才不斷練跑的。

只要還有體力和魔力，我就想逃到天荒地老。

轉頭一看，後面聚集了一大堆圍觀群眾。

「……」

無論是男孩女孩甚至連老師都在看我。

要是我現在動如脫兔般逃走，他們會怎麼看待我……不，老實說事到如今他們怎麼想都不關我的事，但很顯然地，我已經錯失了逃跑的機會。

突然，其中一名圍觀群眾快步跑到我旁邊。

他是個和略為顯眼的髮飾——也就是假髮相當速配的男性。

「狀況我已經聽吉納斯說過了。目前我們正在召集戰力，抱歉，現在能麻煩你先爭取一點時間嗎？」

他簡短地說完，退回群眾之中。

是說，剛才那傢伙是誰啊？總覺得好像在哪看過……

雖然不知道他的來歷，但我明白他說的意思。

看來吉納斯副校長掌握了某種內情，雖然我不太清楚現在到底發生了什麼事，但只要爭取時間，接著他似乎就會設法解決。

像這種時候果然還是握有權力的人比較可靠。

「哼，還沒好嗎？」

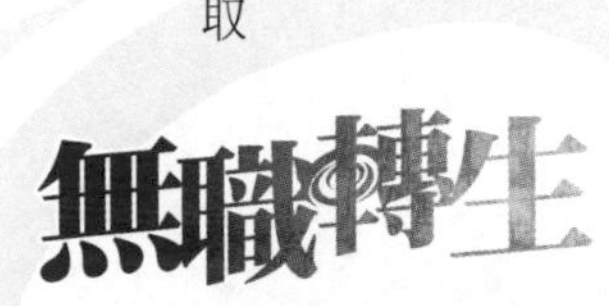

巴迪岡迪把所有的漆黑手臂環抱在胸前等待。

「我想再等一會兒就行了。」

就在剛才，我已經麻煩菲茲學長幫忙去拿「傲慢水龍王」。

所以我要求魔王先稍待片刻，而他也爽快地答應。

不過，實在太慢了。

從圖書館回到宿舍這段路並沒有那麼遠。

印象中我並沒有收在奇怪的地方，只是和平常一樣把前端用布包起來靠在床旁邊而已。

應該馬上就會找到才對……

「噢，吾還以為人族都是急性子才匆匆忙忙趕來，沒想到你還挺游刃有餘啊。不愧是吾的未婚妻認同的傢伙。」

「未婚妻……我記得是……奇希莉卡……大人，對吧？」

聽到這句話，巴迪岡迪「嗯」了一聲點頭回應。

魔界大帝奇希莉卡·奇希里斯。

我並沒有忘記這個名字，她是賜予我魔眼的人。只是當時我並不認為她是正牌的，只覺得她突然出現又突然消失，整個過程實在讓人目瞪口呆來不及反應……

然而，為何事到如今她的未婚夫會突然現身？

難道說和獸族一樣是為了求婚而來的？應該不可能吧……

「我和奇希莉卡大人真的只交談了一下子而已。雖然她是有賜予我魔眼啦……」

「奇希莉卡對你可是讚不絕口喔，吾可是很久沒看到她那麼雀躍地談論著某人了。所以連寬宏大量的吾都難免有些嫉妒。」

揚起了一邊眉毛，咧嘴一笑的巴迪岡迪如此說道。

原來是嫉妒啊。

明明我根本沒做什麼會令他嫉妒的事啊，到底是什麼事惹到他了？

難道是我當初用半開玩笑的口氣說要用身體支付報酬那件事？

不，她當時說自己有未婚夫了所以不行，結果不了了之……啊，可惡，原來這傢伙就是她當時說的未婚夫啊。

「我只是個小角色，充其量不過就是一名可悲的鼠輩。我……我可沒做什麼會讓魔王大人嫉妒的事喔。應該是奇希莉卡大人稍微誇大其詞了吧？」

我試圖隱藏內心的動搖，以極其冷靜的態度回答。

結果他卻笑了。

而且還笑得非常誇張。

「呼哈哈哈，別謙虛。吾可是聽說了喔，你身上寄宿著龐大的魔力。」

龐大的魔力。

就算他這麼說，我也是最近才察覺自己的魔力比別人來得壓倒性地多。

不過就算再怎麼多，應該也不至於多到讓魔王嫉妒……咦？

不對，這麼說來，當時奇希莉卡好像對我說了什麼……

當時是說了什麼來著？現在只記得她當時朝著我狂笑了好一陣子。

「呃，我的魔力……似乎比其他人……還要多了那麼一點。」

「呼哈哈哈哈！對啊，是多了那麼一點！」

巴迪岡迪笑了好一陣子。

接著他突然停止大笑，一屁股坐在地上。

「坐下吧。」

我依言席地而坐。

即使坐著，巴迪岡迪的身軀依然龐大。應該說他的肌肉非常發達嗎？我也好想擁有這樣的肌肉。

「看來，你似乎不明白被魔界大帝奇希莉卡．奇希里斯稱讚的意義。」

「……就算您這麼說……」

「她說有個傢伙具有相當驚人的魔力，甚至比拉普拉斯還強。能讓她這麼說的，你還是第一個。」

拉普拉斯……我記得是魔神吧。

即使別人說我具有比魔神還驚人的魔力，但我本身也沒什麼自覺。的確，我自從某段時期開始就不太會發生魔力耗盡的問題，不過這並不代表我具有強大的身體素質。

「魔神拉普拉斯的魔力總量綜觀歷史來看也堪稱最高等級。換句話說，你具有全世界最高水準的魔力總量。」

「請別開這種玩笑了。」

雖然我嘴上這麼說，其實內心有點雀躍。

畢竟對手可是魔王，是立下實際功績的對手。這種感覺就像是被職業玩家稱讚說自己其實很有才能。怎麼能不心動呢。

「吾並不清楚事情真相，因為奇希莉卡講話也挺隨便的。說不定只是她看錯。」

巴迪岡迪這樣說著並面露難色。

莫非他心裡有什麼根據嗎？不過那個魔界大帝大人的確有可能會看錯。

「我是從小就一直在進行增加魔力的訓練沒錯，但說我具有全世界最頂尖的魔力也太言過其實。畢竟這樣就代表只要跟我進行相同的訓練，任誰都能成為世界第一。」

「唔，一般來說是沒有辦法。」

一般來說是沒有辦法，那如果是像我這種從異世界轉生過來的人就有可能辦到嗎？

或是說我在不知不覺間，已經從人神那裡得到作弊道具了呢？

「魔王大人，我有事想請教您。」

「怎麼了？有什麼事儘管問吧。」

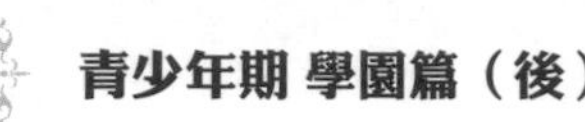

「那個……我接下來會說出一名人物的名字，但我絕對不是那個人的爪牙或是屬下之類的，希望您不要突然襲擊過來。」

「你不是要吾暫等嗎？魔王絕對不會打破約定。」

是印地安人不會說謊的意思嗎……（註：出自電影《獨行俠》中印地安人的台詞）他這是真話嗎？我要說了，真的要說了喔。

「人神……請問您有聽說過這個名字嗎？」

「……你這傢伙，是從哪裡聽到那名字的？」

「他會出現在我的夢裡。」

巴迪岡迪鬆開上層擺在胸前的雙手，摸了摸下巴。

難道他知道些什麼嗎？

「唔，這樣啊……在夢裡……」

「您知道嗎？」

當我這樣問完，巴迪岡迪思考了一陣子，接著「唔」了一聲搖頭否定。

「不知道！吾是覺得好像曾在哪聽過，但想不出來！至少最近幾百年都沒聽過這名字！」

「這樣啊，非常感謝您。」

數百年這個單位聽來還真籠統啊。

「嗯，等吾想起來就告訴你！呼哈哈哈哈！」

「麻煩您了。」

「真是無趣的傢伙，你也笑一笑啊。呼哈哈哈哈！」

巴迪岡迪是個會開懷大笑的人。

明明我從剛才開始就沒特別講什麼有趣的事，他的笑聲卻不絕於耳。

這突然讓我回想起和瑞傑路德碰面時的事。

當時也是和他一起大笑，才讓我們的關係更加親密。果然在這個世界笑容也是共通語言。

既然對方笑著跟我搭話，那麼我不回以笑容的話就太失禮了。

好，笑吧。

「呼～～哈哈哈哈哈哈！」

「很好很好。奇希莉卡也說過無論任何時候就是要笑！我想起來了，奇希莉卡那傢伙之前死去時也是像這樣放聲大笑呢，呼哈哈哈哈！」

巴迪岡迪這樣說道並不斷笑著。

儘管外表長得青面獠牙，但這男人似乎也不是那麼壞。

「嗯？」

當我和巴迪岡迪彼此笑開，在後面圍觀的群眾突然起了一陣騷動。

轉頭一看，發現有某人正在那吵吵嚷嚷。

於是我試著側耳聆聽他們的對話內容。

「放手！我得把魔杖交給魯迪烏斯同學！」

「住手！要是你把魔杖拿過去他們就要開始決鬥了！」

「要是對方不等魯迪烏斯同學拿到魔杖就開始決鬥怎麼辦！你想對見死不救嗎！」

「這……這個嘛……」

「這裡就交給本王子吧！」

「啊，札諾巴同學！」

「是札諾巴．西隆嗎！可惡放手……放……好痛！」

菲茲學長從圍觀的群眾之中飛奔而出。

接著以驚人速度朝這邊衝來。

他的腳程實在奇快無比。我想大概是我的三倍快吧。

不過他不是紅色，頭上也沒有長角。（註：出自《機動戰士鋼彈》）

「呼……呼……對不起，魯迪……魯迪烏斯同學，因為有老師來妨礙我。」

菲茲學長懷中抱著魔杖，喘得上氣不接下氣。

「學……學長，你跑得還真快呢。」

「咦……呼……因為……我的鞋子是魔力附加品……」

聽到這句話，我把視線移到學長平常穿的鞋子。原來這是魔力附加品啊。

說不定他平常穿戴在身上的斗篷也是魔力附加品。

畢竟他就算天氣暖和了起來也始終不脫下那件斗篷。

「難道說……那副太陽眼鏡也是？」

「呼……呼……這也是……沒錯，不對……這是……祕密……」

菲茲學長「嘿嘿」地微笑。

為什麼這個人的笑容會這麼可愛啊，實在令人小鹿亂撞。

「呼……給你，魯迪烏斯同學，加油……不過千萬別逞強喔。畢竟對手實力堅強，一旦認為自己贏不了，就算跟對方道歉落荒而逃也沒有任何人會責怪你。不要去思考什麼無謂的自尊，必須得先想辦法保住自己的性命，好嗎？」

我從菲茲學長手中接過「傲慢水龍王」。

好久沒拿著這傢伙認真一戰了。

我們加油吧，伙伴。

就讓我告訴你一件事，好送你安心上路吧。我們回去後……就要和鳳梨沙拉結婚了。（註：出自《超時空要塞》劇中的洛伊．福克，在出擊前說回來後要吃情人做的鳳梨沙拉，卻無法如願以償悲哀死去）

我隨意豎了個死旗並解開纏在「傲慢水龍王」上的布條後，聽見菲茲學長倒吸了一口氣。

看到這幕，讓我不由得興起惡作劇的念頭。

「……菲茲學長，來看看這前端的魔石，你覺得這傢伙如何？」

「大……大得嚇人……」（註：出自《くそみそテクニック》）

啊，剛才……腰部附近好像有一種觸電的感覺。怎麼回事？

好啦，玩笑就開到這吧。

巴迪岡迪挺起身子，開始轉動肩膀熱身。剛才那樣有爭取到時間嗎？老實說要靠交談來撐到兵力聚齊，這根本就是無稽之談吧？

菲茲學長依依不捨地回到人群之中。

其實你可以在這邊支援我啦，倒不如說快救我啊……

「好了吧？」

「可能的話，我倒希望跟您繼續這樣談笑風生。」

「呼哈哈哈哈！那就等待會再慢慢聊吧！」

這代表他不打算取我性命嘍？

不，他感覺還挺粗枝大葉的。

搞不好會在錯手殺了我之後才說：「吾還以為魔力總量這麼高應該不會有事」。

那我或許還是先叮嚀一聲比較好。就說這場戰鬥不要以命相博。

巴迪岡迪雙手扠腰，漫不經心地站著。

看來他好像不打算先發制人。還是說他在等我發出信號嗎？

總而言之，先張開預知眼。

「……奇怪？」

預知眼什麼都看不見。

巴迪岡迪站著的位置……沒有任何物體存在。

「你在驚訝什麼啊……噢，這樣啊，你馬上就使出從奇希莉卡那收下的魔眼了是嗎？不過很遺憾，魔眼對吾無效。」

巴迪岡迪用鼻子哼氣，若無其事地這樣說道。

真的假的？魔眼居然起不了作用，真不愧是魔王。

不過這樣一來就棘手了，這代表增加了我在千鈞一髮之際無法迴避致命傷的機率。畢竟我在身體素質方面並不出眾，這樣很有可能被打到危險的部位。

「魔王大人。」

「直呼巴迪無妨。只要對方坦率地接受吾要求開懷大笑，吾就允許他用這個名字稱呼本人。」

「巴迪陛下，在下有一個提議。」

「何事？」

「萬一我輸了，還請您留我一條小命。」

我這麼說完，巴迪岡迪就噗哧笑出。

「呼哈哈哈哈哈哈！竟然在開打之前就求饒！你這傢伙還真有趣！」

「還是得愛惜生命才行。」

「嗯，確實如此，畢竟人族受了一點小傷馬上就會死嘛！吾聽說很多人有跟你同樣的想法！」

巴迪岡迪說完開始咯咯大笑。

「不過，既然你都具有如此龐大的魔力，難道還對自己沒信心嗎！」

「因為我在兩年前左右，曾差點被一名叫龍神的人所殺。」

語畢，巴迪岡迪的笑聲驟然停止。

「你說的龍神……莫非是龍神奧爾斯帝德？難道你和他交手後還能活命？」

「我當時差點就送命了。要是他沒有一時興起放我一條生路，那現在我已成了幽靈。」

巴迪岡迪的表情嚴肅了起來。

不妙。我想說他聽到人神的名字也沒關係就放心了，結果反而不能提奧爾斯帝德。太粗心了。

「你當時在那場戰鬥中，有傷到龍神一根寒毛嗎？」

「咦？有的，不過也頂多讓他的手背擦破皮而已。」

「…………」

巴迪岡迪緊閉雙唇噤口不語。

他的表情真可怕。笑……笑一個嘛，啊哈哈～

「那麼，吾也提議一件事吧。」
「請……請問是什麼？」
我露出戰戰兢兢的表情，窺探巴迪岡迪的臉色。
「就讓你一招。」
「……？」
「使出一招你最強的奧義朝吾攻來。吾想想，就用當初傷到龍神的招式吧，吾會正面接下。如果那招能貫通吾的鬥氣直接傷到吾，就算你贏了。若是沒受任何傷就算吾贏，如何？」
哦哦。
這提案真是求之不得。
太讚了，怎麼會有如此有利的條件。而且我還不用被打就能了事，這樣真的好嗎？
「不過，這樣不會對我太有利嗎？」
「有利？你說有利？唔，確實如此！不然這樣吧，如果你的攻擊無全無法奏效，那吾也會進行反擊，就一拳吧！」
哎喲，我真是自掘墳墓。
說不定光那一擊就會貫穿我的心臟耶。
還是別講下去了，不能再自掘墳墓，沒必要讓自己的胸口開個大洞。
「我明白了。那麼，我要上了。」

「嗯。」

說完後，我拿起魔杖擺出架勢。

「噺～……」

開始深呼吸，盡可能地將魔力注入魔杖。

要使用的魔術是岩砲彈，只是會比當初對奧爾斯帝德使出的那記做得更為堅固。

畢竟當時赤手空拳，而且還是在情急之下用單手使出來的。

然而這次時間充裕，只要能累積魔力，威力也會提升數倍。

首先是形成。

提煉本身的魔力，做得越牢固、越堅硬越好。基本上就和製作人偶模型時一樣。只是現在無須考慮韌度，只要專注在硬度上。盡可能地形成尖銳的紡錘形，並刻出鑽頭般的鑽槽。

再來是旋轉。

得盡可能形成高速旋轉，一心一意專注在旋轉上。現在就連我也不清楚一秒內到底旋轉了幾次。

最後是速度。

提煉魔力，盡可能地用最高速射出。其實我從未把這麼龐大的魔力灌注在岩砲彈上，畢竟得花時間注入魔力，因此幾乎無法運用在實戰上。即使這麼做，大部分的魔物應該也無法承受這股巨大的殺傷力。

不過若是魔王，或許就能擋下這招。

至少得在他身上造成一些傷害。我可不想被那麼粗壯又魁梧的手臂毆打。

「那，我要攻擊了。」

「嗯！來吧！」

發射。

岩砲彈咻的一聲射出。

沒有感受到後座力。不知為何，魔術並不存在反作用力的概念，然而效果依然理所當然存在。

被岩砲彈直接命中的巴迪岡迪伴隨著砰的一聲巨大聲響，整個上半身直接粉身碎骨，六隻手臂也被肢解得四分五裂，儘管下半身還在，卻也在被轟飛數十公尺遠後……應聲落地。

「…………咦？」

巴迪躺在地上動也不動。

我原本以為岩砲彈應該會「鏘」的一聲被彈開才對……現在是什麼狀況？

我戰戰兢兢地、緩緩地朝他的下半身走去，把視線落在殘留的下半身。

因為他是魔王，所以才沒有流血嗎？我本來覺得他是個只會笑不會落淚的傢伙，說不定他還真的沒血沒淚。

「…………咦？」

呃，不會吧？

咦？真的假的……？

他死了？

我不是很懂現在是什麼狀況。

我回頭一看，發現四周頓時鴉雀無聲。每個人都在看著我，視線刺得我好痛。但是卻沒有任何人動，所有人一動也不動。

當我嚥下口水，甚至能清楚聽到口水通過喉嚨的聲音。

我……我殺了他嗎……？

不，這應該是騙人的吧？因為……不對，怎麼會這樣？他剛才不是還那麼有自信嗎？

咦？可是……他不是不死身的魔王嗎？

咦咦？是他自己要讓我一招的吧？還那麼充滿自信耶，為什麼？

咦咦咦？我慢慢地，提心吊膽地再次回頭。

冷靜點，要好好確認自己闖的禍。

「呼哈哈哈哈！吾大復活！」

害我差點又把岩砲彈射出去。

變成原本一半尺寸的巴迪岡迪站在我的眼前。

儘管身高變得跟我相去無幾，然而臉部的大小卻沒有變，所以給人一種很不協調的感覺。不過現在就把大小的事情放在一邊。

「啊，還活著。」

我鬆了一口氣。

還以為自己在無意間殺了人，真是萬幸。雖然對手不算人。

「呼哈哈哈哈，吾還以為自己死定了呢！不過，嗯……原來如此，這樣就很清楚了，不跟你直接交手果然是正確決定！要是吾輩認真開打，想必這一帶會化成一片荒野吧！」

巴迪岡迪呼哈哈哈地大笑。

此時那六隻手臂沙沙地從旁邊爬過來，直接合體在他的身上。隨後巴迪岡迪的身高霍然成長，只是並沒恢復原本的大小。

「哦哦，還飛得挺遠的嘛……看來要恢復原樣得稍微花點時間才行！」

巴迪岡迪的情緒顯得有點亢奮。

「是你贏了，魯迪烏斯！現在允許你自稱為勇者！」

「不，那就不用了。」

「那至少該好好慶祝一下吧！呼哈哈哈哈！」

巴迪岡迪這樣說完，就抓住我拿著魔杖的右手高高舉起。

這動作就像是在決定拳擊賽冠軍似的。

這樣應該算判定取勝吧。

真是個令人摸不著頭緒的結果。

「我……」

不過既然他說是我贏了，那就沒錯吧。

「我贏了————！」

圍觀群眾一片沈寂。不知為何，現場毫無任何反應。

看到這幕後，巴迪岡迪嗯嗯連聲點頭，然後……

「真是群不配合的傢伙。好啦，總之你就讓我揍一拳吧。」

說了這句話。

「咦！」

跟說好的不一樣！當我這麼想時已太遲了，他的拳頭已瞄準我的臉。

他只有用單邊的手。然而他一邊卻有三顆拳頭。

在手臂被抓住的狀態下根本無法防禦，所以我被直接揍上三拳後不省人事。

這個騙子……

★★★

後來，巴迪岡迪似乎在剛才那名戴著顯眼髮飾的大叔、穿著盔甲的帥氣中年男子，還有披著長袍的爺爺陪同下，一起消失到某處去了。應該是上面的人彼此有些事要討論吧。

而我則在醫務室從昏迷狀態清醒過來。

隨後吉納斯副校長就帶我前往教職員樓的某間房間，在那受到了盛情招待。

現場還準備了紅茶與茶點，讓我能稍作歇息。

吉納斯副校長沒多說什麼。看來他也不是很清楚當時的狀況。

畢竟魔王突然來襲，打量了包含校外人士在內的眾多學生，並對我挑起決鬥，宣布我獲得勝利後卻突然將我擊暈。光是上述這幾點就難以讓人摸清頭緒。

另外，被魔王打量的那群學生之中似乎沒有人死亡。

畢竟巴迪岡迪隸屬穩健派，所以他不會沒來由地就出手殺人。

上面的人似乎要開始調查他的目的。據說戴著髮飾的大叔是這所學校的校長，名字叫什麼來著？我想起來了，是風王級魔術師蓋奧爾格。

之前曾在入學儀式上看過他。

參加這次會談的除了蓋奧爾格之外，還有守護這個城鎮的三國騎士團團長，另外再加上魔術公會的總帥。

據說他們四個人現在聚集起來正在商討許多事情。

「不過，真不愧是魯迪烏斯……居然能對魔王先發制人使出一招！而且還因此受到魔王肯定……！校長曾說泥沼不過是一介冒險者，充其量只能爭取時間，沒想到……真沒想到會有這樣的結果！想不到都活到這把年紀了，竟然還能見證這麼令人血脈賁張的場面！」

吉納斯副校長難掩興奮之情這樣說著。

看樣子，他並不清楚我們在決鬥之前交談的內容。

其實巴迪岡迪是故意接下我的魔術，無論對他管不管用戰鬥都會就此劃下句點。

吉納斯副校長用尊敬的眼神注視了我好一陣子，才總算放我自由。

總之，他有吩咐我在許多事情定案之前，現在就先在宿舍待命。

離開教職員室後，札諾巴跑到我身旁。

「哦哦，師傅，本王子看到了，您實在太了不起了。不，應該說這是理所當然吧。」

聽到札諾巴的稱讚，我搖頭否定。

「他只是陪我下指導棋而已啦。」

我的攻擊的確奏效，但那是因為對手既不閃避也不防禦。

而且還有那再生能力……如果認真交手，我不認為自己會有勝算。

「您太謙虛了。光是魔王願意陪您下指導棋，這就已經很了不起了。」

札諾巴笑著這樣說道。

茱麗則用比平常更畏懼的眼神看著我。當時的光景即使從遠方看應該也相當獵奇吧。讓她看到了駭人的一幕呢。

在回宿舍的歸途，遇見了肌膚莫名光滑的艾莉娜麗潔與克里夫。

「哎呀，魯迪烏斯，剛才怎麼那麼吵鬧？」

「呃，兩位剛才在做什麼？」

「是做了什麼喔。」

艾莉娜麗潔呵呵笑著，相較之下克里夫卻是面紅耳赤地責備說：「別說那種無關緊要的事啦！」

看來在魔王來襲的這段期間，他們兩人似乎舉辦了一場大人的聚會。

還真是親密啊。

「剛才巴迪岡迪要求與我決鬥，總算是勉強獲勝。」

「咦！那傢伙已經來了嗎？」

…………已經？

喂，已經是什麼意思啦？

「原來妳知道他會來啊。」

「對，不過他之前在鬼族的地盤受到對方挽留，自己也說要暫時逗留在那裡要我先走嘛。你想想，那種人物對歲月的流逝還挺兩光的吧？所以我想說他應該要再過十年才會行動。事實上，我也是兩年前跟他道別的……」

要是活到數以千計的年齡，對時間的感覺也會有落差嗎？

仔細想想我生前也是這樣，自從過了三十歲後就覺得時間的流逝特別快速。

只是他的單位稍微大了點。

「不過他是個好人對吧？」

「的確不是壞人。」

在我遇見的貴族及王族之中算是個性最好的傢伙吧。而且還很愛笑。

儘管他後來毀約，但畢竟一報還一報，這樣想想也沒什麼大不了。

「喂，你們在說什麼？」

「哎呀呀，克里夫在嫉妒嗎？真是的，不要緊啦。現在可以隨意擺布我內心的人就只有你喔。」

「不對，我不是這個意……啊，別黏上來啊，魯迪烏斯在旁邊看耶。」

「我是故意讓他看的。」

由於他們開始調情，我也決定離開現場。

然後從背後傳來一聲「魔王怎麼可能會來這種地方！」。

直到剛才為止我也是這麼認為的喔。

菲茲學長已經在宿舍的入口等著。

他一看到我的臉，就露出了難以言喻的表情。

看來他果然也很興奮。因為他滿臉通紅，緊緊地握住我的手。感覺就像是看到了驚人的東西，卻無法說出感想似的。

「魯迪烏斯同學，你……你好厲害，實在太強了！」

小並感。我腦中浮現這樣的單字。（註：與小學生的感想沒什麼兩樣的意思）

「沒想到你竟然一擊就打倒他！」

「因為我們事先有訂好規則，就是讓我攻擊一次，由那一擊的威力來決定勝敗，所以我才使出了目前現有的最強魔術。」

「最強的……？那個和你在測驗時對我用的是相同的魔術對吧。是當時用的強化版嗎？」

「沒錯，是岩砲彈。不過我『提煉』了相當久。」

「原來就算是普通的中級魔術，只要鍛鍊到極致也會發出那樣的威力啊……」

菲茲學長發出「哦～」地一聲表示讚嘆，同時也自己製作岩砲彈，讓其迴轉後發射出去。

咻的一聲刺進了遠方的地面。

儘管威力不及我，可是只看過一兩次就能馬上重現，應用能力果然了得。

「我並不認為已經鍛鍊到極致了。」

「你平常都一直在使用土魔術嗎？」

「是啊，曾有一段時期都使用水系魔術，不過自從某段時期之後就一直用土系魔術。」

「果然沒錯！一直使用同樣系統的魔術果然會熟能生巧呢。」

是這樣嗎？

不對，這麼一說，感覺我製作人偶的技巧也越來越純熟了。

「……是……這樣沒錯。或者該說準確度提高了吧。」

「不過使用魔術時的魔力也會增加對吧！」

「沒錯沒錯。像製作人偶的時候還挺累人的。」

菲茲學長看起來很開心。

話說起來，好像都沒什麼機會和菲茲學長討論無詠唱魔術。

「啊，對不起，你應該累了吧。突然叫住你真不好意思，今天就好好休息吧。」

「啊，好的。」

菲茲學長這樣說完，就朝校舍的方向跑去。

其實我還想稍微再跟他聊久一點，罷了，畢竟才剛發生那樣的大事。

他也是學生會的一員，想必會非常忙碌吧。

我回到自己房間，將魔杖靠在牆壁上。

除了魔王那件事還有雜七雜八的大小事接踵而來，今天真的累壞了。

無論精神還是肉體都感到疲憊不堪，我直接倒在床上。

總覺得好累啊……

★　★　★

自從發生那起事件後，轉眼間就過了一個月。

魔法三大國在與巴迪岡迪討論過後，似乎決定要將他迎為國賓。

相對的，巴迪岡迪為了補償自己帶來的麻煩，願意提供一隻手臂給魔術公會作為研究不死性之用，而且還以臨時的武術顧問身分加入了聯合騎士團。

之後──

兩位學姊總算出席班會了。

似乎是多虧巴迪岡迪把所有獸族都收拾掉，讓她們現在也能正常出席課程。

「不愧是老大喵，真是太感謝你了喵。下次讓我送你些什麼喵。」

「但是沒想到居然連魔王都來了的說，我們果然是魔性之女的說。真虧你能保護好我們說。為了報答你，可以讓你揉胸部的說，揉莉妮亞的。」

「非常感謝。」

既然都獲得揉胸的權利，那我就不客氣揉了。

揉莉妮亞的。

「喵呀～！」

臉被抓了。

明明都說可以了，明明就說要送我什麼的，真是太過分了喵。

反正只要是女性就都會擁有，那讓我揉一下也不會少塊肉吧。

「儘管師傅對女性表現出來的態度如此坦蕩蕩，卻始終沒傳出風流韻事呢。」

「喂，別說了，札諾巴。再說下去不行啦！你還記得那件事吧！」

「……噢，說得也是，這是我的疏忽。」

最近克里夫的座位也變近了。

好像是艾莉娜麗潔偶爾會把我的事說給他聽。

我是不知道到底說了些什麼，但似乎幫我說了許多好話，所以克里夫現在對我的態度也還不壞。

順道一提，我之所以被艾莉絲拋棄，現在好像被歸咎在病因身上。

也罷，這無關緊要。反正艾莉絲那件事我已經看開了……！

不過話又說回來，最近這一個月克里夫和艾莉娜麗潔漸漸地不會在大庭廣眾之下調情了。

話雖如此，他們似乎也還沒分手。

克里夫每三天兩頭就會顯得極度操勞，看來夜生活十分充實。

之所以不在大庭廣眾下調情，應該是因為他們有私下談妥了吧。

是說，被搾得那麼徹底，不會妨礙到念書嗎？

也罷，那兩個人的事情就讓他們自行處理，我無需在旁說三道四。

只不過，確實有點讓人羨慕。

「……Grand Master，這個硬硬的部分魔力不夠，幫我。」

茱麗每天都不斷努力地製作人偶。

順道一提，最近我還同時教她如何自己動手雕刻。真要說的話，畢竟這部分並非我的專門領域，所以還請了跟札諾巴同學年的礦坑族協助。

「……」

關於魔王巴迪岡迪的情報我也只是略知一二。

據巴迪岡迪本人所說，他似乎是因為嫉妒我才會來到這裡。

也就是說，或許也會有部分責任問題被推到我身上。

不，關於這個問題還是希望吉納斯副校長能幫我設法處理，畢竟是他把我挖角進來的。

「嗯？」

當我腦中思考著這些事情時，教室的門突然被用力推開。

除了塞倫特以外的特別生已全員到齊。

老師應該也不會這麼快來，難道說，塞倫特終於要在班會上露面了嗎？

就在我這麼想的那瞬間——

「呼哈哈哈哈哈！」

高亢的笑聲響徹整間教室。

然後他踏進了教室之中。光明正大、恣無忌憚地站上講台睥睨我們。

「不死身的魔王巴迪岡迪，駕到！」

就像騙人的對吧？

那傢伙……還穿著制服呢。

——於是，巴迪岡迪就以活廣告的身分進入魔法大學就讀。

儘管他沒有特別要學的知識，也不會特地做研究，但偶爾會進行視察向學生搭話，好像還因此被通報過。

不過若不通報的話，據說就會被賜予魔王的睿智……

但不管怎麼說，就這樣，拉諾亞王國的這起魔王來襲事件就此劃上句點。

第五話「白色面具 前篇」

最近有人在畏懼我。

對象是在魔法大學就讀的幾乎所有學生。

一開始我還沒會意過來，想說只是單純被敬而遠之。

不，被敬而遠之的這點依然沒變。

比方說，當有一群面相凶惡的傢伙從對面走來，像這種時候我會想說「為了不要被他們纏上，從角落走過去吧」。然而不知為何卻是對方先注意到我，主動退到走廊角落。偶爾還有人會看著窗外說什麼：「今天真是好天氣啊～」，明明外面在下雪。

當下覺得「沒被他們纏上，真幸運！」，卻沒想到對方也有同樣的念頭……

我在某次上完解毒魔術課程準備踏上歸途時，才意識到這件事。

上完中級的解毒魔術課，我一踏出走廊就看見了辛馨亞蒂。

辛馨亞蒂。沒錯，就是在開學當天用內褲小偷這種莫須有罪名痛斥我的肉彈系女子。

而對方似乎也同時注意到我，兩人四目相接。

畢竟也曾交談過，對方又是學姊。

覺得不先打個招呼好像也挺失禮的我，同時也認為應該要順便為開學當天那件事鄭重道歉，便往她走去。

結果她卻渾身顫抖，別開視線。

她邊縮起自己寬廣的肩膀，邊用卑躬屈膝的態度注視著腳尖。

「辛馨亞蒂學姊，關於開學那天的事……」

我才剛以這句話為開端，她整個身體就突然喀噠喀噠地開始發抖。

然後用與那壯碩身材不相稱的輕柔聲音說道：

「當……當時，那個……是我不好。很對不起。請你饒了我……」

她的態度和開學當天截然不同。

我對此也感到不知所措。彷彿就像我在恐嚇她似的。

「呃……不是，該怎麼說，應該是我要跟妳道歉才對。那個……我已經把宿舍的規則記起來了，呃……不會再發生那樣的……」

就在我語無倫次時，圍觀群眾陸續聚集了過來。

「喂，快看。是魯迪烏斯耶。」、「他還對開學那天的事耿耿於懷喔……」、「辛馨亞蒂太可憐了……」、「明明是自己打破規則的，怎麼會有這種人……」、「笨蛋，要是被他聽到了怎麼辦！」

周圍的聲音參雜了同情與批評的內容，辛馨亞蒂開始哭了起來。我也差點就哭出來了。

不太對勁，這是怎麼回事？視線刺得我的心好痛。

「怎麼了喵？怎麼了喵？打架嗎？」

「大白天就這麼血氣方剛的說。」

正好就在此時，莉妮亞與普露塞娜從旁經過。

她們兩人看到我，以及淚眼汪汪的辛馨亞蒂，接著就彷彿完全掌握了狀況，發出「噢～」的一聲點頭之後，露出得意的表情湊了過來。

「老大，你就饒了她喵，辛馨亞蒂也沒有惡意喵。同樣身為獸族，希望老大能看在我們的面子上放過她喵。」

「好了，快走的說。要是這次學到教訓，今後注意別再惹我們家老大生氣的說。妳的運氣真好。如果二當家的我沒有剛好經過，妳已經被大卸八塊了的說。」

「啊，遵……遵命……！」

辛馨亞蒂就像認為自己被她們兩人所救似的低頭道謝，接著努力讓自己寬廣的背影盡可能看起來比較嬌小，迅速離開現場。

「好啦，你們也快閃喵！沒什麼好看的喵！」

聽到莉妮亞這句話，圍觀群眾開始四處逃竄，消失得一個也不剩。

這下我也暫時安心了。

「普露塞娜，剛才那句話是什麼意思喵？」

「剛才那句話……妳指哪句的說？」

「我才是二當家喵！」

「因為最近老大的手下變多了，愚蠢的莉妮亞是無法勝任二當家的說。」

「普露塞娜的成績也跟我一樣吧喵！」

我打算詢問狀況而轉身面向她們，結果這兩人又老樣子開始一搭一唱。

「好了，妳們也別吵了。就算有兩個二當家也沒什麼不好吧。」

「老大根本不懂喵。組織的上下關係得要確實區分才行喵。」

「沒錯的說，這很重要的說。」

看來對獸族來說，上下關係至關重要，不過話又說回來，我根本就沒打算成立什麼組織。所以無論誰是二當家對我來說都無所謂。

先不管這件事了。總而言之，我得好好感謝她們。下次送些什麼表達感謝之意吧。

應該送肉和魚就行了吧。

「不過竟然會踩到老大的地雷，辛馨亞蒂也真夠笨的喵。她對你做了什麼喵？」

「沒有，只是她開學那天誤把我當成內褲小……」

「啊！原來是那個！嗚哇，沒想到內褲小偷竟然是老大！」

「……法克的說。」

她們倆突然對我投以輕蔑的視線。

先等我把話講完啦。那是冤罪，莫須有的罪名。看來我還是贈送絕望與屈辱的感覺給她們當禮物好了。

「這麼說來，之前辛馨亞蒂還很得意地跟我們說，有個膽小的一年級學生被菲茲袒護。結果膽小的人卻是她的說，真是太好笑的說。」

「居然會饒恕把自己當成笨蛋的人，老大真是寬宏大量喵……不過就這樣放她逃走，無法樹立規範，下次讓我好好地教訓她喵。」

教訓……妳們不是已經不當問題學生，成為資優生了嗎？

「別這樣啦。要是製造多餘的敵人怎麼辦？」

「唉～老大就是缺乏讓自己更上層樓的決心喵。明明現在只要和我們聯手，就可以打倒愛麗兒掌握整個宿舍喵。」

「沒錯的說，老大既然能打贏菲茲，那就能站上這所學校的頂點的說。」

怎麼獸族的人成天都想站上頂點啊。

搞不好她們真的罹患了新領袖病。（註：出自《變形金剛》中被人惡搞的病症，形容人成天會想著如何以下犯上）

「支配宿舍，站上學校的頂點之後又能怎樣？」

我對站上頂點完全沒有興趣。

基本上，我的主張是不與人逞凶鬥狠，更何況立於他人之上，也代表可能會招來別人的怨恨。

畢竟在這個世界，光是走在路上都有可能突然被打穿心臟。

因此，對所有遇見的對象都以謙卑的態度對待才剛好。

「成為學校的頂點之後喵？這個喵……既然老大不能做那件事，那每逢過年就從女生宿舍的所有人徵收一條內褲如何喵？」

「聽來不錯的說。畢竟老大喜歡內褲喜歡到會擺在書架上，一定會很開心的說。」

「我才……不會開心啦。」

何……何況我又不是喜歡內褲才擺上去的。

儘管我個人不討厭內褲，但收到連長相都不知道的女生的內褲，我也完全……不會開心喔。

例如說，即使知道長相，我收到辛馨亞蒂的內褲依然不會開心。

不過偶爾也會有可愛的女孩子呢。雖然不是我的菜……

再例如說，如果是收到莉妮亞和普露塞娜的，或許會有點開心。雖然這兩個傢伙身上有點野獸的臭味，但再怎麼說依然是頗具姿色的美少女，撫摸毛皮時聞起來也有女孩子的味道。

不對，但是啊……

對……對了。菲茲學長。菲茲學長應該很討厭這種行為。

所以這樣不行。嗯，很好，理論構築完畢！

我不會再被迷惑了。退去吧，魔羅。（註：出自《聖☆哥傳》，佛陀為了去除欲望說的台詞）

「我對森羅萬象的內褲沒有興趣，要做的話請妳們兩個自便。不過要是給菲茲學長添麻煩，我可是會變成妳們的敵人喔。」

很好很好，真是千鈞一髮呢，素昧平生的女學生們啊。

要不是我現在有病在身，妳們就倒大楣了。

「唔……也……也好，如果老大想要安分守己，那我們也會服從的喵。」

「……就是的說，我們都聽老大吩咐的說。」

……總之。

因為發生這樣的事，我才總算會意過來。

看樣子，我似乎受到眾人畏懼。

只要意識到這點，就不會再去想「為什麼」。

畢竟我打倒了學園第一高手菲茲，還讓問題學生對我言聽計從。

後來還打倒了讓學校陷入恐慌的魔王，而且只用一招。

這樣當然會讓人感到畏懼。

雖然這是我從巴迪岡迪那聽來的，但要傷到他用鬥氣纏繞過的那副漆黑身軀，好像必須要有劍神流王級水準的劍技才能辦到。

王級。換句話說就是要有基列奴或是瑞傑路德那種等級的戰士才能勉強與他一戰。

雖然巴迪岡迪的戰鬥方式過於依賴肉體，因此對上具有一定攻擊力的對手時似乎會完全招架不住……

不過這不是重點。如果要相信他說的，就表示我的岩砲彈已經具有等同於王級的威力。沒想到在不知不覺間，我的岩砲彈也變得具有如此驚人的火力啊。

雖然充其量也只有威力。

我並沒有纏繞巴迪岡迪所說的鬥氣。

所謂鬥氣，似乎是所有劍士都會自然而然纏繞在身上的能力，然而即使再怎麼鍛鍊，我的肉體也無法具有像艾莉絲或是瑞傑路德他們那種速度與臂力。儘管能增加肌肉量，但也僅只如此。

結果，我也只有攻擊力高人一等。

雖然我的魔力總量似乎足以與魔神相提並論，只要依靠魔眼之類的，應該能勝過大部分的對手。

然而我的身體能力只是一般水準。

只要對手的等級超過一定程度，我就贏不了。

不過呢，一般學生怎麼可能會理解這種事。說不定他們以為既然我的攻擊力有王級水準，那麼身體能力應該也是以此為基準。

儼然是凌駕魔王的存在。如果我是一般學生，肯定不會想跟這種人扯上關係。

「老大應該要更有自信點喵。只要抱持自信，你那個毛病一定也能迎刃而解喵！」

「沒錯的說，不過就算老大解決這個問題，希望你只襲擊莉妮亞就好的說。」

莉妮亞與普露塞娜如此說道。

難道是自信嗎？我的小兒子會閉門不出是因為我喪失自信的緣故嗎？

被她們這麼一說的確有這種感覺。當初我輸給奧爾斯帝德，被艾莉絲拋棄，甚至還被莎拉拋棄，無法展現自己的實力而失魂落魄。只要找回自信，說不定就有辦法重新站起來。

的確，或許現在正是我找回自信的大好機會。

學生畏懼著我的存在。

我試著帶莉妮亞和普露塞娜在身旁走著，眼前的學生就會自動分成兩邊讓路。

由於我生前未曾處過這種立場，感覺格外新鮮。

這就是能夠大搖大擺走路的立場吧。簡直就像是院長回診似的。（註：出自《白色巨塔》）

或者我現在該自稱摩西呢？總之心情實在很爽。

滾開，別在老子的走廊擋路……正當我得意忘形之際，忽然想到。

或許，生前欺負我的那些傢伙，也是像這種感覺在囂張吧。

「……」

有點想起討厭的往事了……

就算我在這個世界多少有在努力後拿出成果，生前的我依舊是比任何人都還要卑微的存在。

即使今後我治好ＥＤ的毛病，恢復到萬全的狀況，這個事實仍然不會改變。

而且，假如我忘記這個事實，就是重蹈生前的覆轍。儘管我來到這個世界後變得比較積極，但我終究還是我。

所以，還是別太得意忘形吧。

我可不會再變回尼特族了。

就在我過著這樣生活的某一天，發生了一件事。

這天，我一如往常待在圖書館調查資料。

調查的內容當然是關於轉移與召喚方面。然而我越是調查，就發現轉移與召喚之間的共通點越多。儘管一個是呼喚過來，一個是傳送出去，兩件事有著本質上的不同，但所有內容實在都過於相似。

看樣子有必要認真學習召喚的知識。

雖然我是這麼想，然而在這所大學並沒有專門教授召喚魔術的老師。

儘管去魔術公會似乎就可找到能使用召喚魔術的人物，但充其量也不過是初級或是中級，頂多召喚出無傷大雅的使魔或是幾乎不具自我意識的精靈。不太可能問出專門知識。

如果是附加系的話，似乎有人能操控到上級，然而附加系與召喚系魔術相去甚遠，即使提出轉移方面的問題，對方也回答不出個所以然吧。

儘管吉納斯副校長對這學校的師資相當引以為傲，但不過是講得一口好師資。

不過話又說回來，或許對這個世界來說，這種狀況也是無可奈何。仔細想想，我在冒險者時代也從未看過召喚魔術師，可見這種職業非常罕見。

或者說召喚術與結界和神擊相同，已經被某個國家給據為己有了也不一定。

不過，總覺得我好像認識一個很清楚召喚術的人。

我是在哪聽說的啊？只要遇到應該就會想起來才對。

算了，既然想不起來，就表示我還沒見過吧。

但不管怎麼說，圖書館內對召喚解釋得比較詳細的文獻大致上都被我讀通了。

再繼續自學下去也學不到任何東西，感覺已經有點踏入死胡同。

就在這個時候，菲茲學長幫忙找到了。

「魯迪烏斯同學，我總算找到了。這所學校還有一個人在專門研究召喚魔術！」

「喔喔！」

「我是從吉納斯副校長和蓋奧爾格校長那聽說的，你猜是誰？」

菲茲學長宛如想要搗蛋似的，笑咪咪地詢問我。

學校裡還有一人。首先，應該不會是教師吧。在學生之中的確有人在學習召喚，但應該沒有人達到上級或是聖級以上水準。那究竟是從哪裡冒出來的？

「……是魔術公會的人嗎？」

如果是魔術公會，裡面應該也有以使用召喚術為主的人吧。

說不定是該名研究員把這間學校作為根據地從事研究。

「嗯……聽說對方姑且算是魔術公會的A級公會成員。」

「哦？」

根據我的調查，魔術公會的A級是分部長等級，S級則屬於幹部等級。

我記得蓋奧爾格校長是S級，而吉納斯副校長則是B級。

「你說A級……我記得那和魔術公會的分部長應該是相同層級吧？」

「嗯，嚇了一跳吧。」

印象中，我曾聽說只要成為B級，在其他國家建立魔術學校時就會有專人幫忙教導技術，甚至還可以獲得資金贊助。

「那，到底是誰？」

「魯迪烏斯同學應該也至少聽過那個人的名字喔。」

我曾聽過對方的名字……？

奇怪，我認識的人裡面沒有魔術公會的A級公會成員啊……

「究竟是誰啊？你差不多也該告訴我了嘛。」

「呵呵……就是特別生的塞倫特．賽文斯塔。」

菲茲學長說出的這個名字，我的確也曾聽過。

塞倫特．賽文斯塔。

聽過的不只是名字，也聽說過這個人物對這所學校所做的各項豐功偉業。

首先，是改善餐廳的餐點。確立來自阿斯拉王國的食材運輸路線，讓學校能使用原本在北方大地無法享用的食材。

另外，還發明出名為科里濃湯的獨創料理。那是一種將馬鈴薯、紅蘿蔔及洋蔥等食材放進鍋裡熬煮，再把混合了十幾種辛香料製成的調味料加進鍋裡，最後用麵包去沾熬煮出來的濃稠褐色湯汁來吃的料理。

簡而言之，就是咖哩。儘管與我的舌頭記憶中的咖哩味道相去甚遠，但製作方式確實與咖哩極其相似。

而且設計制服的人也是塞倫特。

塞倫特動用了阿斯拉王國的設計師及工房的人脈，讓他們在那製作制服。

原本世人認為魔法大學是間聚集了雜七雜八種族的鄙俗學校，但塞倫特藉由統一制服洗刷既有成見，順利地提升學校的形象。

還有，也是塞倫特設計出名為黑板的工具。

將石灰固定成棒狀，在塗成漆黑一片的板子上書寫文字。僅僅這樣就讓課程更為流暢進行，因此受到好評。

要找的話還有很多事可講。

有些真的很細微的地方，也都是使用了塞倫特所策劃的方案。

因此這些功績被魔術公會認可，塞倫特被賜予A級公會成員的稱號。

不過，這下好了。塞倫特所製作的東西……我全都有印象。

那些幾乎都是這個世界的居民不知道，而我知道的物品。

這麼一來，就算我再怎麼遲鈍也能隱約察覺到，這個塞倫特究竟是什麼樣的人……

然而，儘管不知理由為何，此時我還不打算把那個單字說出口。

或許是因為……我想把自己視為一個特別的存在。說不定是因為我認為自己在這個世界是特別的存在。是具有其他世界記憶的唯一存在。

不過，仔細想想就會發現，沒道理只有我一個人是特別的。

老實說，我至今為止一直畏懼名為塞倫特的存在。

甚至會覺得可能的話不想跟這個人有任何接觸。

我想，是不願意看到有個傢伙在相同條件下，做得比自己更加出色。而且，一旦遇見那傢伙，如果被問到：「明明有如此得天獨厚的環境，你怎麼還在那混水摸魚？」，應該會讓我頓時無地自容吧。

「我明白了。那我會去見見這位前輩。」

不過，當從菲茲學長口中聽到那名字時，我立刻就下定決心去見塞倫特一面。

我想，自己八成有點得意忘形。

畢竟我把神子收為徒弟，讓他稱我為師傅，戰勝學校第一的問題學生，讓她們稱我為老大，還被學校第一的天才投以憐憫的視線，甚至還戰勝魔大陸的魔王，被他以朋友相稱，如今更受到全校學生的畏懼，所以我得意忘形了。

當然，我心裡也明白自己不能得意忘形。

（不過我都做到這個地步了，塞倫特應該也不會擺出高高在上的態度看扁我。）

之所以立刻就決定去見塞倫特一面，或許是我在無意間有了這種想法。

★　★　★

我向吉納斯副校長詢問了塞倫特的所在地。

他說是在研究棟三樓的最裡面。據說塞倫特打通了位於該處的三間房間並改裝成研究室，幾乎閉門不出在那生活。

我刻意獨自造訪那間研究室。

我也不清楚這麼做的理由。老實說，應該要和菲茲學長一起過去才對，但我卻覺得必須要自己一個人前往才行。

在門前做了一次深呼吸後，我已經做好心理準備。

就算塞倫特和我一樣都是「轉生者」，我也絕對不會退縮。

於是我輕輕敲門。

「……請進。」

從門內傳來簡短並語帶煩躁的回應。

我將手放在門前，慢慢把門推開。

研究室裡面散亂著大量書籍和成綑紙張，到處都擱著不知有何用途的魔道具，還有堆得像山一樣高的大量魔力結晶與魔石。

有個人坐在裡面。然而當那傢伙回頭的瞬間，我頓時啞口無言。

「……又見面了呢。」

那傢伙……是黑色頭髮。那傢伙……是女人。

而且我忘不了，絕對忘不了。

她戴著面無表情的……白色面具。

「呀啊啊啊啊啊啊！」

我發出慘叫逃了出去。

那個白色面具的少女，當時和奧爾斯帝德在一起。我想不起她的名字，但是我記得奧爾斯帝德。沒錯，奧爾斯帝德……是奧爾斯帝德。即使我已做好覺悟面對轉生者，但可沒有面對奧爾斯帝德的覺悟啊。

差點死去的恐怖清晰地湧上心頭。在那個當下，幾乎感覺不到任何東西的恐懼感，在看到白色面具的瞬間重新復甦。肺部被打爛時的痛苦，做什麼都被無力化的無力感，心臟被貫穿時的疼痛。以及，面臨死亡的——恐懼。

一切記憶重新想起，我拔腿逃離現場。

逃走，逃走，再逃走。甚至不知道我現在跑在什麼地方。

回頭一看，那傢伙竟然追了過來。

為什麼？我明明已經跑這麼遠了……不，不對。是我，是我太慢了。我應該是竭盡全力奔跑才對，然而卻完全沒有移動。明明我的心老早就已經跑到地平線的盡頭了啊。

我繼續逃走。儘管跌倒、翻滾，依舊像個醉漢般用那不爭氣的步伐逃走。

明明就是為了這種時候才特別鍛鍊逃跑的腳程，但是我的腳卻不聽使喚。

簡直就像置身夢境一樣，不爭氣的雙腿無法使力。

甚至無法拉開和那傢伙之間的距離。

明明我在和魔王對峙時也沒像這樣發抖。

「……啊！」

突然間，我看到出現在樓梯下方的菲茲學長身影。

如果是他的話一定能救我。我湧現這種想法，頓時鬆了口氣。

「呼……居然看到別人的臉就突然發出慘叫逃走，這樣也太失禮了吧？」

有人輕輕拍了我的肩膀。

轉頭一看，那傢伙就在我眼前。

「啊咻！」

我從喉嚨發出奇怪的聲音，身體受到驚愕與恐怖感侵襲頓時痙攣，下一個瞬間，就這樣滑了一跤從樓梯上摔下，悽慘地暈了過去。

★　★　★

感覺有人在輕撫我的頭。

是雙溫柔的手。我感覺到彷彿有某種東西從那雙手注入了某種東西，化消了我血液循環不暢通的部分。

我把視線移動到這雙手的主人身上一看，是菲茲學長。

原來在撫摸我的人是菲茲學長。菲茲學長的手非常溫暖。

而且既細小、柔嫩又纖細，甚至讓人覺得這不是男人的手。

我自然而然地握住他的手。

「啊，魯迪烏斯同學，你醒了嗎？因為你突然就從上面滾下來，害我很擔心呢。」

「……我作了很可怕的夢。一個差點被戴著白色面具的女人殺死的夢。」

「呃……」

菲茲學長露出了困擾的表情。

為什麼？不，先等等，是說這裡是哪？不是在我宿舍的房裡，況且根本就不是宿舍。

不過我曾看過這裡，菲茲學長的身後放著幾張床。對了，這裡是醫務室。

我挺起身子，轉動脖子環顧四周。

看來醫務室沒有其他人，只有我和菲茲學長。不對，還有總是留守在這的治療術師。

我繼續看向四周……

「嗚喔喔……！」

在床的另一頭。

戴著白色面具的女人……就坐在那。

看到我差點從床上跌落，那傢伙隨即嘆了一口氣瞪著我說：

「很失禮耶……為什麼你會那麼害怕啦。我之前不是救了你嗎？……對喔，那個時候你已經死了所以沒有印象嘛。」

之前……已經死了……果然沒有錯。這傢伙就是當時的那個人！

就是在奧爾斯帝德旁邊的那傢伙。

「奧……奧爾斯……奧爾斯帝德呢？」

「不在這裡。畢竟他很忙。」

面具少女若無其事地說道。

不在。奧爾斯帝德不在這裡。這是真的嗎？不，就算她騙我也沒有好處。

「放心吧。他暫時不會再盯上你了。」

「暫時……這表示過了一陣子後，他還是有可能來殺我嗎？」

「我認為他應該沒這個打算……不過也是有這種可能，這就要看你的造化了。」

總之現在暫時沒事。

明白這點的那瞬間，我感覺到自己明顯地鬆了口氣，人還真是現實。

「那個，我不太懂你們在說什麼，可以解釋給我聽嗎？」

菲茲學長看到我的態度，搔了搔耳根表示不解，向面具女詢問：

「首先，妳和魯迪烏斯同學是什麼關係？」

「沒有任何關係。」

面具女不耐煩地回答菲茲學長的問題。

在旁的我可以察覺到菲茲學長明顯感到不悅。

「可是，我還是第一次看到魯迪烏斯同學那麼驚慌失措。難道不是妳對他做了什麼嗎？」

菲茲學長的口氣很強硬。

他居然願意袒護我這個沒用的學弟，實在太感恩了，感激不盡。

「我們之前碰面時，他被龍神狠狠地修理了一頓，應該是對那件事記憶猶新吧。」

「龍神……？妳是說七大列強的？」

「沒錯。」

「妳就是龍神？」

「怎麼可能，我只是之前曾和他一起旅行。」

面具女說得很不以為然，撩了撩頭髮。

現在我才注意到，她身上穿著這所學校的制服。

「話雖如此，我也沒想到會在這裡再次遇到他。」

從面具底下透出了一股強而有力的視線。

「不過正因在『赤龍下顎』相遇豎了旗標，我們才能在這所學校再會。算是這樣的因果路線吧。」

她從懷裡取出一張紙條。

「我有三件事要問你，老實回答我。」

聽到她不容分說的語氣，我吞了口水點點頭。

「第一，你對這個有印象嗎？」

我接下她遞出的紙，上面寫著「篠原秋人　黑木誠司」。

………還是用日文。

我馬上察覺這是人名，同時也有一種「果然」的心情油然而生。她果然……

「第二，你懂這個語言嗎？第三，你是這兩人中的哪一個？」

這些問題也是用日文問的。到了這種地步已經很確定了。她……和我的來歷相同。

只不過，寫在這張紙上的名字………我絲毫沒有印象。

儘管有些不知所措，但我已做好覺悟。

於是我緩緩用日文回答：

「哪一個都不是。我不知道這些名字。」

「是嗎，看來你懂這個語言呢。」

「咦？這是什麼語言？魯迪烏斯？」

菲茲學長窺探到紙條內容，焦躁地問道。

「不用驚慌，他只是和我來自同鄉。」

「同鄉？怎麼可能！」

菲茲學長對此做出否定。儘管我不知他是基於何種根據才否定，但現在的重點不是那個。

「那，妳也是如此嘍？」

我小心翼翼地詢問，她點頭做出回應。

「沒錯，當我回神過來，就突然被丟到這個世界了。」

她一邊說著，一邊取下那白色的面具。

在這個瞬間，我記憶的齒輪喀喳一聲咬合上去。

是我生前的記憶，最後的那瞬間。差點被卡車輾過的高中生，一對爭吵的男女，而其中一人，那個女人……

眼前站著一個與她長相如出一轍的少女。

與此同時，我心中也湧現一絲異常的感覺。

這是為什麼……對了，她的臉跟當時完全一模一樣。

明明從那之後已經過了十五年，她的臉卻和當時一模一樣。

太異常了。為何明明過了十五年，還能維持同樣的面貌？

不，真要說的話，為何會長得一樣？

如果是轉生，那相貌應該會改變才對，就像我這樣。

我腦海中浮出這些疑問，至於答案，則是馬上由她親口說出。

「也就是所謂的穿越。我穿越到這無趣的世界來了。」

穿越。這其中的含意與轉生有些微不同。

我是所謂的轉生者。肉體會與原本的不同，只會帶著前世的記憶誕生於這個世界。

然而穿越卻不同。穿越……換句話說就是轉移，一種空間跳躍。

她保持著年齡和肉體不變，直接來到這個世界。

難道……她和我的狀況不同？

「我的名字叫七星靜香，是日本人。最近以塞倫特．賽文斯塔的假名自稱。」

腦中浮現疑問與混亂的思緒。

我的腦中已經亂成一團，什麼都說不出口。然而她卻再次追問這樣的我。

「話說回來，你是哪裡出身的？美國？還是來自歐洲？應該是白人吧……可是你卻懂日語……莫非你是混血兒嗎？像是住在日本的外國人之類的？」

不是問三件事嗎？這點我就不戳破了。

總之我沒有回答。儘管我沒做出回應，她依然自故自地繼續說下去。

「不管怎麼說，這樣一來狀況就向前邁進一步了。讓你活下來果然是正確選擇。當奧爾斯帝德說不認識你時，我就隱隱約約有這種感覺了……」

七星以帶著有點興奮的語氣繼續說道。

完全無視我的混亂。

「今後請多指教。對了，把名字告訴我吧。」

「魯……魯迪烏斯。我叫魯迪烏斯・格雷拉特。」

「那是在這邊使用的假名吧？本名呢？」

我不想說出我生前的本名。

我噤口不語，七星就像是察覺到我的意圖似的點點頭。

「啊，我知道。你在提防我吧。我懂你的心情，畢竟發生過那種事嘛。不過你大可放心，因為我是你的同伴喔。」

「……」

「不過話又說回來，除了我以外居然還有人來到這裡……我自從來到這個世界之後也是第一次遇到『地球人』，總覺得讓人安心不少呢。」

七星握住我的手，菲茲學長看到後皺起眉頭。

只是七星依然無視菲茲學長在旁，用欣喜的語氣說道：

「為了回到原本的世界，就讓我們彼此協助吧。」

為了回到原本的世界。這個句子統整了我亂成一團的思緒。

接著只有一個詞彙浮現在我腦海。

那就是「不要」。

我立刻把七星的手甩開，如此說道：

「我……根本不想要回到原來的世界。」

「咦……？」

七星啞口無言。

「魯迪烏斯還有塞倫特……拜託你們用我聽得懂的語言說話啦……」

再加上完全不懂日語的菲茲學長。

——醫務室瀰漫著一股說不上來的尷尬氣氛。

第六話「白色面具　後篇」

Nanahoshi Shizuka。

寫成漢字的話就是七星靜香。

她是穿越者。所謂穿越者也可視為轉移者。

假如在死去後作為嬰兒重生到這個世界的我叫作轉生者，那麼她……感覺應該算是迷途之人吧。

我將這點連同我自己是轉生者的事實一起對她坦白。

告訴她我並不是穿越者，而是轉生者。

死因是出於意外身亡，只是我對死前的狀況講得比較含糊。

畢竟我生前的樣貌實在不上相。要是她回憶起來，一定會用有色眼光看我吧。因為人的外表還是很重要嘛。而且，七星也有可能是因為我才轉移到這個世界，不希望她為了這點挑我毛病。

我和七星進行了交談。

用的是令人懷念的日語。

畢竟我們絲毫不了解彼此，所以請菲茲學長同席，只是我們交談時用的語言是日語。想必這讓菲茲學長度過了一段枯燥乏味的時間，真是對他很不好意思。

在我們開始交談時，她一開始就先挑明說道：

「我對這個世界沒有興趣，也不打算像無聊的召喚類漫畫或是輕小說那樣，運用原本世界的知識為這個世界帶來繁榮。我只會為了自己，為了能回到原本的世界而竭盡全力。」

她這樣的想法，與打算在這世界活下去的我可以說是完全背道而馳。

嘴巴一直掛著無聊無聊什麼的，連我也有點聽不下去，但我並非無法理解。

我想，她一定是「無法適應」。

包含自己的容身之處在內，對所有不感興趣的事物嗤之以鼻，一旦認定無聊的東西就打算切割捨棄的這種心情，我也不是不能理解。

因此，我並不打算糾正她對這件事的看法。

然而，七星卻對我有所防備。敗筆應該在於我一開始表現出不願合作的言行。

她大概隱瞞了自己掌握到的情報。

這也是理所當然。怎麼可以全盤信任不知是敵是友的對象。

畢竟我也同樣在警戒著七星。

話雖如此，現在想想當初的舉動是有點失敗。如果我當時看到她的臉沒有逃走，而是說：

「雖然我會留在這個世界，但還是會協助妳尋找回去的方法」的話，她應該也不會這麼防備我吧。

算了，追究過去的事情也無濟於事。

七星似乎是一回過神，就發現自己身在阿斯拉王國。

她當時處在空無一物的草原，據說是之後才得知那裡就是阿斯拉王國。

由於那裡空無一物，杳無人煙，正當她傷腦筋不知該如何是好時，好像是奧爾斯帝德出現並保護了她。

「為何奧爾斯帝德會……？」

「……不清楚，不過好像不是他召喚我出來的。」

她後來似乎在阿斯拉王國學習有關這世界的一切。從語言開始到魔法的存在、貨幣以及生活習慣等等，這部分倒是和我如出一轍。

驚人的是，據說她僅僅一年就完全精通人類語。

可能是由於奧爾斯帝德具有被所有生物厭惡的詛咒，所以她才得火速學會吧。

倘若事情有急迫性，那麼任誰都會很快就學會技能。

她在阿斯拉王國共度過了兩年。

而她在這段期間建立了一個架構，就是將原本世界的料理或是縫紉技術等知識傳授給別人藉此賺錢，接著再動用金錢掌握特權，最後只要運用特權，等錢自己進入口袋就行了。而且她還把七大列強的龍神當作後盾，藉此廣為宣傳獲取他人的信用，再透過自身的話術確立通路。

現在似乎已經擁有了可以享樂一輩子的資產。

她不只學會語言，甚至還獲得了名為金錢的基礎。然而，這一切只不過是為了達成讓自己回到原本世界這個目的的墊腳石。

後來她跟隨奧爾斯帝德，為了收集回到原本世界的情報，以及為了尋找或許同樣轉移到這個世界的朋友，花了一年時間周遊世界。

儘管奧爾斯帝德處處樹敵，所到之處都會引發爭端，不過大部分的對手都只要一擊就能徹底打倒。

和我的那場戰鬥也是其中之一，然而，似乎唯獨我的狀況實在太不對勁，所以七星才建議奧爾斯帝德讓我活過來。

關於這點，我已經先坦率地跟她道謝。

畢竟無論原因及過程為何，如果沒有七星那句話，如今我已不在人世了。

「不過話又說回來，為什麼奧爾斯帝德先生和人神會起爭執？當時實在太突然我都嚇了一跳。」

「我也不明白詳細狀況。不過他曾說是私人恩怨。還有，如果放任人神的使徒自由行動事情會變得很棘手，因此得趁早處理掉，他是這麼說的。」

真希望他別因為私人恩怨就冷不防地襲擊別人。

還有，我不是人神的使徒。儘管最近對他言聽計從，但頂多一年才見一次面。並不像使徒那樣有密切的關聯。

但不管怎麼說，她巡迴世界各地，並遇見了各式各樣的人。

儘管奧爾斯帝德受到厭惡，但龍神的大名具有利用價值，光憑他的一封親筆信似乎就能與知名的魔術師、騎士團長還有國王等人會面。

「光用一年就繞了世界一圈……？」

只是這部分讓我有點在意。

畢竟我當初繞行世界一圈可是花了三年。

「對，透過某種特殊的方法。」

「那是什麼方法？」

「這個嘛，簡單說呢，就是傳送裝置。在這個世界被稱為『轉移魔法陣』，你知道嗎？」

「只聽過名字。」

是在什麼時候聽過的？記得是從魔大陸回來那時吧。

對了，是瑞傑路德告訴我的，真令人懷念。

「但我聽說轉移魔法陣已經不存在了啊？」

「好像還殘留在人魔大戰時所建造的遺跡裡。」

「噢，在遺跡啊。是哪裡的遺跡？」

「因為奧爾斯帝德要我保密，所以不能告訴你。他說轉移魔術在這個世界似乎算是禁忌，盡量別在人前說出口會比較好。」

「……這樣啊。」

「更何況，我只是跟著他到處繞而已，根本不記得詳細的位置。」

雖然說是環遊世界，不過也只是徒步從這個轉移魔法陣繞去下一個轉移魔法陣的旅行。

但她聲稱自己不記得應該不是說謊。畢竟身上沒帶地圖，只能跟在別人後面用傳送裝置到處繞，這樣的確不會記得正確場所。不過哪怕是一個也好，可以的話我還是想知道那種方便的場所在哪。

畢竟天有不測風雲嘛。

算了，姑且不論這件事，先回歸正題吧。

儘管七星沒能如願遇見想找的人，但卻遇見了各種人物。

據說其中一人對她這麼說道：

「妳會不會是被誰給召喚來這個世界的呢？」

「……那個人是誰？」

「我不能說。對方要我別把我們相遇這件事告訴任何人。」

「為什麼？」

「那個人說：『要是其他人得知妳認識我，想必會有貪求金錢與權力之人試圖接近妳。如果不想引起麻煩，還是別張揚我的名字吧』。」

無法公開姓名的某人。

而那個人似乎是這個世界的召喚術權威。

然而，即使是如此人物，據說也沒有方法將人類從異世界召喚過來。

真要說的話，即使不是從異世界，也應該無法召喚人類才對。

總而言之，她為了調查召喚魔術，決定將據點設置在魔法大學。

因此將賺來的錢大筆捐贈出去，藉此購買魔術公會的B級與特別生的地位。

而且，她還透過阿斯拉王國的人脈，在學校引進制服等物品，並重新審視教育制度，將教材煥然一新，轉眼間就升上了魔術公會的A級。

如果再進一步提供她擁有的知識，據說還能獲得S級的地位，但她卻謝絕這個邀請。

「我再重申一次，我從來沒想過要讓這世界變得更好，或是在這個世界飛黃騰達。」

因此，她只會製作對自己有需要的物品，也不會提供給他人。

其實我對這點有些不滿。

讓世界變得更為方便，應該也不算壞事吧。

不知是否察覺到我的想法，七星嘆了一口氣後這麼說道。

「我說啊，我們在這個世界是異物。要是對歷史造成巨大變動，說不定會被這個世界排除在外耶。」

「被世界排除？那是什麼意思？」

「你沒看過科幻小說嗎？簡單來說，就是試圖讓歷史回歸原本自然面貌的力量。」

試圖讓歷史回歸原本自然面貌的力量。這麼一提，以前確實曾看過那類的漫畫。

好像是因果律什麼的來著吧。

「……真的會有那種概念存在嗎？」

「不曉得，但我認為還是得提防一下。」

應該是藉由時空跳躍穿越到過去的傢伙才需要在意那種東西，像我們這類異世界人應該不需要想太多吧。

……算了，要採取什麼行動都是個人自由。

於是，製造出不被任何人打擾的環境之後，她開始研究召喚領域的知識。

據說之所以會使用假名，是因為會有人被七星這個名字吸引過來。

話雖如此，假名居然取作塞倫特．賽文斯塔……我是覺得再做點修飾會比較好……啊，是為了讓另外兩人一聽就能明白這名字代表的含意嗎……是說，另外兩人也在這個世界嗎？

我不曾聽過七星以外的名字……

好啦，接著是有關召喚魔術的研究。

要研究這點，首先得要學習魔法陣的基礎知識。

基本上，這個世界的召喚魔術是運用魔法陣來行使。據說，如果攻擊或是治療方面的動態魔術是以詠唱為主，那麼召喚或是結界這類靜態魔術就是以魔法陣為主。

她讀通各類文獻，理解魔法陣是什麼樣的架構。

而且好像還不是去詢問教師，是從書本或過去的文獻中獨力汲取相關知識。

「這個世界的人思考方式太死板了。為了生存這或許是無可奈何，但我要做的事情至今從未有人做過，所以他們也沒辦法教我。」

被她這麼一說，一路都是被別人教導的我似乎沒有任何立場。

算了，反正我至今從未試圖去做別人沒做過的事，這倒沒差。

「而且我們沒有魔力吧？所以就算對方以具有魔力為前提教我們的話也很傷腦筋。」

「……咦耶？」

我發出了非常奇怪的聲音。

什麼？沒有魔力？

「怎麼了？我說了什麼奇怪的話嗎？」

「我有魔力喔，而且也能使用魔術。前幾天也才剛被人說我擁有這世界頂尖水準的魔力。」

我這麼說完，她就壓住自己的面具。

儘管因為臉上面具無法掌握她的表情，但可以看出她的情緒出現起伏。

「……是嗎，或許是因為你是轉生所以不一樣吧。我的魔力總量……據說是零。」

魔力總量是零。表示她完全無法使用魔術嗎？

「順帶一提，據說在這個世界的一切物體都具有魔力，即使是路邊的屍體也不例外。畢竟我是從沒有魔法的世界來的，想說這也是理所當然……」

居然連路邊的屍體也有魔力，這我倒是第一次聽說。

不過這麼一來，沒有魔力不就是一種很嚴苛的狀況了嗎？

「還有……對了，不知道這點你是不是也一樣。」

她這樣說完，取下了面具。

真令人懷念，是日本人的長相。美少女……雖然不至於到那種程度，但應該比平均標準高一點。雖然心裡是這樣想，但自從來到這世界後，我已經看過不少漂亮的相貌。說不定七星的外表在班上來看的話也是數一數二的美女。

「我呢，自從來到這世界已經過了五年左右，但完全不會變老。」

不老，五年。所以她的年齡大約是在十六七歲嗎？

「那……還真令人羨慕呢。」

聽到我這句話，她板起臉孔。

接著冷笑一聲之後，重新戴上面具。

「……也對，總比在人生地不熟的場所老死還來得好。」

這麼說來，在人神的夢裡出現的我也沒有變老，依然維持生前的模樣。

該不會所謂的異世界人，基本上都不會變老吧。

「雖然我不知道這是什麼樣的原理，不過真的很扯呢。」

「我倒是會像一般人那樣成長。」

「……是嗎，那或許是體質的問題。下次有機會讓我調查吧。或許會找到什麼線索。」

七星邊說邊在手邊的記事本上做了筆記。

可能是用來寫下自己察覺到的事及打算之後調查的事吧。

「那，回歸正題吧。」

她已經學會了魔法陣。

所謂的魔法陣，好像是將魔力結晶搗成粉狀，再混合幾種既定材料製成塗料後畫出來。只要沾上塗料就會溶進對象物體內，不會輕易消除。一旦將魔力灌入塗料就能增幅力量，配合魔法陣的形狀發揮效果。

基本上，使用過一次之後塗料就會蒸發。

而且，根據魔法的不同，也會決定使用塗料的材料為何。

基本上，要使用王級以上的大規模魔術時好像還需要特殊的塗料，實際準備起來會需要相當於國家預算的龐大金額。

「那麼，遺跡的轉移魔法陣也是只用一次就會消失嗎？」

「那另當別論，是用更為特殊的方法刻上去的。」

她是這麼說的。

使用塗料的魔法陣只能算是現代通用的版本。據說在魔法陣全盛期的時代還有許多其他的方法。

不過現代也還留有這樣的方法，比如說用石頭之類的道具刻出魔法陣，直接將魔力灌進去。聽說七星因為自己無法運用魔力，所以並沒仔細調查，不過在製作魔道具時似乎會運用到這類技術。

「倒不如說，那種方法才是基本吧？」

「反正我無法使用，所以怎樣都無所謂。」

只要有形狀、塗料以及魔力，大部分的魔術都可靠魔法陣來呈現，不過卻有一個問題。

因為魔法陣的「形狀」是以口述流傳，目前大部分似乎都已失傳。

如今已經沒有人能製作出新的魔法陣。

如果不從遺跡深處的壁畫，以及古老國王的寶物庫深處被人們遺忘的卷軸之類的物品上謄

寫下來，就無法製作出新的魔法陣。

然而，七星卻徹底顛覆這樣的狀況。

她調查魔法陣的法則性，描繪大量的魔法陣，反覆進行實驗，最後終於成功地開發了幾套獨創魔術。

實在很了不起。真希望她也能教我。當我這麼想時，她彷彿要警告我一般這麼說道：

「可是，不能這麼輕易就把我調查的成果告訴你。」

就在我心想「為什麼啊？」的時候，她繼續接著說下去。

「來做個交易吧。」

看樣子接下來才要進入正題。

「畢竟我沒有魔力，也毫無戰鬥的手段。這副身體大概也只是不老，並非不死。」

「是啊。」

「我討厭這個世界。不但沒有真實感，飯也不好吃，連倫理觀念也很奇怪，又很不方便……我想你大概也知道，這個世界連洗髮精也沒有耶。更何況我還有家人朋友在原本的世界，所以我想要回去。你呢？」

我馬上對這個提問做出回答。

「我喜歡這個世界。畢竟我在這邊認識了許多人，所以不打算回去。」

「是嗎，你在原本的世界沒有被留下來的家人之類的嗎？」

「我沒有任何不捨。」

甚至不想回憶起生前的往事。

我早就決定要在這個世界努力下去。自從那之後已經過了十五年，這段期間也發生了許多事。不僅有好事，也有令人討厭的事。不過，我現在過得非常充實。

就算事到如今要我回去，我也會全力抵抗吧。

「原來如此，是壽終正寢嗎？」

七星擅自這麼解讀。

再次強調，我並沒有告訴她我就是當時衝過去的那個人。

儘管有提到死因是出於意外，但沒有提到具體的狀況。

「我和你的目的不同。不過彼此身上都有對方想要的東西。所以來交易吧。」

「我所擁有的東西裡面會有七星小姐想要的嗎？」

「剛才你自己不是說了嗎？說自己具有頂尖水準的魔力。」

原來她想要魔力啊。

在她的研究室裡看起來擺滿了大量的魔力結晶，難道說這樣還不夠嗎？

「你得來協助我的實驗。然後，至於你想知道的事情，就由我來告訴你。如果是我不懂的就查完再告訴你。畢竟我人脈很廣，對調查也還挺有自信。如果其他還有什麼問題也可以幫忙。」

「簡而言之，就是Give and Take的關係對吧？」

「沒錯，幸好你理解力很高。」

她看起來挺聰明的，應該不用我幫忙吧？

我是這麼認為，但畢竟我們是同一個世界出身，或許她心裡還是會有些想法。

而且她也說過同樣身為地球人，會令人覺得安心。

「我明白了，那麼就彼此互相幫忙吧。」

「是嗎，謝謝。你能這麼說就再好不過了。不過我得事先聲明，你可別之後才說什麼『果然沒辦法』喔。」

「君子一言既出，駟馬難追。」

「……聽到這種成語，會有莫名的感動呢。」

「畢竟在這邊誰都不懂這個哏嘛。」

七星「嗯哼」一聲清了清喉嚨，在椅子上端正坐姿。

她從口袋取出戒指戴在手上，而且還戴了三枚。這是打算做什麼？

「那，目前有想要了解什麼嗎？我聽說你正在調查轉移事件。」

「呃，是聽誰說的？」

我偷偷把視線瞄過去，望向無法加入我們的對話，正感到有點生氣的菲茲學長。

原來如此，在我昏迷的這段期間他們兩人已經稍微交談過了。

「呃……什麼？怎麼了嗎？」

突然被投以視線，他不安地歪著頭。

「接著我想針對那起事件請教妳的看法，七星小姐，麻煩從現在開始用人類語說話吧。」

「我明白了。」

菲茲學長在我的旁邊坐下。

我重新轉向七星的方向。

接下來不是用日語，而是用人類語交談。

「我不清楚那起事件是怎麼引起的。不過事件是發生在五年前，剛好與我來到這個世界的時間點一致。」

感覺七星有點欲言又止。

五年前，阿斯拉王國。聽到這些關鍵字，就算我再怎麼遲鈍都能猜測得到。

而且她應該也已經從菲茲學長那聽說我被轉移到其他場所了。

「也就是說？」

「恐怕那起事件是因為我來到這個世界的反作用力所引起的。換句話說……」

七星說到這暫且打住，然後又繼續說下去。

「換句話說，表示我可能就是那起事件的原因。」

果然。

我也幾乎猜到這個答案。

召喚和轉移相當類似。再加上七星是在當時被召喚過來。既然條件都湊齊了，即使我再怎麼呆也能明白。

老實說，知道原因不是在我身上反而鬆了一口氣。

然而，菲茲學長卻不是這麼想。

「就是妳嗎——！」

菲茲學長用我平常從未聽過的聲音大叫，朝著七星把手舉高。

「……怎麼是妳！」

七星高舉戴著戒指的手。

隨後戒指發光，菲茲學長的魔術沒有發動。那戒指是什麼來頭？

「我……我們因為那場災害究竟吃了多少苦！我爸爸……還有我媽媽都……！都是因為妳！」

察覺魔術無法發動的那瞬間，菲茲學長朝七星飛撲過去。

然而隨著第二枚戒指發光，他的拳頭在半空狠狠地撞上某種東西。

那枚戒指是魔道具……不對，是魔力附加品嗎？

「喂，魯迪烏斯．格雷拉特，別光站在那看快來幫我啊！」

七星的聲音顯得焦急。

我握住儘管累得上氣不接下氣，卻依舊試圖用拳頭去敲打的菲茲學長的手。

「菲茲學長，請你冷靜點。」

「我怎麼……怎麼可能冷靜啊！剛才這傢伙坦稱自己就是原因耶！為什麼你還能這麼平靜！你……你應該也吃了不少苦啊！」

菲茲學長露出我平常從未見過的激動神情。

縱使平常表現出看似釋懷的態度，但他也因為轉移事件失去了重要的親友。

儘管過了五年後在某種程度上已經可以冷靜地看待此事，但引發那起事件的元凶就在自己眼前，的確不可能保持冷靜。

不過就我所知，引發那起事件的人並不是七星。

在她可能遭到轉移的那瞬間，我生前正好在場。雖然無法理解為何我和她轉移過來的時間點間隔了十年……

總而言之，我可以肯定她也只是被牽扯進來。

啊，對喔。這部分的事情是用日語講的。

也就是說菲茲學長沒聽到這些情報。那即使他誤解也沒什麼好奇怪。

「抱歉，是我說明不夠充分。她好像也不是自願過來這裡。換句話說，她也是被害者。」

「被害者……是……是嗎？」

菲茲學長依舊氣喘吁吁。

不過他似乎相信我的話，吸了一口大氣之後就在椅子上坐下。

「對不起。是我的說法有失考量，我向你賠罪。」

「……不會，沒關係，我才要跟妳道歉，突然這樣……」

感覺菲茲學長情緒的一時還無法平復，表情也還很凝重，但似乎已經暫時恢復冷靜。

不過話又說回來，七星會戴上戒指，是以為我有可能會勃然大怒襲擊她嗎？看不出來她心思這麼縝密。

是說那戒指還真方便。算是一種自我防衛的手段嗎？我也想要一個。

「總之，關於那起事件我也不是很清楚。雖然我是因為那起事件而被召喚過來，但究竟是誰，基於何種目的，又是為何會演變成那樣的災情……關於這部分沒有任何人知道。」

「奧爾斯帝德……先生，他沒有說什麼嗎？」

「嗯，他也只說：『這種事情還是第一次發生』。」

是嗎，連他也不曉得。

算了，既然連冠上神之名的人都不清楚，表示這件事沒辦法輕鬆解開吧。

不對……等等，那場災害也有可能是奧爾斯帝德引起的啊？

如果要全盤信任七星的說詞，實在很難想像會是奧爾斯帝德引起那場災害，不過他也有可能隱瞞某些內情。

不，這樣也不太對勁。如果真的是這樣，那麼人神也會直接表明那是奧爾斯帝德幹的好事。

不知道是不是因為詛咒的緣故，他好像還滿討厭奧爾斯帝德。

更何況如果是他召喚七星過來，為何又全力協助她回到原來的世界，這樣實在說不通。

「那麼，為什麼妳會認為自己就是原因呢？」

「因為要是在事後才被人怨東怨西的不是很討厭嗎？所以我才會先表態說，那場災害的原因恐怕是在於我。」

「原來如此。」

比起隱瞞，她選擇先自己開口嗎？

然後再強調事情並不是這樣，比起事後才被人發現，這樣做比較能平息對方的怒氣。

不過呢，還是先把七星或是奧爾斯帝德其中一人說謊的可能性納入考量吧。

「不過，是這樣啊，原來妳也完全不清楚。」

「沒錯。不過我已經找到研究的眉目了。」

「妳的意思是……只要研究有所進展，就能找出轉移事件的真相？」

「至少應該可以透過理論性說明來解釋。」

不保證可以找出真相嗎？不過這樣反而能信任。

「為此，我需要大量的魔力。」

「原來如此，那麼我的存在算是順水推舟嘍。」

「順水推舟……呵呵，是啊，正如你所說。」

菲茲學長不悅地聽著我們的對話。

難道他還在懷疑七星嗎？

不過話又說回來，沒想到那位溫文儒雅的菲茲學長竟然會如此失去理智。他之前曾說有找到一名認識的人……這樣啊，他的父母都已經過世了嗎……

看來等他冷靜一點之後再找他聊聊比較好。

「我明白了，七星小姐。因為我目前還沒辦法徹底把握狀況，過幾天會再重新登門拜訪。關於協助的具體內容，就到時候再交待吧。」

「知道了，那就這樣。」

最後簡短地交談了幾句，我帶著菲茲學長離開此地。

★★★

我後來將七星的事情一五一十地向菲茲學長說明，他也稍微冷靜了一點。

七星其實是被強迫帶到這個世界，現在正拚命尋找回去的手段，當我這麼告訴菲茲學長後，他的怒氣似乎也收斂了。

不過，最後他卻問了我這麼一句話。

「那麼魯迪烏斯同學，你覺得她如何？」

覺得她如何啊……

這肯定不是指外表吧。應該是在說她這個人值不值得信賴。對於轉生過來的我而言，可以輕易接受她的說詞，但是對在這個世界土生土長的菲茲學長而言，這些內容或許沒辦法這麼快相信。

然而從七星的語氣聽來，實在讓我覺得她認為這世界的事根本就無所謂。簡直就像是想要快點把事情辦完回家似的。

畢竟她和我不同，自從來到這個世界後就一帆風順。

說不定就是因為這樣，使得她處理事情的方式太過草率。

雖然我並不是想炫耀自己吃了不少苦頭……但她確實有些地方讓人看不順眼。

「老實說，她有些地方讓我看不慣，但姑且還是會相信她。」

「……是嗎？原來你看不慣啊……嗯，那就好。」

菲茲學長露出苦笑。

要是我現在說已經完全信任七星，菲茲學長應該會忠告我：「必須更提防點才行喔」。雖然先找上她的人是我，似乎也沒資格說什麼騙不騙的……

也罷，畢竟這件事本身就像是天方夜譚。

他會擔心這麼輕易就相信對方的我也是無可厚非。

「你在擔心我對吧。學長，謝謝你。」

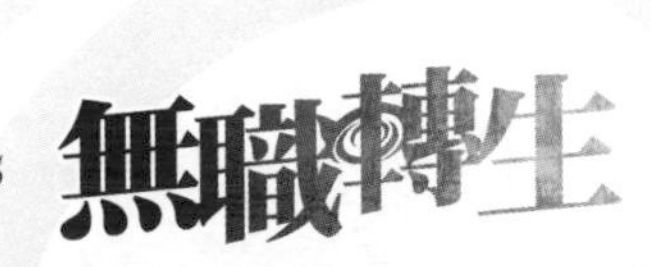

「咦！呃……沒有，其……其實不是擔心啦，嗯……不……不客氣。」

看見菲茲學長吞吞吐吐的模樣，讓我心頭一暖。

總之，這樣一來我就與七星締結互助關係了。

雖然想問的事情堆積如山，但不需要著急。只要慢慢詢問就好。

閒話「希露菲葉特4」

最近煩躁感與日俱增。

原來塞倫特是女性。

算了，這不重要。因為「公主大人」的情報網也收到了這樣的傳聞。

事實上，如果真要分類她至今為止所做的豐功偉業，都是會讓女性開心的事為多。像是食物、衣服以及清洗頭髮用的肥皂等等，如果說她是為了自己而做，這麼想的話就會有種豁然開朗的感覺。

因此我的煩躁並非來自於她本身。

而是魯迪。

在我看來，魯迪似乎很在意她。

魯迪的身邊有許多美女，像是莉妮亞和普露塞娜。儘管艾莉娜麗潔已經和克里夫開始交往，但她依然是名美麗動人的女性。

魯迪對她們並沒有表現出太大的關注。

然而對待塞倫特的態度卻完全不同。

魯迪很明顯地特別看待她。

可能是看到她在傷腦筋才決定伸出援手吧，畢竟魯迪看到他人有難就無法坐視不管。但並不只是如此。

魯迪和塞倫特之間有著某種我不知道的聯繫。

而那份聯繫毫無疑問地拉近了他們兩人的距離。

不過應該和戀愛情感不同。

實際上，我從魯迪身上也感覺不出他喜歡塞倫特。

只是我認為與其他女孩相比，賽倫特與他的心更為親近。

那種親近感，甚至比還在布耶納村的我更為強烈。

自從魯迪開始協助塞倫特進行實驗之後，與「菲茲」一起調查轉移事件的機會也隨之減少，取而代之的是和賽倫特相處的時間增多。

只要在一起的時間越久，說不定就會萌生近似戀愛情感的思緒。

明明莉妮亞和普露塞娜那時沒有給我這麼強烈的感覺，如今光想到魯迪會被塞倫特搶走，內心就感到忐忑不安。

難道說，我討厭塞倫特嗎？

不，我很少和塞倫特交談。應該說不上討厭才對。

我只是……討厭魯迪被人搶走。

她突然冒出來，但卻擺出一副好像與魯迪是老交情的態度，彷彿從以前就一直在一起似的坐在他旁邊，而且還坐得非常近。

可是，那裡明明是我的位置。

當然啦，或許現在是沒有人坐在那裡，我也不能抱怨什麼。

不過，如果真的想坐在魯迪身旁，我希望她能按部就班一步一步來。

就算是現在開始也可以，我希望她能自己主動和魯迪一起做各種事，製造彼此的回憶。之後再希望改變坐的地方。這樣我或許也能認同。

「唉……」

我會就這樣和魯迪越來越疏遠嗎？

「公主大人」說我可以多花點時間。

雖說如此，如果真的沒有任何希望，那麼「公主大人」也會禁止「菲茲」繼續與魯迪接觸吧。

這樣我們會越來越疏遠。
魯迪即使離開「菲茲」，是否也會過著一如往常的生活呢？
我原本待的場所，現在由塞倫特坐著，如果他們就這樣結為連理……
……我果然討厭那樣。
再這樣下去……不行。
但是我該怎麼辦才好？
答案很明顯。只要趕緊表明自己的身分，光明正大地把該說的事情講出來就行。
如此一來，至少能往前邁進一步。
「……」
儘管要做的事情很明確，但我卻裹足不前。
腦中閃過「如果不行的話……」這種想法，讓我無法往前踏出一步。
明明繼續維持現狀肯定會後悔，但我卻沒辦法跨出這一步。
我是何時開始變得這麼懦弱？我以前的確很膽小，但明明最近應該已經變得勇敢多了啊。
會不會是把勇氣掉在哪個地方了？
希望……有人能幫我找回勇氣。

第七話「在魔法大學的一天」

進入魔法大學就讀即將滿一年。

我也十六歲了。

由於在這個世界並沒有祝賀五歲、十歲以及十五歲以外的風俗，我現在也完全想不起來自己的生日究竟是哪天。

雖然只要每天看一下冒險者卡片就會知道，但那畢竟不是需要每天過目的東西。算了，年齡什麼其實無關緊要。

自從與七星相遇之後，我一天的行程產生了變化。

首先，是早起進行晨練。

這部分大致上和以往相同，只是現在每當我做揮劍練習，巴迪岡迪就偶爾會冒出來。

他並非來陪我練習，也不會在旁給予建議，基本上都只是默默地看著我。將那六隻手臂環抱胸前或是扠在腰間，嗯嗯連聲點頭。

雖然我不明白他在贊同什麼，但也不會特地說什麼。

畢竟他要是開口，就代表會一大早放聲狂笑，這樣不僅會給鄰居帶來困擾，我也不想聽。

老實說，我不知道該怎麼跟他相處才好。儘管他脾氣很好，但根本不懂他在想什麼。畢竟他好歹也是個魔王，感覺要是惹他生氣就不妙了。

我抱持著這種想法，不過就在某一天，巴迪岡迪開口了。

「嗯，這訓練讓人頗感興趣，但這有什麼意義嗎？」

沒想到他開口第一句話就有點刺傷我的心。

「應該不會沒有意義。」

當我這麼提出反論之後……

「你的魔力莫名地多。如果不先將纏繞鬥氣在身上再訓練根本沒有意義吧。」

他卻這麼回應我。

鬥氣，鬥氣啊。仔細想想，鬥氣這個詞彙目前為止我已經聽過好幾次。然而，關於要如何纏繞在身上這點始終很籠統。

這是個好機會。就試著問他吧。

「您說的鬥氣是指什麼？」

「鬥氣當然就是魔力啦！」

據巴迪岡迪的說法，所謂的鬥氣聽說就是驅使體內的魔力，藉此讓體能獲得爆炸性提升的一種技術。簡而言之就是肉體強化。這部分就和我猜測的一樣。

「請問要如何纏繞在身上？」

「將構成身體的肉片用魔力一片一片覆蓋上去，並加以固定！」

「哦哦。」

獲得了相當棒的建議。

這就是所謂魔王的睿智嗎？這麼一來我就能變強，能成更進一步的存在。

所以，我試著像七〇珠那樣釋放魔力，或是下意識地讓魔力像念〇力那樣在身體的周圍搖曳，試了各種方法。

然而，我的體能依舊沒有任何差異。覺得會變強只是自我感覺良好。

「你就是那個啦！沒有才能！」

巴迪岡迪直截了當地解說我辦不到的理由。

一般而言，據說只要鍛鍊身體，自然就會了解如何將鬥氣纏繞在身上。

我自認累積了不少訓練，然而至今依然無法將鬥氣纏繞在身上。

總之，就是沒有才能。

好像偶爾會有這種人。就是無論怎麼鍛鍊也無法使用鬥氣的傢伙。

「呼哈哈哈！不過對你來說沒有必要！畢竟那個拉普拉斯也沒有纏繞什麼鬥氣，卻依然很強！」

巴迪岡迪很常提拉普拉斯的名字跟我作比較。

可能是因為我和他之間有著「具有龐大的魔力」這個共通之處。

「巴迪岡迪大人，您曾見過拉普拉斯嗎？」

「嗯，他僅僅一擊就幾乎把吾的身體消滅，害吾花了不少時間復活！當時還以為死定了呢！呼哈哈哈哈！」

這應該沒什麼好自豪的吧。

算了，跟厲害的對手交戰還能倖存下來，光是這樣就足夠引以為傲了。

據巴迪岡迪所說，拉普拉斯是個充滿謎團的可疑男子，但對使用魔力的方法非常有一套。

「如果我也採用像拉普拉斯那樣的戰鬥方式，是否也能變強呢？」

「勸你別這麼做。要是學那傢伙使用魔力的方法，你的肉體不消片刻就會支離破碎。真要說的話，你身為人族卻擁有如此魔力，這件事本身就很異常！」

強大的魔力會摧毀自身。

我也隱隱約約察覺到這件事。所謂灌注魔力的流程，就像是把手臂伸展到極限的動作一樣。如果硬是將手臂伸展到整個彎過去，那當然會骨折。

看來拉普拉斯這個人不僅具有龐大的魔力，還擁有與其相符的肉體強度與技術。

然而我沒有肉體強度或是技術。人族的身體再怎麼鍛鍊，也無法練就拉普拉斯那種境界。

「再說，你變強打算做什麼？」

「就算您問我要做什麼……」

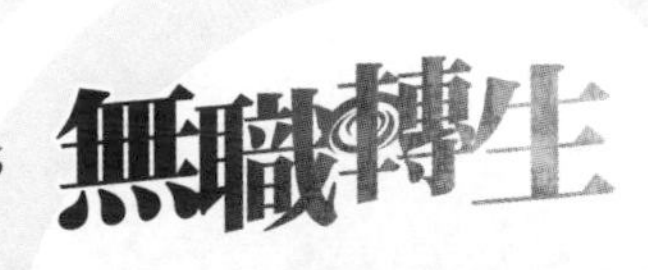

只要死過一次當然會想避免再發生同樣的事，這應該是理所當然吧。

「吾知道幾個過於追求強大與名聲的男人，他們都是些不正經的傢伙。尤其是吾的外甥，以前可相當逞凶鬥狠。現在是變得比較圓融了，但他還是誇下海口，宣稱自己想在死前成為世界上最強的英雄。明明比那種事重要的事物到處都是啊。」

「重要的事物？例如說呢？」

「例如女人啦！只要你也找到一個對象就會懂了！呼哈哈哈！」

巴迪岡迪露出得意洋洋的表情這麼說著。

在我生前看的漫畫裡，一味追求強大的傢伙的確都是些不正經的傢伙。反正我對於強大也沒有那麼執著。

雖然在這個世界是強者才有資格擺架子，但力量並非就代表正義。

與其追求強大不如追求女人。我能夠理解這種享樂的思考方式。

不過，因為有病在身而無法隨心所欲追求女人的我該怎麼辦才好？

「是說，魔王大人。」

「怎麼？」

「請問您知道治療性無能的方法嗎？」

「……………………不知。」

對我來說，魔王的睿智似乎派不上什麼用場。

結束練習後，吃了頓早餐，接著就前去上課。

上午是針對中級的解毒魔術進行學習。

所謂的解毒魔術，基本上初級就能對應絕大多數的症狀。

不過對於特定的疾病，還有高階魔物使用的毒素，或者病情正在蔓延的狀態下，就需要對症下藥進行詠唱，並消耗龐大的魔力。

在中級以上的解毒魔術課程，會學習與這些症狀對應的術。

這類魔術的詠唱時間很長。一旦到了中級就會變成攻擊魔術的好幾倍。據說以前的偉人曾把比較長的詠唱改短過，是不是到了中級以上就沒辦法這麼做了呢？

種類也很多。

在中級必須記住五十句以上的詠唱。而且其中還存在著製作出毒素的魔術。畢竟經常有人說毒跟藥是一體兩面。

上級的話會到上百句。到了這個級別，就需要非同小可的記憶力。

到了聖級以上雖然會慢慢減少背誦的必要性，但取而代之的是會增加消耗的魔力。

此外，到了王級以上甚至會被各國研究，並藏匿其存在。

會製作治癒魔術無法發揮功效的毒威脅他國，再做出用來治療的術式。

也就是說，無論在哪個世界病毒和疫苗都是一體兩面。

順帶一提，據說神級的解毒魔術能夠治好某種稀有病狀。

我記得是叫魔石病吧？好像是體內的魔力會慢慢化為魔石的一種疾病。

聽說這套魔術歷代僅只有一人能使用，詠唱咒文目前似乎被存放在米里希昂大聖堂妥善保管。

另外，中級、上級與聖級之間每提升一個層級，詠唱也會跟著拉長。

該不會到了王級甚至得唸完整本書吧？

儘管這副身體的記憶能力很高，但要把所有的詠唱都記下來想必還是得花上不少時間。

居然還得把經文整個背下來，僧侶無論在哪個世界都很辛苦呢。

算了，我的話會直接隨身攜帶寫有詠唱術的書。

說不定只要學會解毒魔術，也能治好我的病。

我抱著這樣的想法才來出席這堂課程，然而詢問老師後才得知，至少到上級為止似乎沒有治好ＥＤ的解毒魔術。

說得也是啦。

上完課後就是午餐時間。

至今為止都是在外頭用餐，不過天氣也差不多要開始轉涼，所以我決定製作一棟建築物。

使用土魔術製作出屋簷還有牆壁把桌子圍住，並在桌子中央鑿洞，在裡頭點火。最後只要在天花板開個氣孔，三兩下就蓋好了一間雪屋。用火加熱過的石桌非常暖和，實在很舒適。

只是這樣實在做得太過誇張，導致吉納斯副校長都過來發飆了。

他的說法是：「既然都能在外頭製造建築物了，為什麼不乾脆在裡面吃就好」，所以我們決定到一樓用餐。原本以為札諾巴會不喜歡這麼做，但意外地他沒多說什麼。

「因為在三樓的話，茱麗沒有位子坐。」

三樓好像沒有為奴隸身分的人設置椅子。

當然，這是潛規則。

札諾巴沒有把茱麗視為奴隸看待。再怎麼說都是把她當作自己的師妹。

雖說如此，他似乎還是認定茱麗的立場比自己卑微，會看到他用下巴指使茱麗的光景。

雖然對待的奴隸的方式千差萬別，但是我並不清楚札諾巴的處理方式究竟是好是壞。

不過，與明顯將對方視為奴隸的做法相比，這樣不會讓人不快。

「喂……喂，是魯迪烏斯耶……」

「真了不起，居然僅用一年就支配了所有特別生。」

「我當時有看到他幹掉魔王，還只用一招，一招耶……」

當我踏入餐廳，人群就分割為二散開，並開始交頭接耳亂傳八卦。

我不記得自己支配了所有人，更何況我雖然打中魔王一招，但後來卻被他三拳揍倒耶……

這種感覺是還不壞，但還是別太得意忘形的好。奧爾斯帝德那次就是我太得意忘形，下場

才會那麼悽慘。我是不可以得意忘形的人。

順道一提，隔開的人群一直延伸到最裡面的桌子。

「呼哈哈哈！就算是你也會怕冷啊。」

不知為何，巴迪岡迪坐在那裡，還大口喝著應該不在學生餐廳菜單上的酒精飲料。從他的黑色肌膚變色為紅黑色這點來看，八成是醉了吧。他的肌肉也太謎了。

周遭的學生從遠處觀看，並散發出一種要我們快點坐下的氣場。

意思是要我們吃飯的時候都固定使用這裡嗎？

另外，艾莉娜麗潔和克里夫坐在二樓。我曾試著去看過一次那個光景，簡直就是笨蛋情侶。會「啊～」地餵對方吃東西，或是不介意旁人的眼光玩親親。

看了後只會徒增空虛，所以我盡可能不想靠近那裡。

「Master，我想喝魔王大人的飲料，看起來非常好喝。」

「呼哈哈哈！不愧是礦坑族！光看一眼就能了解這酒的美味！妳說得沒錯，這可是頭上戴著毛球的男人珍藏的絕品！」

茱麗一邊拉著札諾巴的衣服下襬一邊如此說著。

我是聽說過礦坑族喜好美酒，茱麗果然也是這樣嗎？

不過這年紀喝酒再怎麼說也太年幼了吧……然而這麼想的卻好像只有我。

「嗯，巴迪大人，是否能請您分一杯呢？」

「當然可以，畢竟一個人喝酒也怪無趣的！別說是一杯，儘管喝吧！呼哈哈哈哈！」

茱麗從巴迪手中接過被斟得滿滿的酒杯，咕嘟咕嘟喝下。

不要緊吧？她這個年紀喝酒不會還太小嗎？

雖然說只要待會兒再幫她解毒就行了……

算了，我在這個世界也是七歲就稍微喝了點酒，不能說別人呢。

「那麼，本王子也來一杯。」

「別了吧，你待會兒還要上課。」

「既然師傅都這麼說了，巴迪大人，非常抱歉。」

「呼哈哈哈哈！竟然連酒都沒辦法隨心所欲地喝，學生真是辛苦啊！」

就在我們進行這樣的對話時，也用完了這天的午餐。

吃完午餐後，繼續上課。

這裡是五年級的教室，我要在這學習治癒魔術的上級。

意外的是我和普露塞娜在這堂課是同一間教室。至於為何會說意外，因為普露塞娜是孤身一人，莉妮亞似乎在上其他課程。

據說普露塞娜主修治癒方面的魔術，莉妮亞則是以攻擊方面的魔術課程為主。

儘管普露塞娜平常看來吊兒郎當，但在上課時還是會一邊咬著肉乾，同時認真聽講。

不過呢，她除了是特別生之外，以前還曾是問題學生，因此受到他人畏懼，感覺最近挺孤

單的。

好像連上實技課程時也因為無法組成雙人組而傷透腦筋。

所以，她還挺感謝我出現在這堂課。

「如果是老大，要我把自己重要的東西給你也可以的說。」

結果給的只是她吃到一半的肉乾。

我心懷感激地收下後，便用舌頭仔細舔過品嚐滋味。

普露塞娜看到後露出了非常厭惡的表情，明明是妳自己給我的啊……

至於莉妮亞，她最近開始會問我關於攻擊魔術的各種竅門。

主要好像是不了解混合魔術的原理。

據說攻擊魔術師會遇到瓶頸，大部分的狀況都是在混合魔術這個領域。

在我印象中，希露菲沒有在這個階段停滯很久，不過這或許就是大人與小孩之間頭腦靈活度的差異吧。

今天要講解的是水與火的混合魔術，真是令人懷念。

儘管我用「雨的結構」說明何謂蒸發、凝固以及融解這類相變的知識，莉妮亞也只是歪頭表示不解。

「要是海水全部變成雨的話，海不是就會消失了喵？」

「變成雨水後會重新流入大海裡，因此總量是相同的。」

「騙人喵，因為大森林的水會滲入地面喵。」

說出這句話的莉妮亞臉上掛著舒暢的得意表情。

「滲透到地面的水會被樹木吸上來，或者變成地下水……」

我姑且還是按照順序說明，可是莉妮亞依然歪著頭感到疑惑。

海水一經蒸發就會化為雲層，雨滴會在雲層裡成長，最後落下……只要能理解這個原理，應該就能在某種程度上做有效的應用……

話雖如此，她的理解力不至於比基列奴還差，我猜不久就會理解了。

只是這個世界用魔術就能製作出水，所以雨的構造也不見得和前世的世界相同。

說到攻擊魔術，我已經學會土屬性的聖級魔術了。

那就是「沙暴(Sandstorm)」。

是上級魔術「沙塵暴(Duststorm)」的高階版。

單從字面上看來感覺沒什麼了不起，然而實際用過之後，才發現會有驚人的強風和砂礫覆蓋周遭一帶。

不僅視線會被遮蔽，甚至還會呼吸困難。

即使效果時間結束，也會有容易崩塌的砂子殘留得撲天蓋地。

如果說水聖級的「豪雷積烏雲（Cumulonimbus）」是雨和暴風的魔術，那麼「沙暴」就是砂與暴風的魔術。

聖級會不會多半都是對天候有作用的魔術呢？

教會我這招的老師叮嚀我：「會對農作物造成損害，所以盡量避免在城鎮中使用」。

傳授聖級時是不是都規定要像這樣事先叮嚀啊。

不管怎麼說，這樣一來我也是土聖級魔術師了。

關於其他兩種系統，有空的話再去找老師學吧。

順道一提，那位土聖級老師甚至對我說：「沒想到你居然還不會聖級魔術」。

畢竟我用無詠唱魔術釋放的攻擊據說已經達到了王級的領域，所以他似乎認為區區聖級魔術我應該早就學會了才對。

那位魔王大人也告訴我，當時我對他擊出的那發岩砲彈有帝級水準的威力。

當我詢問是否能以土帝級自居時，他卻說要如何稱呼是個人自由。

由於這說法感覺另有含意，所以我還是打消了這個念頭。

反正沒來由地就宣示「我超強的喔」什麼的，肯定不會有什麼好事。

大約過中午後，我會前往七星的研究室。

她的研究室很寬敞。

然而一踏進去就會看到東西擺得亂七八糟，給人一種矮牆淺屋的感覺。

從類似置物區的地方稍微移動後，就會看到用抗魔磚覆蓋的實驗室。

如果再由此前去隔壁的教室，就是七星的寢室。

寢室的一處似乎已經變成類似食品倉庫的地方，不過和食物一起睡不會跑出老鼠或是蟑螂什麼的嗎？

粗略地看過房間的狀況後我立刻明白，她具有當家裡蹲的才能。

我來說的話準沒錯。

順便說一下，她禁止我出入那間寢室，不過這也是理所當然。

那麼，至於要幫忙她的內容，基本上就是進行有關召喚魔術的實驗。

在實驗中我要做的，只是將魔力注入她描繪的獨創魔法陣，作業本身非常單調。話雖如此，所需魔力量卻非常多。因為連「有可能失敗的魔法陣」也要同步進行研究。

儘管她坐擁大筆財富，但魔力結晶卻不是隨時都會進貨，因為魔力結晶在市場上的數量有限，一旦全部壟斷恐怕會招來各處的怨恨，可說是一種進退兩難的實驗。

所以，我只要專心地將魔力灌入魔法陣。

通常是什麼都不會出現。在塗料消失後，只留下底稿。

不過有時候會被突然吸走莫名龐大的魔力，冒出一些奇怪的東西。

像是骯髒的黑鳥羽毛，或者是昆蟲的腳之類。

我問七星這樣是否算成功，而她當然是回答失敗。

簡而言之，我認為七星是試圖從好幾千萬種的魔法陣類型一一測試，進而獲得正確答案，或者是從中找出規則性……然而這工程實在過於浩大。

「是說，具體上這是在進行什麼實驗？」

「是為了從我們的世界召喚人類的……前前前階段的理論所做的實驗。」

只要完成召喚人類的魔法陣，那麼反過來說，也能製作出送回去的魔法陣……據說有這個可能性。

話雖如此，現在還在前前前階段啊。看來路途似乎還很遙遠。

「這是沒關係啦，不過妳說要召喚人類……如果又做同樣的事，不是會再度發生那場災害嗎？」

「當然，我並不打算引發災害。不過只要再實證兩項理論，就可以確立引起那場災害理由的假設。」

「因為有句話說：『實驗總是會伴隨著失敗』，還請妳別想得太過草率。畢竟那場災害也死了不少人。」

「正確來說是『人生總是會伴隨著失敗』。就算你不說我也知道啦。所以我才會像這樣按部就班慢慢來啊。」

雖然我不太懂，但這好像算是按部就班。

看樣子，或許我也去學召喚術比較好。

「其實我也想學召喚魔術……」

「召喚術是我的生命線，不能隨便教你。」

「妳不是說什麼事都可以教我嗎？」

這樣說完，七星咂嘴了一聲。

「那，如果現在的實驗結束，可以回答你一個問題。」

「一個？這樣對我不公平吧。」

「反正結束全部的實驗我就會回去，到時不論是實驗成果、情報還有門路都會全部讓給你，現在就稍微忍耐一下啦。」

七星顯得有點焦躁。

算了，在還沒有展現任何成果時就伸手討報酬也挺不像話。

當我胡思亂想時，七星遞給我一本書。

這本書上寫著《希格的召喚魔術》。

「既然那麼想知道，就自己去調查吧。」

感覺好像曾在哪看過，但印象中好像沒翻過。就讓我滿懷感激地好好讀這本書吧。

——七星的實驗目前大概是這種感覺。

我現在變得不去圖書館了。

然而菲茲學長偶爾還是會陪我們一起實驗。
看到他的狀況，總算明白我在做的工作是多麼嚴苛。
畢竟，他光是發動二十張左右的卷軸就會耗盡魔力。
「魯迪烏斯同學，這個……光發動一張就需要消耗相當於上級魔術的魔力。」
儘管菲茲學長會使用無詠唱魔術，然而魔力總量似乎並沒有那麼多。
不，就一般水準來看的話好像還算滿多的，表示我的規格果然異於常人吧。
真希望有誰能用數字來顯示出來。
不過，就連實力派的菲茲學長都會如此疲累。
我不清楚七星究竟畫了什麼樣的魔法陣，不過所謂的召喚魔術，是得這麼瘋狂消耗魔力的東西嗎？
畢竟這與攻擊魔術不同，戰鬥中不會擊出好幾發，所以就算多一點也沒什麼好奇怪，然而就連明顯失敗的卷軸都會導致菲茲學長耗盡魔力，這也太詭異了。
不，正因為要從異世界召喚出物體，所以才會消耗如此大量的魔力嗎？
「對不起，因為我還有護衛的工作，這件事我幫不上忙……畢竟我還得為了以防萬一留下魔力……」
「這也沒辦法啦。」
最近菲茲學長的表情很憂鬱。

或許是稍微受到打擊了。畢竟他在魔術這方面多少還是有點自尊。

沒錯，任誰都有自尊。儘管我並不是那麼重視這點，但是像他這麼年輕的孩子就算重視這份尊嚴也沒什麼好奇怪。

「……」

七星不會主動找菲茲學長搭話。

菲茲學長似乎也不太會應付七星。

「我……真是派不上用場呢。」

聽到菲茲學長落寞地這麼說，我搖頭否定。

「沒有這種事。」

「是嗎？」

「是啊，有菲茲學長陪在身邊，讓人感覺很放心。」

在這一年來，我受到菲茲學長諸多照顧。

我不想要事到如今才以派不上用場為由跟他說再見。

如果菲茲學長無論如何都不想繼續留下，那我也不會挽留他。但是，如果只是因為力不從心打算抽身，那我會希望他「等等」。

「如果方便的話，還是請你抽空過來一趟吧。我們不是都一起調查到現在了嗎？就讓我們共同探求真相吧。」

「……這樣啊，謝謝你。」

菲茲學長一邊說著，同時露出了靦腆的笑容。

這張笑臉實在令我招架不住。我想菲茲學長現在應該大約十三歲吧，感覺不消數年就會成長為讓女人哭泣的美男子。

哎呀，該怎麼說呢。老實說，我覺得最近菲茲學長看起來根本就是女人。是我的眼睛有問題嗎？該不會我正在朝那邊的道路覺醒吧？

太陽西下後，我就和菲茲學長一起回到宿舍。

然後在女生宿舍門口道別。

「啊，對了，魯迪烏斯同學。」

「怎麼了？」

「我想你現在就算走這條路也沒關係了喔。」

菲茲學長這樣說著，並指著眼前的道路。

我剛進這所學校時，就立刻在這條路上被人冠上內褲小偷這個莫須有的罪名。

自從那天以來，我就沒再接近過這條路。

「又說這種話了，如果我走在這裡馬上就會被人聒噪地大聲嚷嚷吧？」

「呵呵，你在女生宿舍其實還挺受歡迎的喔。」

「咦？真的假的？像是在網球社那種百人爭寵的王子殿下嗎？」

「網球……？」

菲茲學長的表情愣了一下。

「呃，大家都說你是個會教訓壞蛋，但卻不會對一般學生出手的紳士。還說你明明強到可以一擊打倒把所有獸族戰士解決掉的魔王，但就算被人團團圍住恐嚇，也都完全不還手。」

少扯謊了。

前陣子才被傳八卦耶，我可是清清楚楚聽到嘍。怎麼可能會受歡迎，絕對不可能啦。

「呵呵，雖然大家一開始都很怕你，但是莉妮亞和普露塞娜有到處幫你說話。她們說老大是個寬容的紳士，所以不會對弱者出手喵，這樣。」

菲茲學長把手輕輕貼在耳邊，模仿莉妮亞的模樣這麼說道。

該怎麼說呢……

嗯，可愛。感覺在腰間的上面那帶好像有神要降臨了。

「所以啦，這下大家好像總算察覺到魯迪烏斯同學的魅力。說你雖然打扮有點窮酸，但仔細一看長相也不算太差，憂鬱的一面也很迷人，更何況你明明實力堅強，但卻不任意妄為，這也是加分要素喔。」

噢～那兩人幹得挺不錯的嘛。

據菲茲學長的描述，她們似乎有幫我隱瞞不舉這件事，那就請普露塞娜吃個高檔肉吧。莉妮亞會喜歡什麼？會不會是地位、名譽還有現金之類？

「雖然還是有人在怕你啦，像是辛馨亞蒂等等。」

「啊～我對她也是無計可施。畢竟當時她站在最前面主事，而且前陣子感覺也稍微起了點爭執。」

「是這樣啊。我記得莉妮亞和普露塞娜也是，她們每次看到辛馨亞蒂就會因為那天的事去找她麻煩。」

找她麻煩這句話，讓我回想起前幾天辛馨亞蒂膽怯的模樣。

「菲茲學長沒有勸阻她們嗎？」

「沒有啊。畢竟那是辛馨亞蒂不好嘛。居然單方面地認定魯迪烏斯同學有錯，對她來說是個很好的教訓。」

菲茲學長也挺狠的嘛。

不過，霸凌還是不太好。

「畢竟她也沒有惡意，就別對她太窮追猛打吧……能麻煩你也這麼幫我轉告莉妮亞和普露塞娜嗎？」

我用了稍微有點堅毅的語氣。

菲茲學長慌慌張張地把手掌朝向我。

「啊，不是啦。沒有對她窮追猛打啦。該怎麼說呢，氣氛好像還挺和樂的，辛馨亞蒂表現

出來的態度好像也是那種『好了啦～請妳們放過我嘛～』的感覺。」

辛馨亞蒂身材那麼高大，卻是被戲弄的對象啊。

霸凌和戲弄只有一線之間，這部分要是不區分清楚可就危險了。

「原來是這樣啊，如果只是在開玩笑那就好……總之我已經不在意了，還請菲茲學長看好她們，別讓她們做得太過火。」

「魯迪烏斯同學真是溫柔。我也會這樣轉達給辛馨亞蒂。」

不用轉達給辛馨亞蒂也沒關係啦。

要是她為了感謝我而送內褲當禮物，也只會讓我不知道該怎麼處理。

「嘿嘿……」

菲茲學長邊靦腆地笑著邊沿著道路走去，只留下我一個人。

大約走了三步後，菲茲學長回過頭來。

「呃……所以事情就是這樣，沒關係喔。」

「不，難得大家對我有好印象，還是別旁若無人地走在這吧。」

「是……是嗎？真有魯迪烏斯同學的風格。」

我擺出帥氣的表情如此說道。

菲茲學長一邊支支吾吾說著，同時捂住了嘴巴。

會不會是在笑啊？看來我還是別露出帥氣的臉比較好嗎？

滿面笑容露，卻被嫌噁心，無論過多久，依舊沒改變。

「再見嘍，魯迪烏斯同學，下次見。」

「嗯，下次再見。」

就這樣，我與菲茲學長道別。

不過在離去時，不知為何菲茲學長的神情看來比平常更為落寞。

用完晚餐後，會在札諾巴的寢室教導茱麗魔術。

茱麗既勤勉又聰明，會像海綿一樣吸收所學的知識。

而且手也很靈巧，用魔術無法辦到的事就會動手處理。雖然覺得這樣的說法或許有失偏頗，但確實是筆好買賣。像她這樣的奴隸應該可以說是千載難逢的商品吧。

儘管如此，也才第一年。

她的魔力總量壓倒性地不足，精度也完全不行。儘管手很靈巧，但她畢竟才剛開始使用雕刻用道具，手法還很生疏。看來有必要把眼光放遠一點才行。

我一邊教導她，一邊製作自己的人偶。

最近我開始製作「1／8菲茲學長」。

話雖如此，由於菲茲學長總是穿著鬆垮垮的衣服，看不出他的身材曲線。

長耳族幾乎不會囤積脂肪，我認為他應該很瘦啦……

不過問題不在這裡，重要的是到底該不該加上去。

可是，真讓人傷腦筋，儘管我的腦袋告訴我不想加上去，可是讓本人看到或許會對我大發雷霆。畢竟完成後我還是想讓本人看看，真煩惱……

「不如，就由本王子冷不防地剝下衣物吧？」

「住手。」

札諾巴對迷惘的我給出這樣的建議，當然是否決。

順道一提，札諾巴現在正在我的指揮下繼續製作赤龍模型。

由於赤龍的每個零件都相當巨大，應該很適合札諾巴。只是札諾巴的手藝依然不靈活，導致進度很慢。不過慢慢來就行了。

睡覺前要看書。

閱讀從七星那收下的《希格的召喚魔術》。

故事內容在講述名為希格的魔女接連地召喚出魔物。

儘管她最後消耗龐大的魔力，成功從大量的供品中召喚出比自己更強的魔獸，但卻被活活咬死吞下肚。

弟子們為此悲慟不已，並在心中發誓不再召喚自己力不能支的魔獸。

從有寓意這點看來，比較接近童話。

像我這種空有一身魔力的外行人，如果試圖消耗魔力呼喚出召喚獸，很有可能召喚出自己無法控制的危險生物，這點倒是不難想像。

既然要學，還是把這部分的優點以及缺點都好好地控制後再進行比較好。

不過，在這本書裡沒有寫到有關召喚的具體方法以及魔法陣的種類。

七星是要我用這個調查什麼啊？

我的一天就這樣結束。

目前依然找不到治療我病症的方法。

而且在我找不到時，突然就冒出了名為七星的下一個關卡。

是說，雖說她會從旁給予建議，卻也不能太樂觀，得從各種觀點拚命摸索方法才行……

——然而，我這個的煩惱以某日為界，開始一口氣朝著解決的方向前進。

第八話「機靈的遲鈍傢伙」

季節來到冬天。現在，拉諾亞王國魔法都市夏利亞正覆蓋上一層白雪。

儘管可藉由這國家引以為豪的魔道具，除去建築物與連接道路間的積雪，然而在校舍後方之類的場所依舊堆積了厚厚一層白雪。

就在這樣的季節，我收到了一封來信。

寄信人是「佐爾達特．黑克勒」。

他是S級的冒險者，「Stepped Leader」的隊長

「Stepped Leader」是我還在當冒險者時，常常一起承接委託的本領高強隊伍。

據信上所寫，佐爾達特等人似乎來到了這個城鎮。

目的好像是為了集團（Clan）的集會。

「Stepped Leader」隸屬於集團「Thunderbolt」，而該集團隊長的隊伍之前曾接下討伐魔王巴迪岡迪的委託移動到這個城鎮，然而該件委託在不了了之的情況下結束之後，他也依舊留在這個鎮上，所以索性決定把每年集會都會召開的例行會議選在這個城鎮舉行。

他們會在冬天這段期間，花費兩至三個月仔細討論各種議題，決定今後的方針。

成為大型集團後，似乎就不得不做這些事情。

佐爾達特是S級，也是幹部之一。

因此他不能無故缺席，專程來到拉諾亞。佐爾達特和集團隊長的關係不好，所以老實說，他認為自己根本沒必要為此專程到拉諾亞王國這種偏遠地方。

「看來會無聊好幾個月啊。」

當他這麼想時，突然想到我：「話說回來『泥沼』也在這個城鎮嘛。」

正所謂擇日不如撞日，佐爾達特想說機會難得，於是打算找我久違地碰個面吃頓飯，於是就寄了這封信。

其實我也滿期待的。畢竟我和佐爾達特的交情還不錯，也受到他不少關照。

佐爾達特看到克里夫和艾莉娜麗潔在那卿卿我我，心情多少會有點複雜，不過他應該沒像我這麼脆弱吧。

我心裡這麼盤算，並告知七星我在下個月休假時想暫停協助她實驗。

雖然我也試著邀請菲茲學長一起用餐，但他卻露出難以言喻的神情搖頭拒絕。

「呃，那天下午我剛好得出門一趟……要擔任愛麗兒殿下的護衛。」

看來應該是護衛的工作之一吧。

他在世間所謂的假日並不是說都有放假。不如說當這種時候反而會更為忙碌，就是那種典型的社畜大人。哎呀，用社畜形容菲茲學長實在太失禮了。應該說他對工作充滿熱誠。

總之呢，既然行程搭不上也沒辦法。

於是我決定帶著艾莉娜麗潔和克里夫，前往冒險者公會赴約。

現在我們正朝冒險者公會移動。

儘管已經除過雪，道路上卻因為被踏到牢固的雪而呈現一片雪白。

雖然有趁白天除雪，但一旦到了半夜風雪就會增加，再怎麼鏟雪也鏟不完。

「喂，魯迪烏斯，你有在聽嗎？」

「是是，我有在聽。」

克里夫從剛才開始就自豪地說著自己目前的狀況。

他最近好像在進行詛咒方面的研究。

當然，這是為了解開艾莉娜麗潔的詛咒。

儘管詛咒從古代就一直存續，至今也依然在持續進行研究，但要破除詛咒沒有那麼簡單。

事實上，聽說他這半年來也沒有任何成果。

「沒有任何成果不會令人難受嗎？」

「畢竟我是天才，總有一天一定會設法解決！」

克里夫信心滿滿地說道。

真是了不起的傢伙。由於我知道有著即使再怎麼努力也無法到達的領域，所以沒辦法像他那麼堅持。

只有天才才能踏入前人從未到達的領域。

「魯迪烏斯，如果你對詛咒知道些什麼的話，可以告訴我嗎？」

「嗯……？」

被這樣一問，我開始思考。

我在從魔大陸旅行到此的這段期間，已經聽過好幾次「詛咒」這個關鍵字。

「我想想喔。」

好啦，那麼我究竟是在哪聽到的呢？

詛咒……詛咒。每當腦海浮現這個詞彙，不知為何總覺得好像要兩腿發軟。之所以會這樣，恐怕是因為奧爾斯帝德身上也有詛咒吧。這點我從人神那聽說過。

……話說回來，他好像說拉普拉斯也擁有詛咒。

不過後來拉普拉斯把詛咒轉移到槍上，逼得斯佩路德族走向遭到迫害的歷史。

「據說，從前拉普拉斯曾將自己的詛咒轉移到道具上，轉嫁給別的種族。」

「轉移到道具上？」

「對，據說斯佩路德族在拉普拉斯戰役中持有的槍就是被轉移詛咒的道具。就是因為這樣才害得斯佩路德族的戰士發狂，導致一族遭到迫害……」

說完之後，克里夫瞪大眼睛望向我。

「斯佩路德族！那是真的嗎！」

「不清楚，畢竟我也是從別人那聽說的，到底是不是真的就……」

是從誰那裡聽來的？

也是人神那啊。要說他能信任也行。畢竟他要在這種事上對我說謊也沒太大意義。

「不過，是嗎……原來詛咒能轉移至道具上啊。」

聽了我這番話後，克里夫把手搭在下巴上沉思。

「不過我並不清楚怎麼做就是了。」

「不，只要有先例存在就是很大的進步。」

將詛咒轉移至道具上，至今是否只有拉普拉斯這麼做過？算了，畢竟他是魔神，我想應該也做過這類惡毒的事，只是這該不會是禁術之類的吧？

我記得，神子與咒子是相同的存在。

那應該會有更多人去研究如何把這股力量轉移至道具上吧？

「怎麼都沒人想過不是把咒子，而是把神子的能力轉移出去呢……」

「嗯？為何你會突然提到神子？」

克里夫歪頭表示不解。

奇怪？感覺認知有差異。

「沒啦，因為神子和咒子是相同的存在吧？我聽說這兩者都是生來魔力就發生異常狀況，因而擁有某種奇怪能力。只是這種能力是朝向正面發展或是負面發展上的不同。」

「…………我第一次聽說。」

我望向艾莉娜麗潔，她也一臉詫異地看著我。

看樣子她似乎也是初次耳聞。難道說這意外的沒那麼廣為人知嗎？

不對，可是我總覺得好像有某人曾輕描淡寫地提過這件事……啊，又是人神。根本都是那傢伙說的嘛。居然把一般人不清楚的事講得跟常識沒兩樣。

「不過，這樣啊……原來如此，用道具嗎……原來如此……說不定……」

克里夫聽到我的話後，就彷彿掌握到什麼端倪似的開始心神不寧。

其實我認為不要把別人的話照單全收比較好。

不過，詛咒和「神」這個詞彙有關連。

人神、龍神、魔神，以及神子。感覺好像有關又好像無關。

「謝謝你，魯迪烏斯。我好像明白什麼了，這都是託你的福。」

克里夫表情豁然開朗地這麼說道。

真希望你能順便把我身上的詛咒之病也一起處理。

「嗨，泥沼！好久不見！」

佐爾達特等人一看到我就露出笑臉迎接，我們移動到附近的店並圍著一張桌子就坐。

佐爾達特他們得知克里夫與艾莉娜麗潔的關係後，也顯得相當吃驚。

甚至還說：「像妳這種騷貨居然要結婚？這是在開玩笑吧！」揶揄艾莉娜麗潔，讓克里夫勃然大怒。

不過佐爾達特等人卻對這樣的反應一笑置之，這使得克里夫何止是怒髮衝冠，根本是怒氣衝天。

看來這股怒氣顯然一時片刻無法化消……我原本是這麼想的，然而艾莉娜麗潔兩三下就安撫好克里夫，並轉換話題。真不愧是艾莉娜麗潔。

無論何時，管理仇恨值對她來說都是易如反掌。

話說回來，我從未見過她認真發怒或是哭泣的模樣。

儘管她不高興的模樣我也看過幾次，但從未見過她明顯感到氣憤。

她唯一會表明覺得厭惡的對象也只有保羅。保羅究竟做了什麼？

在我胡思亂想時，話題已經換到我的服裝上面。我今天是穿著制服前來。

「我說泥沼啊，你打扮成那副模樣，看起來就和隨處可見的菜鳥沒兩樣嘛。」

據說魔法大學的學生中，有些人在從事冒險者工作時會在制服外面再披件長袍前往公會。

由於那些人幾乎都是F到E級，感覺和佐爾達特等人不會扯上什麼關係，不過聽說偶爾會有些傢伙懇求加入「Thunderbolt」。

「那麼，我就像個菜鳥一樣，幫各位『提行李』吧。」

「你要提行李？少來了，應該是我們拿吧。」

「在對上脫隊龍那時也是這樣呢。」

「當時真的賺了不少啊……」

真令人懷念的話題。

擊退脫隊龍時，大家還一起瓜分牠的肉和鱗片帶了回去。

「話說回來，泥沼，前陣子我去了一趟涅里斯的永久凍土……」

接著我們的話題從回憶錄轉為冒險故事。

雖然克里夫一時之間都擺出不悅的表情，但是聽到佐爾達特等人的冒險故事後，眼神逐漸閃閃發亮。這麼說來，聽說克里夫以前嚮往當個冒險者。儘管他平常挺自以為是，但這部分倒是與年齡相符。

「——總之，大概是這種感覺啦。是說，我們也差不多該換間店了，接著要去哪？」

我們聊完冒險故事並用完餐，正打算把地點移動到河岸一帶時……

「佐爾達特先生，請再次集合參加會議。」

集團的使者出現在佐爾達特面前。

「怎麼又來啦，上午不是才剛開過嗎！」

「沒辦法，因為這次隊長還挺有幹勁的。」

看樣子，似乎又要召集各隊隊長參加緊急會議。

「我還打算今天整天都陪泥沼好好玩玩的……沒辦法。泥沼，抱歉啦。下次再約吧。」

「好。下次請再約我。」

佐爾達特重重點頭後離去。

好啦，接下來該怎麼辦？既然集會的主角不在，也得解散了吧。現在時間大概才剛過中午沒多久，約莫兩點半。就算現在回去也會空出不少時間。

「接下來呢？」

「這個嘛……我打算教導克里夫冒險者的入門知識。」

「哦？」

看來艾莉娜麗潔聽到剛才那些話後，想讓克里夫看看她身為冒險者厲害的一面。

「哦，要教育菜鳥啊，不錯喔。」

「我們也可以跟過去嗎？」

Stepped Leader 的其他成員也紛紛表示贊同。

現場的氣氛演變成要教導克里夫何謂冒險者的精隨。

看來是要去承接A級的討伐委託，讓克里夫累積經驗。

儘管克里夫不太喜歡自己被人看扁，不過躍躍欲試的心情似乎比那更為強烈。

「魯迪烏斯打算怎麼做？」

「這個嘛…………還是容我婉拒吧。」

雖然要我教導克里夫身為一名使用多種魔術的魔術師要怎麼與敵人周旋也行，然而被年幼的我高高在上地指示他做這做那，應該很不是滋味吧。像這種事情，還是只讓一群年長者在旁指導，他才願意老實聽從。

順便說一下，我並不打算為了委託空出好幾天的時間。

至少也得事先留個話，不然七星八成會鬧彆扭。

那傢伙明明過著家裡蹲生活，可是卻莫名想跟他人交流，每當我爽約就會感到不悅。

既然要當個家裡蹲，真希望她要對孤獨感到自豪。

算了，畢竟她好像還挺想念日本，想要一個懂日文的對象相陪，這也不是無法理解。不過就我這個已經決定要在這世界活下去的人來看，還是會想要她稍微出來外面走走。

「是嗎？那麼就麻煩幫我忙轉告其他人吧。」

「艾莉娜麗潔小姐也是……畢竟是和初學者一起，請妳要多加注意，別帶他到太危險的地方。」

「我又不是你，才不會去挑戰龍或者是魔王呢。」

我也不是自己願意才去挑戰的啊……算了。

我和他們道別，獨自踏上歸途。

從冒險者區域回到位於城鎮中央的廣場。

然後，飄來了串烤的芳香味道。

我望向味道傳來的方向，發現廣場明明已經積了一層雪，還是可以看到商人在擺攤。

明明冷成這樣，真是辛苦。

不過，真的空出了很多時間。就算回去，也只能看書、修行或是製作人偶而已。或許我不該有所顧忌，跟著克里夫他們去才對。

「反正都難得來到城鎮了，稍微隨便亂晃吧。」

我喃喃地自言自語，漫無目的地朝向商業區域的方向走去。

雖然不至於要購物，但或許會找到什麼有趣的東西。

而且，剛才和克里夫聊著聊著，讓我對魔力附加品和魔道具也湧起了興趣。

我猜拉普拉斯做的詛咒之槍，應該也是魔道具的一種。

至今為止，在市面上販賣的產品都相當昂貴，所以我並不會特別想要。不過菲茲學長也有裝備魔力附加品，七星身上好像也有感覺滿方便的道具。

在屬於魔力公會勢力範圍的這個城鎮，說不定能找到什麼有趣的東西。

雖然沒打算購物，不過偶爾走文青風隨意逛逛也不錯。

順便說一下，我起初也都把這兩者搞混，然而魔力附加品與魔道具其實是不同的物品。

兩者的不同如下所述。

魔道具：本體的某處刻著魔法陣，使用者必須透過詠唱讓魔力流通來發動魔法陣，藉此發動效果。只要使用者持續灌注魔力就可以不斷重複使用。屬於人工產物。

魔力附加品：灌注魔力至物品內就能獲得特殊能力。藉由某種特定動作來發動效果。一天只能使用幾次，但會隨著時間經過恢復魔力。

粗略說明一下就是，魔道具沒有使用次數上的限制，不過會用到魔力。

相較之下，儘管魔力附加品一天會有次數上的限制，卻毋須消耗魔力。

目前普遍認為魔力附加品較為方便，雖然一天會有次數限制，但不需消耗魔力，也沒有灌注魔力這道程序（詠唱）。

只是，這些多半都得從迷宮之類的地方挖掘出來，效果的隨機性也頗高。

為此，具有不錯效果的魔力附加品極為昂貴。

像菲茲學長現在穿的鞋子，恐怕花上我現在所有的財產都買不起吧。

順道一提，一部分被稱為魔劍的道具其實是人工產物，具有魔力附加品的特性。

不過就我來說，畢竟身上的魔力多如牛毛，用魔道具也不成問題。

即使是得消耗大量魔力才能發動的魔道具，我的話應該就不要緊。

然而這類道具對一般人而言，乍看之下會以缺陷品視之，不過在屬於魔術公會勢力範圍的這座魔法都市夏利亞，或許就有機會找到。

「嗯？」

此時，我突然看到熟悉的面孔。是路克和菲茲學長。

他們兩人看起來很開心地在對話，在服飾店的前面談笑風生。菲茲學長看著店門口的小東西，表情看來興高采烈。路克則是露出苦笑。

他的手提著大袋子。簡直像是在約會似的。

我聽菲茲學長說要出門，那他們兩人在這裡好嗎？

公主大人的護衛工作呢……

算了，至少打聲招呼吧。

「兩位好。居然在這裡遇見，真巧啊。」

「你是……魯迪烏斯……！」

發現搭話的人是我，路克的表情整個僵住。

看樣子，他還是很討厭我。

我是有打算守住他們的面子……算了，畢竟我最近變得太有名了，或許這對他們來說實在很沒意思。

反正我只要能和菲茲學長好好相處就行。

「……哎呀？」

總覺得今天的菲茲學長給人的感覺不太一樣。

是哪裡不一樣？服裝有些微不同？不對，應該是更……到底是哪裡……

「菲茲學長，感覺你今天給人的印象稍微有點不同呢。」

我這麼一說，菲茲學長就露出詫異的表情看著我。

唔。究竟是哪裡不同啊？該怎麼說……是舉止嗎？感覺整體看起來好像比較豐勻。

我一注視菲茲學長，他就把臉別過去。

同時，路克迅速地移動到前面。

「是魯迪烏斯啊。怎麼了？你來這裡有什麼事？」

他站到前方，彷彿要把菲茲學長擋在自己身後。

他的語氣平穩。儘管視線略為強硬，但要說瞪也有點言過其實。只是，聲調很僵硬。

難道我偶然撞見不太妙的現場嗎？

莫非，路克和菲茲學長正在約會之類的？其實男人也在路克的好球帶，與菲茲學長之間是時髦好兒子，互相練習摔角的關係。畢竟公主的護衛其實私底下偷偷搞基的事情穿幫可就不得了了，所以他們才會像這樣在私底下偷偷約會。（註：出自 NICONICO 動畫的惡搞影片）

明明是開玩笑，卻覺得自己想著想著也有點受到打擊。

「沒有，我只是看到你們想說該打聲招呼……呃，菲茲學長？」

學長從方才開始就完全不看向我這。

……咦？難道他在避著我？

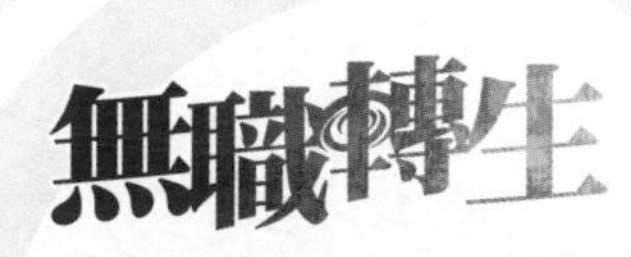

為什麼？我做了什麼嗎？

「是嗎，感謝你主動打招呼。目前菲茲正在護衛公主，必須噤口不語。不好意思，你能見諒嗎？」

路克嘴上十分恭敬有禮，但流露出來的態度卻很不屑，試圖把我趕走。

……果然是我來的時機不湊巧嗎？

不過竟然連一句話都不肯說，到底是怎麼了？

「……」

菲茲學長完全不看我。

不對，其實他會稍微偷瞄幾眼，但卻露出一種否定的感覺，皺起眉頭。

這種感覺很明顯地就是在表示「能不能快點走啊～」。

既然態度那麼明顯，就連我也會察覺自己被拒絕。

「怎麼了？」

「不，沒事。那我失陪了。」

我轉身離開現場。

儘管我表面上試圖佯裝平靜，然而內心卻是波濤洶湧。菲茲學長閃躲我，對我的打擊大到什麼都無法思考。

連買東西的興致都沒了。回去吧。

「……」

眼前呈現的是一條稍微有點髒汙的白色道路。已經開始下雪了。

風好冷。

回到了魔法大學。

我一路上左思右想，還是不明白為何菲茲學長會躲著我。

無論怎麼想也想不透。我不記得有做過會令他討厭的事。

想找人商量一下現在的心情……不對，是想發發牢騷。

我記得札諾巴應該是為了研究神子什麼的前去魔術公會，八成還帶著茱麗一起吧。莉妮亞和普露塞娜……感覺不會認真聽我商量，可能還會被冷嘲熱諷。艾莉娜麗潔則是剛剛才跟我道別。巴迪岡迪今天好像也沒有來學校。至於七星……其實她已經沒什麼餘裕了，或許不會想聽我發牢騷。

簡單地想了一下卻沒想到任何人。我的朋友真少。

所以，我決定直接移動到圖書館。像這種時候，挑本無所謂的書閱讀靜靜地度過才是最佳選擇。我想想，乾脆挑本感覺比較痛快的書吧。像英雄傳記之類的。

不知道有沒有書是以奇希莉卡或是巴迪岡迪為主角撰寫。

如果以他們為主角，書上一定會寫著很大快人心的內容。就是那種邊笑邊把可憐的魔術師

一個接一個轟飛的無雙系故事。

我一邊胡思亂想，同時走入圖書館。

我用眼神和守衛打招呼。儘管從未有過交談，但他已經對我有印象到光靠臉就能進館。

在入口把雪拍落，並用無詠唱魔術瞬間烘乾衣服表面，稍做休息後就進入館內，前往我常坐的位子。

今天圖書館依然冷清。在這個世界，會到圖書館度過假日的學生似乎不多，畢竟識字率也很低嘛。

「…………咦？」

菲茲學長坐在那裡。

他露出閒得發慌的表情在看書。就坐在平常和我一起坐的位子，用手搭著下巴。

「啊，魯迪烏斯同學。」

然後他注意到我的身影，露出了一如既往的靦腆笑容。

「歡迎回來，還真快呢。你已經和朋友見面了嗎？」

「呃，對……」

我在他前面坐下，目不轉睛地盯著那張臉。

和平常一樣，他的打扮與給人的感覺一如往常。

但總覺得不對勁。

剛才道別後，我是筆直地朝圖書館走來。走的恐怕還是最短路徑。

明明是這樣，然而為什麼他會在這裡……

「怎……怎麼了嗎？我的臉上有沾到什麼？」

菲茲學長這樣說著，輕輕地觸摸自己的臉頰。

不過這個感覺……和剛才我感受到的拒絕態度不同，現在絲毫感覺不出任何警戒心。

我覺得現在的菲茲學長完全地接納我，和剛才截然不同。

「剛才你為什麼無視我呢？」

突然聽到這句話，菲茲學長的笑容整個僵住。

之後，他努力地擺出一本正經的表情。

「其實，我在擔任護衛工作時被規定不能發出聲音。畢竟是『沉默的菲茲』嘛。我的聲音很像小孩子，所以會被人瞧不起，因此在人前……尤其是在擔任愛麗兒殿下的護衛時，規定我不能發出聲音。」

「這樣啊。話雖如此，剛才倒是沒看到愛麗兒公主呢。」

「她在附近的店裡喔。那是間可以信任的店家，畢竟護衛並非只有我們而已。由她們隨侍在愛麗兒公主身旁鞏固人身安全，我們則站在稍有距離的位置看守，會採取這樣的隊形執行護衛工作。啊，這件事不能和別人提起喔。」

菲茲學長沒有任何遲疑，流暢應答。簡直就像事先老早已決定好這樣的答案似的。不，確

實是這麼決定的吧。

「這樣啊，我居然在那種時候跟你搭話，真是不好意思。」

「不會，沒關係啦。我沒辦法搭理你，才該感到抱歉。」

我已稍微看出端倪。

這雖然只是我的猜想，恐怕……愛麗兒公主是透過某種方法，變身成菲茲學長的模樣。那就是用了魔力附加品，或者是魔道具。之所以沒有出聲，是因為聲音無法一起改變。說不定瞳孔的顏色也無法改變。

菲茲學長會總是遮住眼睛，是考慮到萬一公主的喬裝被人識破的情況。嗯，這麼想就合乎邏輯了。

剛才會躲著我，是因為怕沒有準備就和菲茲學長要好的我接觸，可能會讓這件事穿幫。所以我應該絕對沒有被菲茲學長討厭。

沒錯，肯定就是這樣。畢竟我根本沒做什麼會讓他討厭的事。

就當作是這麼一回事吧。

「原來是這樣啊～我還以為自己被菲茲學長討厭，都嚇出一身冷汗了呢。」

「啊哈哈……我怎麼可能會討厭你嘛……」

菲茲學長搔了搔耳後。

那也是他的招牌動作，只是最近就連看到這動作都會讓我小鹿亂撞。

這麼可愛的人為什麼會是男人？

……他真的是男人嗎？令人在意。

我很在意菲茲學長。

我們依然幾天只會見一次面，而且也沒特別聊什麼。

但我就是很在意。

我很在意他那不經意的小動作。像是搔耳後的動作，或是在事情忙到一個段落後，使勁伸懶腰的動作。還有突然通過眼前時會聞到的香味。

對了，還有笑容。那靦腆的笑容，總是會不由自主地留在腦海。

見不到面的日子也是如此。當我看到人群，有時會不經意地尋找菲茲學長的身影。

事實上，他很常混在人群之中。因為愛麗兒公主和他們那群人在學校也相當有名。像是在進行學生會活動時，也會幾個人聚在一起集體行動。

然而，菲茲學長即使在這樣的集團之中也十分出眾。

他被稱為沉默的菲茲，儘管很少開口，但身為公主的護衛，在魔法大學又擁有頂尖水準的實力。理所當然會受到眾人敬佩。

我無法把視線從他身上移開。

而且，我也很清楚這症狀究竟是什麼。

就是戀愛。

我愛上了一個男人。不，他真的是男人嗎？

就是這個，這就是問題所在。菲茲學長究竟是男是女，根據這個答案，將會弄清楚我到底是同性戀還是異性戀。老實說，畢竟我的病狀完全沒有治好的跡象，到底是哪邊其實也無所謂啦……

不過可能的話，還是希望他是女人。

因此，我開始著手收集情報。

儘管詢問本人是最快的方法，不過那是最終手段。

因為，說不定他本人非常在意自己長得像個妹子嘛。

首先，我前往教職員室。反正教職員樓應該會有名冊，上面一定寫著真相。就算不能透漏學生的個人資訊，只是性別而已或許會告訴我吧。

我在腦中如此盤算，前往教職員樓。

我從眾多的教師之中找出負責四年級的人，也就是擔任菲茲學長班導的教師加以詢問。

「我想稍微請教一下菲茲學長的性別……」

「關於他的事，我無可奉告。」

「請問是否能通融一下？」

老師看來十分緊張。

看樣子似乎是在怕我。我知道自己最近被學生畏懼，只是沒想到連教師都這麼怕我。不，這是好機會。

「如果不幫我想個辦法，我那又粗又結實的岩砲彈，說不定就會對您的屁股做出殘忍的舉動喔。」

「咿……！求求……求求你不要。」

「還是說，您比較中意水系的惡作劇呢？」

「……非……非常抱歉！」

這教師還真頑固。居然不向惡勢力屈服，骨氣值得尊敬。

「開玩笑的啦。」

我放棄從那傢伙問出情報，轉而移動到吉納斯副校長那。

既然下面不行，就從上面的人著手吧。

吉納斯副校長正在與堆積如山的文件奮鬥。畢竟學校如此巨大，副校長的工作也相當繁忙吧。

感覺打擾他不太好意思，不過沒關係，反正一兩句話就能了事。

「吉納斯老師。」

「是你啊，魯迪烏斯。」

「您似乎很忙呢。」

「不會不會，多虧魯迪烏斯幫忙制止那些問題兒童，讓我的工作量減輕了不少。」

問題兒童。

是在說誰啊？是巴迪岡迪……還是札諾巴……不過哪一個看起來都不像兒童就是……

「今天有什麼事嗎？」

「是的，其實我想問菲茲學長的事。」

我剛說完，吉納斯副校長的眉毛就抽動了一下。

「真抱歉，關於他們的事，上面有對我們施加壓力。」

「是這樣嗎？」

就別管上面的命令，快點出賣他們回答我的問題啦。

雖然我想這麼說，但看到吉納斯副校長憔悴的神情後，便打消了這個念頭。畢竟學校也有各式各樣的問題嘛。或許當初決定接納第二公主，相對的就是能獲得資金上的援助。

「那麼，可以至少告訴我性別嗎？」

「性別……唔……」

吉納斯副校長露出苦笑。這個人依舊很常苦笑。

他大約思考了一分鐘左右吧。什麼都不做只是枯等一分鐘，感覺還挺漫長的。

「他…………是男性。」

最後吉納斯副校長如此回答。

儘管吉納斯副校長的回答是「男性」，然而看起來像是被施加了壓力，而且也苦思了許久，因此答案的真假不得而知。

結果還是不明白菲茲學長究竟是男是女。

只是，在前一刻吉納斯副校長提及菲茲學長時用了「他們」這個字眼。

如果是以愛麗兒公主為主，指名兩名女性，一名男性的集團，那用「她們」來形容應該比較自然。（註：日文的他是「彼」，她是「彼女」，發音不同）

不，這也是歪理，純粹是在挑語病罷了。根本就稱不上理由。

「……」

一回神，我已經來到圖書館。眼前是平常與菲茲學長一起調查資料的座位。

我坐在位子上，嘆了一口氣。

「唉……」

我知道他究竟是男人還是女人之後，打算怎麼做？

假使他是女人，我就會告白嗎？

難道我會說「我喜歡妳嗎？」

我認為這其實還挺重要的……不過，好像有哪裡不對。感覺不是這樣。

更何況，告白之後我究竟打算怎麼辦？

之後。沒錯，之後。我現在的身體到底能做什麼？儘管我的吊臂沒有動靜，但並不是缺動力。畢竟我的腦袋已經加滿煩惱。

總有一天會忍受不住。無法忍耐自己沒辦法辦到的事。只會更加難受。

沒錯。我不打算用愛情還是戀情什麼的，那種用在任何地方的萬用台詞來搪塞過去。

我想和菲茲學長做愛。

做很多事情。想做那種事還有那種事。不對，也不至於要做到那種地步。

「至少想要自體發電啊……」

就在這個時候，突然有人輕拍我的肩膀。

我抬頭轉身一看，菲茲學長出現在眼前。

「你說想要做什麼？」

菲茲學長微微歪著頭望向我。

「嗚喔！」

我吃了一驚站起身子，結果腳被椅子勾到。

「哇，危險！」

菲茲學長伸手抓住我的手。

然而他的力道卻不足以支撐我。

「嗚哇！」

兩個人彷彿糾纏在一起那樣應聲倒下。不僅椅子遭到波及，桌子也被用力推了出去。

我們倒在地上……回過神來，發現菲茲學長就趴在我身上。

我宛如要抱著菲茲學長般倒在地上。

「……」

菲茲學長的臉就在非常靠近的距離。

儘管因為太陽眼睛難以確認他現在的表情，然而他的鼻梁以及櫻桃小嘴就在我的眼前。

身體很輕，卻有著結實的重量，傳達給我一股人體的溫暖。

有股香味輕輕刺激著我的鼻子，是菲茲學長的味道。是種會讓人想聞上一整天的香味。

我的手環繞著菲茲學長的腰間與屁股。

好纖細的腰，實在不認為他會是男性。屁股肉就女性來說略嫌不夠厚實，但卻很柔軟。實在不認為他會是男的。光是碰到這個，我的壞孩子就蠢蠢欲動地……

啊。

「啊，對……對不起。」

菲茲學長滿臉通紅慌張地道謝，試圖起身。

「菲茲學長……你果然是女性……」

菲茲學長露出驚覺的表情。

嘴巴開始一開一闔，最後搖搖頭。

「不……不對……我……我是男生！」

菲茲學長慌張地挺起身子，就這樣後退幾步，轉身離去，動作只在一瞬間完成。

「…………」

在旁邊的桌上擺著幾本書。

他或許是像之前那樣來拿上課用的資料。

菲茲學長是女性。

這是重要的事，至關重要。然而比那更為重要的是……那就是……

「站起來了……」

約莫三年間。

一聲不吭，紋風不動的那個……站起來了。由於剛才的接觸，讓這幾年持續遭受挫折的那

個……站起來了。我試著用右手觸摸，得到了雄壯又確實的觸感。

「…………這樣啊。」

此時，我才第一次理解人神的意思。

原來如此，的確是這樣。他說這種事情就應該要來圖書館調查。

「可是，菲茲學長想隱瞞嗎？」

我喃喃自語。

打從一開始，我就知道菲茲學長在隱瞞著什麼。

她女扮男裝，擔任公主的護衛。她在隱瞞著什麼，因為另有隱情。

那裡確實站起來了，屹立於大地之上。然而，我卻似乎無法再踏出一步。

只要我再往前深入，就會造成她的困擾。

明明都費盡心血男扮女裝隱藏真實身分，這下子或許會因為我而導致真面目曝光。

我喜歡菲茲學長。然而這麼喜歡的對象卻另有隱情。那麼，我應該因為自己的個人因素，而去揭發她隱瞞的事實嗎？我應該要發洩時隔多年重新沸騰的這股欲望嗎？

答案是否定的。

我應該做的，並不是揭穿菲茲學長的真實身分。而是把握箇中隱情，保守這個祕密。

是說，如果不這麼做，感覺我甚至會說：「我會幫妳保守祕密，今晚就到我的房間來吧」。

對至今為止一直照顧我的菲茲學姊做出那種事……

啊，不過一想到對我言聽計從，在眼前把那厚重的衣服一件件脫下的菲茲學長。

一邊心有不甘地說著：「沒想到你居然是這種人」，同時脫得只剩內衣……

然後脫到最後一件……

不對不對不對，不行不行不行。這樣不行。

學長……不對，學姊不是幫過我好幾次了嗎？居然會想恩將仇報，實在不可原諒。何況，我並不想被她認為我是「那種人」。我是個紳士。

好，那就像以往那樣，盡可能地把她當作男性看待。

然後，假如她的身分快要穿幫，就不著痕跡地幫她一把。

沒錯，就如同她在開學當天幫我一樣。當時對她來說肯定也很危險。干預宿舍的規矩，應該也會讓自己的立場站不住腳。

然而，她卻幫了我。

雖然不知原因為何，總之她幫了我。要是發生類似的狀況，這次就輪到我對她伸出援手。

我要……拯救菲茲學姊。

「等等，既然她是女性……」

想到這裡，我突然回想起來。

至今為止，一直把菲茲學姊當作男人而說出口的各種黃腔。

例如說在奴隸市場的性騷擾發言，或是逮住莉妮亞和普露塞娜時的性騷擾發言。

還有讓她幫忙拿魔杖時的性騷擾發言。

我不禁抱頭痛苦掙扎。

痛苦完後，我的小兒子再度變回家裡蹲。

即使我再怎麼揉搓也始終閉門不出。但至少這傢伙不會敲地咚，這點是比以前的我還來得好啦……

至少一次就好，我想獲得宛如用一．二一千兆瓦特的電力穿越時空那般的快感啊……（註：出自電影《回到未來》）

看樣子，離完全痊癒還相當遙遠。

沒關係。既然已經看到徵兆，就不急不徐地向前邁進吧。

總之，待會就先回自己的房間，從回想剛才的觸感開始吧。

★ ★ ★

隔天。

我從宿舍房間的床上挺起慵懶的身軀。

由於我十分在意久違甦醒的伙伴，幾乎一夜沒睡。

然而伙伴卻宛如什麼都沒發生過那般保持沉默。
儘管在我的腦內已經塞滿了菲茲學姊，伙伴卻依舊佯裝不知。
原本還想將這股無處可去的亢奮感與伙伴一同宣洩出來，但伙伴的情緒好似還沒完全治好。或者說，光憑記憶還是不行嗎？
是味道，觸感，還是說聲音？菲茲學姊的存在本身肯定就是治好我ＥＤ的關鍵。人神的話是正確答案。治療藥早已存在，只是我沒有發現。
話雖如此，嘗試冷靜下來思考後，我注意到一個問題。
這樣子，我該怎麼開始治療才好？
菲茲學姊不會表明自己的身分。而我也盡可能地不想被菲茲學姊討厭或是對我產生戒心。
治療ＥＤ和菲茲學姊的信賴。
至少，我若能再早個半年察覺到她是女性，就會把重點著重在前者，完全不考慮她另有隱情的事實，努力朝治療ＥＤ的方向邁進了吧。
然而，現在反而是對她的戀慕之情更為巨大。
既然如此，就得盡量避免演變成像艾莉絲當時那樣，放縱自己的性欲行動，到頭來卻被甩的下場。
「……這也只能順其自然了。」
死皮賴臉要求女扮男裝的公主護衛幫忙治療ＥＤ的男人是嗎……

這個演出節目想必格外有趣。覺得有趣的話可以打賞點小費喔，人神大爺。

「呵。」

我不自然地冷笑一聲，離開只有用過下層的雙層床鋪，使勁地伸了懶腰。

「啊呼……」

打了個哈欠。看來是沒睡飽。

我移動到被擺在房間角落的水桶前面，把裡面灌滿溫水。

倒映在水中的，是個外貌還算不錯的少年。

用之前世界的標準來對照，絕對不能說是醜男。

這張臉上有著類似保羅那種不良青年的輕浮感覺，再加上塞妮絲那溫柔的臉龐除以二。儘管我認為不差，然而，卻與這世界公認的「美男子」有點落差。

無論看幾次，都不覺得這是自己的臉孔，但如今也習慣了。只要不比前世差其實已經相當滿足。只是，這張臉真的接近菲茲學姊的喜好嗎？

不，別想了。想再多也無濟於事。

她是男人，我什麼也不會做。就當作是這麼一回事吧。

我打算直接洗臉，突然發現在自己的下巴附近隱約沾著什麼。用手指試著觸摸並拉了一下，稍微拉扯到皮膚。

是鬍子。下巴悄悄長了一根類似汗毛的傢伙。

「已經到這個年紀啦……」

即使在這邊的世界，人族開始第二性徵的年齡也無太大差異。或許是因為保羅不算是毛髮濃密的類型，鬍子長得有點慢，不過其他地方的毛倒是已經長出來了。

我不清楚其他種族的狀況如何，菲茲學長的話呢？

畢竟我不太了解長耳族的生態，是說那邊會長毛嗎？

嗯……奇怪？感覺有哪個點讓人在意。

「…………會是什麼啊？」

儘管在意，卻想不到那究竟是什麼。

是什麼……我確實遺忘了什麼。然而我卻想不起來。

「算了。」

想不出來到底在意什麼，我就這樣剃掉像汗毛一樣的鬍子。

完全找不出任何答案，就這樣過了整整兩天。

這段期間沒有接觸菲茲學姊。我也不打算突然去找菲茲學姊或採取可疑的行動。要一如往常，像平常那樣。

然而，在第三天的早上。路克在男生宿舍的走廊等著我。

我並未驚慌失措。畢竟我早就猜想到對方會有某種動作。

「早安，路克學長。在這種時間還真稀奇呢。」

我盡可能地用爽朗的聲音和他搭話，然而路克卻一臉苦澀。

他用不悅的眼神看著我。

「我有關於菲茲的事要說。」

果然……不過關於這件事，我心中早已定好答案。

「我什麼都不知道。」

「噢，你不知道什麼？」

路克用追問的語氣問道。

他應該是來打聽我跟菲茲學姊前陣子的事吧。

……既然如此，說不定他們認為我對菲茲學姊的性別還沒有十足把握？

雖然當時緊貼在一起，還問了那種事，菲茲學姊並沒有回答自己是個女性。

我沒有揉他的胸部，也不像某個長尾巴的少年那樣使勁拍打重要部位。（註：出自《七龍珠》）

他們或許認為還能隱瞞到底。既然對方想朝這方向進行，我也沒有異議。

只是，難道說菲茲學姊的祕密，被人知道的話會這麼不妙嗎？

不對，說不定和我的姓氏是格雷拉特也有關聯。

可是，如今我已和伯雷亞斯家斷絕關係。等等，還是說問題在於保羅那邊？

無論如何，現在還是得說清楚才行。

「容我重新聲明……路克學長，我並不打算與你們為敵。而且我也不知道菲茲學長的身分，對此一無所知。」

「……意思是你打算佯裝不知？為什麼？」

「畢竟我已經和伯雷亞斯家斷絕關係……更何況我也害怕與你們為敵。」

路克那端莊的臉孔因驚訝而扭曲。

我說了什麼糟糕的話嗎？是不是該徹頭徹尾裝作不知道比較好？

「那麼，就這樣。」

「嗯，打擾了……」

對不發一語的路克這樣說著，我離開了現場。

這天，上完一天的課後我趕赴七星的實驗約。

「啊，魯迪烏斯同學……」

然而不知為何，菲茲學姊站在七星的房間門口。

如果我記得沒錯，菲茲學姊會在公主護衛任務休息的日子前來幫忙，不過那應該還得再過個幾天。

今天並不是休假日，雖然如此，菲茲學姊卻依然來了。

不是去守護公主，而是來協助實驗。

看來理由果然是因為前幾天的那件事。

與菲茲學姊的肉體接觸，還有和路克進行的交談。

當然，儘管我已經聲明自己沒有與菲茲學姊及愛麗兒公主敵對的意思，但對方並沒有理由相信我。不如說，他們很明顯在懷疑我打算與他們為敵。畢竟知道對方的祕密，確實會招來這樣的處境。

那麼，今天菲茲學姊的目的，就是監視我。她或許是來確認我和路克的談話是否為真。

呵，今天的我真敏銳。

「……」

「怎麼？難道你們兩個吵架了？」

一聲不吭的我，以及神色緊張的菲茲學長。

看到這個景象的七星一邊畫著魔法陣一邊低聲問道。

「我……我……我們沒有吵架啦！」

相較之下，菲茲學姊的舉動顯得相當鬼鬼祟祟。

慌張的菲茲學姊真可愛。不過，我果然被懷疑了。

像這種時候，該怎樣才能取得她的信任？

果然還是送個貢品給愛麗兒公主比較好吧。

不過我也只想到送個禮盒，只是他們對我又非常提防，說不定會造成反效果。

「怎樣都行，別把我牽扯進去喔。」

七星用彷彿隨時都會咂嘴的聲音如此說道。

她在這個世界的處事方針是是極力去避免牽扯上麻煩。畢竟菲茲學姊和阿斯拉王國交情匪淺，所以看到我和這種對象在爭吵，當然會不想被牽連。

不過基本上，照七星這種說話方式，哪天八成會和人發生口角吧……反正她聊天的對象似乎也頂多只有我，應該不成問題

算了，既然她不想和這個世界扯上關係，這樣也無所謂。

這並不是我能在旁說三道四的問題。

雖然我認為只要不妨礙她的目的，那態度是可以再好一點，只是七星每天都已經拚命不停地畫著魔法陣，就覺得實在不好意思再要求她把心力耗費在與他人進行交流上。

「……………嘖。」

平常實驗時，我總是會和菲茲學長或是七星一邊閒聊一邊進行，然而今天卻始終默不吭聲，只有七星的咂嘴聲會偶爾響起，在這股微妙的氣氛下結束了實驗。

「……………辛苦了。」

七星用疲憊的聲音宣告實驗結束。今天也沒有任何進展。

結束實驗後踏上歸途，我和菲茲學姊之間依然沒有任何交談。

儘管我想說點什麼，試圖讓自己看起來和一如往常，但究竟要聊什麼才好？

感覺只要一開口，就會說「請讓我看妳的胸部」這類的話。

就這樣，在沒有想到任何話題的情況下，來到了女子宿舍前的岔路。

「那個，魯迪烏斯同學。」

在平常會道別的地方，此時菲茲學姊往前走了幾步，像是下定決心似的對我搭話。

「嗯？什麼事？」

她緊緊握住放在嘴邊的手，隨後按住胸口。

她會對我說什麼？說不定是有關性別那件事。我這樣想著做好準備，結果……

「……對不起，其實沒什麼事啦。再見。」

「好的。那下次見。」

菲茲學姊一邊這麼說著，同時把視線從我身上別開望向地面，轉身快步離去。

「呼……」

我一邊注視著她的背影，同時感受到胸口深處殘留著一股難以言喻的感覺。

儘管為了不妨礙菲茲學姊，我已經決定放棄自己的ＥＤ了……

這樣……果然還是有點痛苦。

第九話「森林之雨 前篇」

傍晚的學生會室。

有三道人影在那。

其中一人是任誰看見都會回頭的絕世美少女，愛麗兒．阿涅摩伊．阿斯拉。

還有一人的五官略為深邃，卻是能擄獲女性芳心的俊美騎士，路克．諾托斯．格雷拉特。

「……那麼，有什麼事要說嗎？」

另外還有一名少年，被要求站在與這兩人隔著一張桌子的另一頭。

一頭白髮加上太陽眼鏡，身穿男生制服的這個少年，名為菲茲。

他站在兩人前面，畏畏縮縮地將雙手置於肚子前合掌，忸忸怩怩地揉弄指尖。

「…………」

愛麗兒一邊注視著這樣的菲茲，同時開口。

「前幾天去街上購物時，魯迪烏斯有來跟我們打招呼。還對菲茲當時的舉動起了疑心。」

因此，愛麗兒率先開口。

「……」

「我還聽說菲茲在圖書館被魯迪烏斯推倒，並大聲宣稱自己是個男性。」

「……」

「既然他都接觸到身體了，再怎麼說應該都確信了吧。」

「……」

「不過，魯迪烏斯似乎不打算大宣揚菲茲的祕密。他好像還說……是因為畏懼我，然而就實力來看，我實在不認為他打從心底這麼想。看來是想做人情給菲茲吧。這個心態很不錯。」

愛麗兒說到這，狠狠地瞪了菲茲一眼。

「那麼，你打算怎麼做？」

這堅毅的語氣讓菲茲的肩膀微微顫抖。

「我確實認為那件事可以一步一步慢慢來。然而，這半年來卻絲毫沒有任何進展。這樣就算是我，也會想發個牢騷喔。」

愛麗兒丟下這句話，等待菲茲回應。

她也不知道菲茲現在隱藏在太陽眼鏡後面的眼神呈現什麼模樣。

不過倒是對他現在忸怩地玩弄手指的姿態再清楚不過。這個菲茲，是不可靠時的菲茲。

無言以對，什麼話都說不出口的菲茲。

再稍微過段時間，他就會說：「對不起」、「請再等一陣子」之類的話試圖從這個場合逃開吧。

因此愛麗兒繼續說下去。

「每次都看著你在那忸忸怩怩地煩惱，我也差不多感到厭煩了，」

這句話，並非愛麗兒的本意。

她根本不會失去耐心。儘管會對此感到焦躁，但卻不會嫌麻煩。

只是，看到魯迪烏斯和塞倫特走得越來越近，和菲茲見面的機會卻是越來越少，看到「她」一天比一天更加消沉的模樣，實在讓自己無法再忍受下去。

「所以，也差不多該鼓起勇氣，對他表明身分如何？菲茲……不對……」

「希露菲。」

被這麼稱呼的菲茲抿緊嘴巴並抬起頭來。

接著，摘下戴在自己臉上的黑色太陽眼鏡。

底下是張少女的臉孔。一張無法用宛如少年來形容的美少女的容貌。

站在那裡的是……魯迪烏斯的青梅竹馬希露菲葉特。

「我……」

她似乎下定決心準備開口，可是卻露出快哭的表情，立刻抿緊雙唇。

愛麗兒見狀，察覺到了一件事，這件事其實她之前也隱約注意到了。

「希露菲，這已經是第三次了……」

「……」

「妳……沒有什麼想做的事嗎？」

其實她有想做的事。

然而希露菲卻搖頭否定。

因為她想做的事情，在兩個意義上是無法辦到的。

第一個是基於恐懼。她認為自己或許已經被魯迪烏斯遺忘。

另一個，則是顧慮眼前的朋友。

如果希露菲打算完成自己想做的事，那她恐怕就得離開愛麗兒身邊。

這等於是背叛了一同跨越生死關頭，朝著目標一路努力關頭的同志。

基於這樣的想法，希露菲噤口不語。然而愛麗兒卻對她這麼說：

「希露菲，我啊……被妳救了好幾次。」

那聲音非常溫柔。

「要是當初在阿斯拉王城妳沒有從天而降，我應該已經當場喪命了吧。那次一起睡時，從刺客手中守護我的人也是妳。在赤龍上顎與眾多對手交戰的人也是妳。至今為止，妳一直都在拯救我。」

「但那是因為……我當初被轉移到王宮，根本不知道到底發生了什麼事，都多虧愛麗兒殿下願意收留我……」

聽到希露菲這句話，愛麗兒緩緩搖頭否定。

「這份恩情，早在我們被逐出阿斯拉王國時就已經抵銷了。在那之後我們的關係就是平等的。我只是用花言巧語利用妳罷了。」

「我不認為自己被利用！我只是認為妳是朋友，所以才幫妳的！」

希露菲瞪大眼睛怒斥，然而愛麗兒只是靜靜地微笑。

接著，她彷彿就是為了說這句話而鋪陳似的，開口說道：

「是啊。所以，我也想對妳這個朋友伸出援手。」

「咦？」

「我很清楚妳的想法，想必是在顧慮我吧？不過妳並不是我的屬下，而是朋友，沒有必要勉強和我選擇相同的目標。如果有想做的事，那就離開我的身邊，以那件事為優先吧。」

愛麗兒溫柔的話語讓希露菲心生動搖。

儘管內心搖擺不定，希露菲依舊勉強擠出聲音如此說道：

「可是……這樣……是背叛啊。」

「不，這並不是背叛。」

愛麗兒立刻回答。

「如果現在限制妳，反而是我成了叛徒。」

如果是在阿斯拉王國，愛麗兒的這套土張想必不會被接受。

畢竟愛麗兒是公主，而希露菲只是個偏鄉地區的獵人之女。

儘管現在多了守護術師這個立場，但再怎麼說她們兩人的地位也不可能平等。

然而，這裡是拉諾亞王國，愛麗兒可說是被放逐到此地來的。

正因如此，才可以說得通。

話雖如此，假使今天換成路克，他肯定會強烈反駁吧。畢竟他以身為愛麗兒的屬下引以為傲。因此他一定會希望愛麗兒不要這麼說，而是儘管命令自己，束縛自己。

對希露菲來說何嘗不是如此，雖然不至於對愛麗兒宣示忠誠，但也認同她是位值得跟隨之人。倘若愛麗兒要她犧牲自己，她應該也會老實聽從才是。

希露菲之所以沒有把這些話說出口，是因為愛麗兒的話語充滿著溫柔。

「希露菲，妳應該不會想讓這麼照顧妳的我，冠上叛徒的汙名吧？」

「怎麼會！」

這種施恩圖報的講法，讓希露菲露出驚訝的神情抬起頭來。

愛麗兒擺出嚴肅的表情看著希露菲。這堅毅的視線雖讓希露菲不由自主地想別開視線，但是她一邊壓抑這股心情，同時嚥下一口口水。

「鼓起勇氣告訴我。妳現在……到底想做什麼？」

「我……」

希露菲說到一半便抿緊嘴巴，握緊拳頭。

她知道自己想做什麼。那麼，接下來只需要將那說出口的勇氣。
在不知不覺間喪失的勇氣。
眼前的朋友曾在過去將其帶走，如今又在此還給希露菲。

「我……想和魯迪白頭偕老。」

「說得好。」
愛麗兒微笑以對。
那並不是刻意營造的笑容，而是她罕見的真正笑容。
「這樣就對了。首先妳得考慮自己的事。等到妳把事情辦完之後再來為我擔心也不遲。」
路克也對吐露真心話的希露菲投以溫柔的視線。
「沒錯。妳就先把自己的事情處理好。」
儘管他的內心百感交集，但現在決定相信愛麗兒的判斷。
「不過，要是魯迪沒辦法想起我，那我肯定無法重新振作。」
聽到這句話，愛麗兒和路克露出苦笑，同時面面相覷。
「那我們就從現在開始思考吧。」
愛麗兒用溫柔的聲音宣告作戰會議開始。

「果然還是當面告訴他：『我就是在布耶納村和你一起長大的希露菲葉特』，這樣比較好吧。」

★ ★ ★

路克說完這句話，愛麗兒開始深思。

「應該不會有效果吧。畢竟做了這麼多他都想不起來，想必已經完全遺忘了。」

的確，遺忘的可能性很高。畢竟希露菲和魯迪烏斯是在八年前離別。都過了八年，確實會把人給遺忘。至少在這一年內，希露菲似乎從未從魯迪烏斯口中聽到「希露菲」這個名字。

既然如此，他很有可能已經忘記名為希露菲葉特的這個人。

那麼，該怎麼做才能讓魯迪烏斯回想起來呢？愛麗兒以自己為例試著思考。

畢竟就連她自己，也不可能記得八年前服侍過自己的侍女叫什麼名字。

然而，依然有幾個人留在她的記憶之中。比如說莉莉雅。儘管她在自己懂事前就已離去，就連長相也模糊不清，但對於她當初為了自己挺身而戰的事卻記憶猶新。

「希露菲，妳和他之間沒有什麼回憶嗎？」

「您說回憶嗎？」

「沒錯，人會藉由能力和回憶記住一個人。正因如此，貴族才總是三不五時就舉辦派對，透過這個場合介紹彼此。再三用花言巧語包裝，用洗練的動作跳出困難的舞步，這都是為了要盡可能地給人留下印象……畢竟貴族很多，若只是見上一面立刻就會忘記。」

希露菲的能力很容易令人印象深刻。

因為即使放眼全世界，也沒幾個人能使用無詠唱魔術。更何況在希露菲或是魯迪烏斯這個年齡就能行使的人，可以說寥寥無幾吧。然而即使如此，魯迪烏斯依舊想不起來。

這是為什麼？

其實理由有三。

第一，因為魯迪烏斯在前世過著喪家之犬的人生。所以他會抱有一種想法，那就是既然自己都辦得到，那麼其他人應該也能輕易達到這個水準。

第二，因為有著瑞傑路德、奧爾斯帝德以及巴迪岡迪這種高手存在。他與這類具有壓倒性實力的強者相遇，結果讓他有了一個認知，就是在這個世界比自己還強的人比比皆是，想必會使用無詠唱魔術的人應該也不在少數。

最後，就是愛麗兒的存在。如果是隨處可見的普通人使用無詠唱魔術倒還另當別論，但偏偏是公主的護衛在使用無詠唱魔術，這個事實造成他的誤解。於是他以為既然是公主的護衛，應該辦得到這種小事。

「回憶……呃，之前我曾說過小時候被欺負對吧。」

「對，我曾聽妳說過當時因為髮色而被欺負。」

順道一提，希露菲並沒坦承自己原本是綠髮。

她認為一旦綠髮的事情被公主和路克知道，他們或許也會用異樣的眼光看待自己。

這並非不信任他們，她只是感到害怕。

因此，她至今一直主張自己打從出生頭髮就是白色。

一旦說了謊就很難修正，然而不幸中的大幸，是她的頭髮自從變白後就再也沒變回原本的顏色。

原本，她至少得在這個瞬間坦承自己是為綠髮的事實，但是童年時期受到霸凌，讓她的內心留下了嚴重的創傷，所以才會對這個舉動猶豫不決。

「當時遇見了幫助我的魯迪，對我來說就是最棒的回憶。」

「…………我想想喔。」

愛麗兒開始思考。

她想到的作戰計畫，是讓希露菲受到暴徒襲擊，再交給魯迪烏斯去英雄救美。

這是路克在某段時期經常使用的技倆，也十分老套。

不過這方法有個問題。

希露菲很強。儘管現在是這副德性，一旦進入戰鬥後判斷會迅速又確實。

如果只是一般暴徒，大概只會被她瞬殺。魯迪烏斯應該也多少認同「菲茲」的實力才對。

真的會有能把希露菲逼到絕境的實力派高手嗎？

……的確有。

正好現在作風蠻橫的冒險者集團「Thunderbolt」來到這個鎮上。只要支付大筆金額應該就能僱用他們吧。

只是，我聽說他們與魯迪烏斯私交甚篤。

據傳「泥沼的魯迪烏斯」與「Stepped Leader 的佐爾達特」曾在咖啡廳一起喝茶。而且「龍道之艾莉娜麗潔」和「克里夫・格利摩爾」也在現場。因此委託集團「Thunderbolt」這個方案並不可行。

而且，即使委託看似完全沒有關係的冒險者，也只會不了了之。

冒險者「泥沼的魯迪烏斯」的人脈，恐怕遠比愛麗兒想像中還要來得廣。

即使試圖選擇毫無關聯的冒險者，也有可能會透過某種管道牽扯到魯迪烏斯。

如此一來，事情就會變得更複雜了。說不定還會死人。

愛麗兒也不想因為這種事害人喪命。

拜託那些稱不上冒險者，隨處可見的小混混去襲擊也是一個方法。

然而過於不堪一擊的對手，反而有可能讓魯迪烏斯對希露菲失望。

雖然只要讓魯迪烏斯產生「由我來守護她」的想法就好，但是希露菲的優勢在於可靠的學長這個立場，所以很有可能造成反效果。

如果考慮到往後，還是得極力避免做出讓希露菲評價下滑的事比較好。

換句話說，被暴徒襲擊的方案得駁回。

「其他還有什麼回憶嗎？」

「呃……啊，還有一個。」

希露菲一邊回憶起往事，同時滿臉通紅。

「一開始，魯迪以為我是男生，然後有次在我們練習魔術時突然下雨，後來雖然到魯迪家去洗澡，不過魯迪卻……那個……打算硬把我的衣服脫下來……」

說到這裡，希露菲望向路克。

路克收到這道視線後，就默默地用雙手遮住耳朵。他是個會看場合的男人。

「那……那個，他把我的……內褲扯下……然……然後……那個……就被看到了……所以他才……總算知道……我是女孩子……」

後來魯迪烏斯消沉了好一陣子，希露菲如此說道。

順道一提，後面的故事愛麗兒以前也曾聽過。

魯迪烏斯之所以沒有揭穿「菲茲」的身分，是因為有著這樣的過去吧。

即使不記得希露菲，會不會有一部分是因為他不自覺地認為勉強揭穿她的身分，也不會有什麼好下場呢？

「那……還真是感人的故事呢。」

同時，愛麗兒也認定就是這個方法了。

要營造出相同的情景，由他自己動手脫下希露菲的衣服。
然後，再一鼓作氣表白身分就行了。
「我明白了。那，就這麼做吧。」
事情就這麼敲定。
「路克，把手從耳朵拿開。接著我要說明作戰內容。」
然而，愛麗兒此時突然想到。
就是希露菲相當怯懦。要是不設法解決這個問題，恐怕依舊會是相同結果。
「在這之前，我得先重新確認一件事。」
「呃，是。」
「希露菲，剛才妳說想和魯迪烏斯白頭偕老，那麼具體來說，妳想和他變成什麼關係？」
被如此詢問，希露菲陷入沉思。
具體來說想和魯迪變成什麼關係？而自己又想怎麼做？
想和魯迪在一起，對他也有好感。不僅從以前就一直喜歡他，重逢之後又變得更喜歡了。
具體的妄想倒是從沒間斷過。
比方說……對了，就是和魯迪結婚後的生活。
浮現在想像中的那個家，就是魯迪在布耶納村住的那間屋子。
兩個人就住在那種大小的家裡。

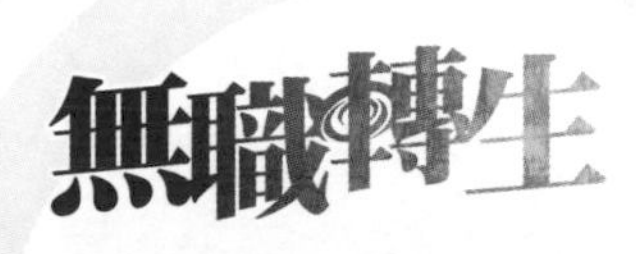

會睡在一起。早上起床後，魯迪就睡在身旁。他會說早安並親吻希露菲，並馬上換好衣服進行晨練。

而希露菲會下樓準備餐點，因為做早餐是妻子的工作。儘管早餐不用太過豐盛，但畢竟魯迪食欲旺盛，會盡量多做一點。

當做好早餐，魯迪就會回來。然後就吃著飯，說：「今天也很好吃」……魯迪或許不會這麼說。只不過魯迪會默默吃著，而希露菲會在旁邊笑咪咪地看著。

當魯迪說再來一碗，希露菲就會盛給他。

用完早餐後魯迪就會去工作。希露菲會準備好便當讓他帶著，送他出門。接著自己也會去愛麗兒殿下那，就像魯迪的父母那樣是個雙薪家庭。儘管並未預想魯迪烏斯會從事何種工作，反正只是妄想，這種程度還在誤差範圍。

當結束工作回家，會在門口與魯迪巧遇。魯迪看到希露菲後會一邊露出苦笑，一邊將積在肩膀的雪拍落，將她抱進懷裡。接著兩人就一起踏入家門，在壁爐點火。

洗澡水應該很快就準備好吧。等到洗淨身子，暖和身體後，就開始準備做飯。在準備的這段期間，魯迪應該會在壁爐前面製作人偶什麼的吧。

然而晚餐和早餐時不同，魯迪會侃侃而談。

會跟希露菲說他今天在職場發生了這樣的事還有那樣的事。全都是她無法想像的驚人狀況，希露菲會一邊呵呵地笑著，並坦率地說好厲害。

用完餐後，兩個人會悠閒地坐在壁爐前的沙發。希露菲會緊緊靠著魯迪，魯迪的手則會繞過她的肩膀。有時會談笑風生，有時則是不發一語。

只是，經過一段時間後兩人會四目相接，貼近彼此的臉龐，於是倒影會重疊在一塊兒。

魯迪將希露菲抱起後，就會熄滅壁爐的火苗走入寢室。

（魯迪有時候挺下流的，所以或許會問我：「妳覺得幾個小孩比較好？」之後我也會下流地回答：「魯迪你呀，是想讓我生幾個呢？」接著魯迪會低聲笑著說：「應該是很多個吧。」然後脫下我的衣服……我也會低聲笑著說：「那我們得做好多次呢」……討厭啦！）

「——討厭啦！」

「咳。」

「啊！」

希露菲把自己妄想說溜嘴，被愛麗兒應聲打斷，隨後她一邊摸著紅通通的耳朵一邊將頭垂下。愛麗兒看到她的模樣靜靜說道：

「現在把妳剛才的妄想裡……自己的角色替換成其他女人重新想看看。」

在妄想中演出魯迪烏斯妻了一角的人變成七星。

至於希露菲，則是擔任從隔壁家的窗戶偷窺兩人情事的角色。

魯迪和七星察覺到希露菲的視線後，「哼」地笑了一聲拉起窗簾。

「很討厭那樣吧？」

「我……我不要那樣！」

「很好。」

愛麗兒重重點頭並如此說道：

「希露菲，這個作戰是否成功就端看妳的努力。」

「好……好的！」

愛麗兒或許是認為這樣依舊不足，更進一步為她打氣。

「不許因為畏縮而失敗。如果妳在緊要關頭因沒有勇氣無法開口，那麼我們就不會再出手幫妳。不，光是這樣還不夠呢。到時我將以阿斯拉王國第二公主愛麗兒・阿涅摩伊・阿斯拉之名下令，禁止妳今後再和魯迪烏斯・格雷拉特進行任何接觸。」

聽到這句話，希露菲嚥了一口口水。

希露菲也明白這是權宜之計。愛麗兒的用意是要自己做好如此覺悟去看待這件事。

愛麗兒確認希露菲的表情後，緩緩地道出最後一句話。

「妳就全力以赴吧。」

「好……好的。」

「很好。」

愛麗兒再度重重點頭，告知作戰概要。

★希露菲觀點★

於是作戰開始實施。

時間是午休，為用餐時間。地點在餐廳一樓。

剛出完冒險者任務的學生，還有獸族與魔族的學生將此處擠得水洩不通。

貴族的人們瞧不起他們。

不過大多都是偏見。

愛麗兒殿下說這種偏見實在很無聊。還說四百年前被自己瞧不起的對象逼到窮途末路的又是哪族。

算了，這件事先放在一邊。

魯迪就在一樓最裡面的桌子，和幾個人聚在一起談笑風生。

有魯迪、札諾巴以及巴迪大人。茱麗也坐在角落，宛如要用那雙小手包住杯子一樣拿著並偷偷看著他們三人。

「換句話說，如果照巴迪大人所言，人偶的必要條件究竟是什麼？」

「要比本尊更可愛，然而最重要的，得有讓看過的人都深深著迷的魅力！」

「魅力！不愧是巴迪大人，眼光果然獨到。來來，再喝一杯。」

巴迪大人的肌膚染上一層紅黑色，愉悅地喝著酒。

魯迪和札諾巴則是笑咪咪地幫他斟酒。

真奇怪，這間餐廳明明沒有賣酒，難道他們還跑去小賣店買嗎？

「是說巴迪大人，如果我要製作奇希莉卡大人的人偶，不知您意下如何？當然了，我一定會做得非常煽情。」

「你要製作吾未婚妻的人偶？不過，你不知道成為完全體的奇希莉卡長什麼樣子吧？」

「就是因為這樣。只要她變回完全體就無法復原了吧？正因如此，才得將她現在惹人憐愛的模樣留存下來。」

「的確有道理。不過那傢伙不僅粗心大意，有時還會突然死掉。就算不留下現在的模樣也行吧。」

「只要把各種年齡的奇希莉卡大人一字排開，想必一定也會為魔王城增色不少。」

「你們人族是不可能看到各種年齡的奇希莉卡。」

「沒錯，就是這點。要同時觀賞到各種年齡的奇希莉卡大人，就必須要將我的人偶製作技術流傳後世。為此，還需要巴迪大人鼎力相助，咕嘿嘿。」

「呼哈哈哈！你明明具有如此實力，卻又像商人般地討價還價，實在有趣！看在你的態度上，我就聽你一次！好極了，好極了，儘管說出你的要求，是要錢還是要人？」

「不不，小的只希望在萬一的時候，您能當我的靠山……」

魯迪掛著一臉賊笑。

這表情非常邪惡。雖然魯迪從以前就不太常笑，但是一笑就會變成那種表情。

這點從以前就沒變。

在王宮也有人笑起來會是那種表情，我記得……是大流士上級大臣。他同時也是把我們逼得走投無路的罪魁禍首，是不可饒恕的對象。不過，或許是因為魯迪也會用那種笑法，讓我覺得他的笑容本身沒有問題，是聰明人的一種特徵。

我聽說魯迪和札諾巴非常熱衷用土魔術製作模型。

儘管我不懂那到底哪裡好，但也明白他們在從事非常困難的事情。

當他們讓我看到製作中的赤龍像時，我打從心底認為非常厲害。

而且不僅對礦坑族施予英才教育，現在甚至好像要把魔王大人也拉攏進來。

他們很認真地看待此事。我同樣身為無詠唱魔術的使用者，也很想加入他們，只是我還有愛麗兒殿下的護衛工作，所以實在沒有辦法。

「魯迪烏斯同學。」

「啊，菲茲學長。」

當我向前搭話，魯迪露出了很開心的表情。

最近我明明盡是做一些奇怪的行動，但他似乎沒有提防我。

魯迪果然很遲鈍。

不過，沒有被提防就表示他信任我，這點實在令人開心。

「怎麼了嗎？」

「呃……」

札諾巴與魔王大人的視線緊盯著我。

「唔……在這裡有點不太方便，換個地方吧。」

「我明白了。那麼札諾巴，交給你繼續說下去。」

「是，後面的細節就交給本王子來說明。」

魯迪和札諾巴的感情真好，真令人羨慕……

我一邊這樣想著，同時將魯迪帶出餐廳。

移動到沒有人煙的地方後，切入正題。

「那麼，是什麼事？」

魯迪的表情變得十分嚴肅。

多麼正氣凜然的表情……他果然很帥。

「呃，其實呢，我有件事務必想拜託你。」

「我明白了，請放一百二十個心交給我吧。」

我什麼都還沒說，魯迪就拍拍胸脯表示包在他身上。

「等一下啦，我連內容都還沒說耶。」

「如果沒有特殊狀況，我是不會拒絕的。」

實在可靠。

原本不能說出自己的身分就已經夠難受了，現在還得欺騙如此信任我的魯迪，心裡實在過意不去……

「其實呢，之前我曾說過愛麗兒殿下要去住先前認識的貴族家裡對吧。那個人僱用的保鑣啊，聽說實力非常高強。」

「要我去擊潰那傢伙嗎？」

「不……不是啦！」

「是嗎？那就好。畢竟我不擅長與人爭鬥。」

不擅長與人爭鬥，還真敢說……啊，不過剛剛這句會不會是魯迪式的幽默？

如果是開玩笑那我還是笑一下比較……啊，不對，比起那種事，現在應該要繼續說下去。

「愛麗兒殿下看到對方炫耀自己的保鑣感到相當不甘心，所以就回對方說我家『菲茲』更厲害。」

「哦，然後呢？」

「那個貴族就說：『我的保鑣光靠四人隊伍就闖進冰雹森林深處，並摘到了只生長在那裡的花』……」

隨後，魯迪突然若有所思地用手抵著下巴。

「說到生長在冰雹森林深處的花，就是有名的冰凍薰衣草。儘管花瓣可製成補藥，卻只會在冬天開花。」

哦哦，不愧是魯迪，果然博學多聞。

幸好我有事先調查實際存在的花草。

「冬季的冰雹森林雖然危險，但若有四名A級以上的冒險者同行，其實並不值得如此自豪。只要小心翼翼前進，應該就能不費吹灰之力帶回花朵吧。」

說完這句話，魯迪一一舉出會在冰雹森林出沒的魔物名字。

雪蜂、雪山獅、芥末魔木……

他列舉得非常流暢。該不會全部都記住了吧？

「呃，所以啊，愛麗兒殿下也不打算撤回自己的發言，甚至說：『菲茲的話可以帶更少的人數就摘回來』。」

「原來如此，是這麼回事啊。」

魯迪用了解事情的口吻點頭並如此說道：

「我會告訴認識的冒險者，請他便宜讓給我。只要說那是自力去摘的，相信對方應該也會信服。」

「等一下！魯迪烏斯同學，這樣不好啦！這種狀況下應該要讓對方見識到我的力量才對吧！」

「就算說是力量其實也分為很多種。人與人之間的聯繫也是一種力量，就是人際力量。我在冒險者之中很吃得開，而菲茲學長跟我交情匪淺。因此菲茲學長的人脈正是人與人之間的聯繫，是你的力量。透過人脈獲得物品，這也表示讓對方見識到了你的力量。」

根……根本是歪理。他突然說什麼啊。

「這樣不行啦。況且若是穿幫了，會讓愛麗兒殿下蒙羞。」

「這樣啊。那我們就自己去摘吧。」

魯迪乾脆地這麼提議。

明明要進入森林，魯迪表現出來的態度卻相當沉著冷靜，真了不起。

才剛這麼想，接下來的話卻讓我整個人僵住。

「我會將手邊有空的熟人集合起來，請你等我三天左右。只要有十個人應該就足夠了。正好『Stepped Leader』的成員也來到了這鎮上，馬上就可召集到人手。」

不，等等。這樣太奇怪了。

「不對不對不對，魯迪烏斯同學！愛麗兒殿下是說『更少的人數』耶！集合十個人是打算做什麼啦！」

「請放心。他們『只是碰巧和我們在同一時期進入森林』。其中會有承接討伐魔物委託，還有為了蒐集素材奔走的人，或許他們會將路上的魔物狩獵殆盡，然而沒有一個人是為了摘花而來，所以菲茲學長只有一個人。」

唔……唔～這就是冒險者的智慧嗎？

不，畢竟魯迪已經當了好幾年冒險者，所以很清楚森林的恐怖。

然而我這個外行人卻打算要自己進入森林，所以他才會有點擔心。

嗯，肯定是這樣。

「就……就算沒有那些人，只要我和魯迪烏斯在就綽綽有餘了吧？」

「…………難道說，菲茲學長的意思是那個嗎？想委託我當護衛？」

我打從一開始就這麼說……啊，我沒講。

「嗯！沒錯，就是這樣。我只能拜託魯迪烏斯同學了。」

當我說完，魯迪就發出「嗯」一聲低喃，將手抵在下巴，考慮一段時間後點頭同意。

「我明白了。畢竟菲茲學長一直以來都很照顧我，被拜託了當然不能拒絕。我很榮幸承接這份委託。」

「謝……謝謝你，魯迪烏斯同學！其實我很擔心自己單獨進入森林！」

儘管有很多驚險的場面，但總算是突破第一道關卡。

不過，只是稍微聽我說幾句，居然能這麼流利地提出各種建議。

魯迪果然很厲害。

作戰進行到第二階段。

我和魯迪將踏入冰雹森林。

冰雹森林位於魔法都市夏利亞往北邊移動約三天路程的地方。森林的邊緣處正好就是與巴榭蘭特相接的國境。

我只穿著一般的旅行裝備，相較之下，魯迪卻是全副武裝。

他揹著巨大的行囊，裡面似乎塞滿了緊急時刻要用的緊急食糧以及其他物品。

我原本以為魯迪會兩手空空直接上陣，然而他卻回說：「不能小看森林。畢竟有魔物看到岩砲彈射出還來得及閃開」。

我想說怎麼可能，但仔細一問才知道魔大陸的森林似乎到處都是那種水準的魔物。原本以為這是玩笑話，但是魯迪的眼神非常認真。

不過，就算是出沒在冰雹森林的魔物，頂多也只是B級水準。

如果只是那種程度，應該連我都能應付才對……

「對不起。好像把準備工作全都推到你身上……」

「不會不會，只要把這想成是擔任護衛的委託，就應當這麼做。」

魯迪是這麼看待這件事啊，那是不是會收取委託費用呢？

「呃，像委託費之類的……我該付多少給你才好？」

「不用了，畢竟我是出於善意才這麼做，請別放在心上。」

魯迪的口氣中特別強調「出於善意」這個部分。

「沒關係啦，我好歹也可以支付委託費用給你。」

雖然不多，但是愛麗兒殿下有付給我薪水。

因為沒地方花所以就一直存著。我想支付僱用魯迪一人的費用應該不成問題。啊，不過魯迪具有王級以上的實力，不……不知道夠不夠？

「呵，我很貴喔。」

「很……很貴，或許是這樣沒錯，但是……」

魯迪這句話，讓我想起奴隸市場的光景。

在我的腦海裡，全裸的魯迪就站在看台上。

用錢……買下……魯迪……

肚子下方像是在傾訴什麼般的突然揪成一團。我明白自己現在因為害臊而滿臉通紅。

「總……總之，我們先趕路吧！」

「好的。」

我們踏入冰雹森林。冰雹森林乍看之下和普通的森林並沒兩樣。

高聳的樹木被掩埋在白雪之中，是座隨處可見的森林。

只是這座森林會定期降下冰雹，是片魔力異常的土地。

而且只有在這一帶，當踏在雪上時會發出唰啦一聲。

「由於花開在懸崖邊，我會在溶化積雪的同時往目的地筆直移動，請你一邊警戒周圍一邊跟上我。」

魯迪邊若無其事地說著邊溶化積雪快速往前移動。

我也嘗試了一下，但沒辦法。既然只限定在自己的周圍，那可能是應用了火魔術吧，只是要持續放出製作出道路的魔力頗有難度。

儘管並非無法辦到，但是太消耗魔力。魯迪使用魔力的方式太過奢侈。

我們一邊溶化肩膀附近的雪一邊在道路上移動。儘管我認為魔物或許會注意到溶化雪時產生的水蒸氣，然而水蒸氣卻被魯迪全部消去。

我詢問他要如何辦到，得到的回答是似乎只要調節溫度，就能在不冒出水蒸氣的情況下將雪溶化。到底要練習到什麼程度才能辦到這種事呢？

（比起那種事，還是先開始作戰吧。）

我深呼吸一口氣，指向魯迪握在手中的魔杖。

「那是我之前拿給你的那把魔杖對吧？很驚人呢。不僅全部都是特別訂做，甚至還鑲有帶顏色的魔石，這種魔杖我就連在王宮都沒看過。」

「這是我擔任家庭教師的大小姐在我十歲生日那天送給我的。」

魯迪這樣說著，神情有些許落寞。

這麼說來，我很少聽到他聊起當初擔任大小姐家庭教師的事。

魯迪似乎也不太想提起。根據情報，唯一肯定的就是她非常粗暴……會不會是有什麼不愉

快的回憶呢？

「我可以拿看看那把魔杖嗎？因為我只有初學者用的魔杖，所以很嚮往這種。」

「這樣啊。我還以為你身為公主的護衛，應該會讓你用更好的杖。」

「畢竟我會使用無詠唱魔術，愛麗兒殿下就說我應該不需要魔杖。很小氣對吧。」

當然，愛麗兒殿下並不是因為小氣才讓我使用初學者用的魔杖。

這把魔杖是魯迪烏斯給我的，所以我很珍惜使用。但因為是隨處可見的魔杖，魯迪應該不會察覺。

「來，請試著握看看。你覺得大小如何？」

魯迪露出一臉賊笑並這麼提問。

為什麼？是有什麼有趣的事嗎？

儘管腦中浮現疑問，我依舊握緊魔杖。

是因為我的手很小嗎？感覺有些難拿。

「真粗壯。是不是一開始就預設為得用兩手拿？」

「……應該是設想到我將來得用成長後的身材來拿吧。」

「哦～」

魯迪一邊笑著，同時將雪溶化開始前行。我則是拿著魔杖跟上他的腳步。

好，總之繼續進行作戰，下一步是……

我把戴在小指的戒指靠近嘴邊，低喃關鍵字。

「『赤紅之塔』。」

於是，戒指的寶石顏色從藍色變化為紅色。

這枚戒指是愛麗兒殿下總是隨身攜帶的魔道具。只要說出關鍵字顏色就會改變。與此同時，在遠方的成對戒指也會改變顏色。這魔道具的效果只有如此。儘管距離太遠會無法發揮效果，不過這次已經事先把另外一枚戒指交給在森林外面待命的人拿著。

（沒問題吧……）

我偷偷望向天空，等待時機。

與我不安的心情相反，天空開始慢慢地變暗。

好。進行得很順利。

「嗯？」

魯迪馬上察覺異狀，抬頭望向天空低喃說道：

「……是烏雲啊。真稀奇。」

冬天的北方大地鮮少下雨。

因此，這一帶使用的禦寒衣物禁不起雨淋。

我們身上穿的這套禦寒衣物是用雪刺蝟的毛皮製作而成，可以不讓雪在上面溶化而是直接滑落。因此作為禦寒衣物來說非常優秀，只不過有著容易進水的缺點。一旦水滲進衣服，光是

吹到冬天的冷風就會立刻結成冰棒。

「菲茲學長，看起來要下雨了。」

在冬季遇到快要下雨的狀況，可以當場製作屋簷之類的來應付，或是在洞窟等地方躲雨比較理想，不過據說與其用魔術製作避難所，洞窟還是比較安全。

就算魯迪擅長土魔術，應該也會認為要維持魔術直到雨停為止是件麻煩事。

所以我提出建議。

「是啊，照地圖來看在前方……」

有個洞窟，我們先去躲雨吧……但我才說到一半，魯迪就搖搖頭。

「不，烏雲馬上就會散去。」

他這麼說著並舉起手來。

（糟了！）

我在這瞬間察覺到自己的失策。

魯迪是水聖級魔術師。操縱天候對他來說是輕而易舉。

愛麗兒殿下說僱用了兩名上級水魔術師，然而只要魯迪出手，烏雲肯定馬上就會散去。

該怎麼辦？怎麼做才好？要是現在沒有下雨，計畫就付諸流水了。

我把魔力注入握在自己雙手之間的魔杖。

隨即感覺到一股驚人的力量。這……這樣或許行得通。

「嗯嗯？」
魯迪邊舉手邊歪頭。
恐怕是由於雲層並沒像自己所想的那般散去，為此感到不可思議吧。不過這也是理所當然，因為我現在正在妨礙他這麼做。
不知是魯迪沒拿出全力，或者該歸功於這把魔杖，現在我操作天候的能力足以與魯迪分庭抗禮。既然如此，再加上森林外的上級魔術師協助，狀況對我方明顯有利。
我抱著祈禱般的心情持續將魔力注入魔杖。就好像要助長散布在天空的烏雲那般，就像魯迪教我的那樣。我要收集水分，將其化為雲層，接著冷卻……降下！
「唔……」
在魯迪皺起眉頭的下一瞬間，天空開始下起寒冷的雨。
「……很抱歉，菲茲學長，看來我今天狀況不太好。」
魯迪臉上掛著稍微受到打擊的表情，如此說道。
「不……不要緊啦。是我沒把魔杖還給你的關係，應該。」
「就算沒有魔杖加持，那種程度的烏雲我應該還是可以吹散才對。是因為最近太久沒用所以手感變鈍了嗎……還是說……？」
魯迪邊看著自己的掌心，同時嘀嘀咕咕喃喃自語。
他似乎注意到那層烏雲是被人刻意製造出來。

不過，應該沒料到當自己打算吹散烏雲時，還會遭到對方進一步的妨礙吧。

「算了，既然開始下了那也沒辦法。記得前方應該有個洞窟，不如我們到那躲雨吧。」

「也……也對！」

在對魯迪的發言重重點頭後，我們再度開始移動。

雪刺蝟的毛皮吸收了水分，轉眼間就奪走我們身上的體溫。

目前正按照計畫進行。

「是那裡吧。」

然後，縱使渾身溼透，我們也總算是抵達洞窟。

是個只有十公尺深的小洞窟。

這裡就是目的地。

第十話「森林之雨 後篇」

我認為其中一定有內幕。

因為僱用我的菲茲學姊樣子相當可疑。

甚至還發生異常狀況。以正常的下雨狀況來看，雲層的移動速度感覺實在太快。

因為冬天幾乎不會突然降下驟雨。因此可能是某人使用魔術造成。

不過，讓天空下雨的用意何在？

是為了妨礙我們嗎？

但會是誰？是之前提供愛麗兒公主住宿的那名貴族嗎？

目的為何？可以想到的理由是為了不讓菲茲學姊摘到花。

不過那樣一來應該就不是下雨，而是下別的東西比較好吧。像是長矛之類。

菲茲學姊是否已經注意到了呢？

「……」

可以看到她臉上露出緊張的神色，表示應該有所察覺。

不過，若真是這樣，卻也感覺她看起來異常冷靜。

會不會是這點程度的妨礙早在預料之中……不對，那樣的話，她一開始就會講明有人會來妨礙。

或者，她其實想暗殺我？不對，如果真的是這樣，那應該有更多機會。

到底是怎麼回事……

儘管心中充滿各種疑惑，我為了把濕答答的衣服烘乾，依舊準備開始升火。

我早就預料到會有這種狀況，所以事先準備了升火用的柴薪。

儘管能用火魔術維持火勢，然而一旦魔物出現就必須熄滅，這麼一來也會失去照明，結束

戰鬥後還得重新生火不可。

那麼，打從一開始就把柴薪帶來才是聰明的做法。

「……總之，先點火吧。」

我擺好柴薪並點火。

在確認火勢穩定後，脫下禦寒衣物。

禦寒衣物已經浸濕，外側更是早已結凍。

雖然禦寒衣物底下還穿著平常那件深灰色長袍，但這件也溼透了。

從觸感來判斷，應該連內褲都濕了。總之呢，內褲還有替換用的倒是沒關係，我決定先把禦寒衣物和長袍烘乾。

我使用風魔術與水魔術，將衣物瞬間脫水。不過將水分全部吹飛會使得布料受損，因此得拿捏力道。

接著用土魔術製作曬衣台，將內褲以外的衣服全部晾在上面。

身上變得只剩內衣，儘管為了溫暖身體而靠近火堆，但依舊很冷。

所以再進一步用土魔術隆起地面塞住洞口。

由於完全堵塞可能會造成一氧化碳中毒，所以事先在天花板部分做出縫隙。

好啦，總之這樣就暫時沒問題。不過內褲該怎麼辦？畢竟也不可能在菲茲學姊面前脫光。

我邊想著這些事邊看著她。

「嗚……」

菲茲學姊環抱自己的肩膀直打哆嗦。雖然已脫下禦寒衣物，但是底下的斗篷之類的衣物卻依舊穿在身上。再這樣下去會感冒的。

「烘乾……」

烘乾比較好吧……話說到一半，我便停止繼續說下去。

菲茲學姊雖然外表看起來像個少年，但其實是女性。

而且還隱藏著自己的身分，因此無法在我面前脫下衣物。只是再這樣下去還是不好。

該怎麼辦呢？唔……

「菲茲學長。」

「怎……怎麼了！」

她用稍微高分貝的聲音回話。

菲茲學姊似乎也了解目前的狀況。儘管不脫不行，但是卻不能脫的這種狀況。因此她警戒的態度表露無遺。

這樣不行。我還是識趣點吧。

「以前，我曾從認識的女孩那聽說過長耳族和其他種族不同，你們把肌膚被人看到一事視為一種禁忌。所以我會轉向後面閉上眼睛，請你趁這個時候使用魔術把衣服烘乾。」

「咦！」

菲茲學姊發出驚訝的聲音。這也是當然。因為我從未聽過這類禁忌。

更何況若真有這種禁忌，那麼艾莉娜麗潔的存在本身就是個禁忌，可說是會走動的禁忌。

然而，只要知道我抱有那種錯誤的知識，對菲茲學姊來說應該是求之不得。

我緩緩地轉向後方並閉上眼睛。

接著豎耳聆聽，打算至少要想像菲茲學姊在身後上演脫衣舞，只用聲音來享受一番。

「…………」

「……」

然而後面卻沒發出任何聲音。

雖然已經溼透，但明明要脫衣服，而且還得用無詠唱魔術烘乾，應該多少會發出點聲音。奇怪。難道菲茲學姊可以在不發出聲音的狀況下更衣嗎？

這麼說起來，在我國小時有女生能從衣服上面直接換穿泳裝，還真是靈巧。

因為我國小那時還沒有更衣室這種場所。

當時不論男女都得在教室更衣，回想起來還真是個美好年代。

自從網路普及後，我透過網路找到了當時的更衣方式，有了一種原來如此的想法。畢竟我對那類特殊的更衣方式也頗有興趣。

是學術上的興趣。沒錯，這是學術，是一種求知欲。絕對不是以色情為目的。

因為要是菲茲學姊不脫衣服，肯定會凍僵吧。

我抱著這樣的念頭，悄～悄地轉頭望去。
結果直接與菲茲學姊四目相接。明明隔著太陽眼鏡，卻莫名清楚兩人目前眼神相對。
我沒有移開視線。
因為菲茲學姊整個臉色鐵青。
「菲茲學長！」
她用鐵青的臉色緊抱雙肩發抖。
即使用肉眼，也可看出菲茲學姊的體溫已完全被奪去。
位於北方大地的冬季森林，氣溫會降至冰點以下。我們還在這種狀況下一路走過來，體溫立刻就會流失。畢竟現在連我也覺得很冷。儘管我們現在待在洞窟，溫度也逐漸回升，但是穿著濕答答的衣服就如同浸在冷水中。
這可不是感冒就能了事。
「請你至少換個衣服。不然我製作單人房給你換吧？不對，我……我先離開洞窟，就這麼辦，這就行了。」
「等等。」
菲茲學姊拉住打算離開洞窟的我。
她邊發抖邊注視著我。然後，儘管全身發抖依舊起身，朝我的方向緩緩走來，目不轉睛地望著我。

「…………」

「……」

縱使渾身顫抖，她依然直視著我。彷彿有什麼話想說似的。

怎麼了？菲茲學姊想說什麼？不對，她想做什麼？

「這……這樣……會感冒喔……」

「嗯。也……也對。」

她用顫抖的聲音回答。

因為無法猜出菲茲學姊的意圖，我的腦袋一片混亂。

「要是……不脫掉衣服，會很危險喔。畢竟人只要體溫下降，就會喪命的……」

「嗯……再這樣下去，應該會死呢……」

菲茲學姊嘴上這麼說著，卻堅決不動手脫衣服。

呃，不對，如果在我面前脫也很傷腦筋。

我什麼都不知道。菲茲學姊是男人，絕對不是女人。我已在心裡這麼決定。

我得閉上眼睛。

「我自己脫不了，你幫我脫嘛。」

「……」

這傢伙在說什麼？

「……既然你自己脫不了，只好由我來幫你脫了。」

我在講什麼？

啊，不妙。我的手不聽使喚，自己伸向菲茲學姊。

首先，碰了肩膀，好冰。然後，好細，而且好柔軟。毫無疑問的，這是女性的肩膀。

纖細到……彷彿一碰就會折斷的肩膀。

而我是男性。

男與女之間，不能輕易就讓對方看到自己的肌膚，這個常識即使在這個世界也是共通的。

「其……其實啊，我知道菲茲學長是女人。」

「嗯。不過，如果你不幫我脫，我或許會死掉喔。」

「哦……噢。」

這是什麼狀況？我無法猜出她的意圖。菲茲學姊到底在盤算什麼？

難道是仙人跳？

只要脫下她的衣服，就會有可怕的人突然冒出來，冷冷地告訴我：「你知道了阿斯拉王國的機密事項」，然後就把我帶到類似實驗室的地方解剖之類的嗎？

不過我現在感覺就是打算解剖菲茲學姊，說這種話好像也沒什麼說服力……

「唔……」

手不聽使喚地動了起來，脫下菲茲學姊的上衣。

當我脫下由厚重布料製成的外搭上衣後，濕透的白襯衫便呈現在眼前。

這是件白襯衫。因此儘管有些厚實，但白色布料依然會透光。因此菲茲學姊的內衣進入我的視線。包裹著胸部的胸罩是類似運動內衣的款式。

被包裹在其中的物體貧瘠卻又神聖，並非大人的尺寸。然而，像這樣被水淋濕貼在上頭一看，一對讓男人渴求不已的胸部緩衝器材，確實就存在於那裡。

「菲茲學姊……」

「怎麼了，魯迪？」

被她「魯迪」這種令人懷念的綽號稱呼，似乎喚醒了我心中的某種記憶。

眼前的狀況，好像曾經……在哪體驗過。

「失……失禮了。」

「嗯。」

菲茲學姊滿臉通紅。

甚至還紅到耳根。這對被染成赤紅的耳朵是不是也曾在哪看過？

我一脫下白色襯衫，雪白的肌膚就呈現在眼前。纖細到感覺快折斷的肩膀，肌肉和脂肪明顯不足的細長脖頸。

這麼近距離地觀看，甚至動手觸摸，讓我最近那一直不爭氣的寶劍，也宛如在儀式裡奉上的騎士劍那般朝上方高舉。

菲茲學姊身上有著某種東西。某種能讓我重振雄風的不明因素。
我現在也興奮到只想馬上將她推倒。
「呼……呼……」
我試圖壓抑自己興奮，將手放在菲茲學姊的腰帶上。
隨著喀喳喀喳聲鬆開腰帶，將手放在褲子的下襬，突然間，我好像回憶起什麼。
話說回來，以前也有過這種事。記得是在我五歲還是六歲的時候，的確有過這回事。
滑落的褲子底下露出了純白內褲。和當時不同，內褲並沒有一起被扯下。
可是被水淋濕的內褲，果然還是讓底下的物體隱約透出。
難道說，沒有長毛嗎？
「……咕嘟。」
菲茲學姊一語不發地把腳抽出褲子，在我面前坐下。那是一種女孩子的坐姿。
而我也跪坐在她的對面。洞窟的地面凹凸不平，小腿感到疼痛。
菲茲學姊進一步地伸出手。
手上戴著濕透的白色手套。
「這個也要。」
當我取下手套，出現了一隻留有燒傷痕跡的手掌。我曾看過這隻手。
我記得這是在以前……把手伸進暖爐後燙傷的痕跡。我還曾猜測過她是不是因為這樣才不

太擅長火魔術。

「魯迪。」

我可以明白菲茲學姊的視線注視著稍微下方的位置。

視線前方就是我剛剛才搭好的帳篷。菲茲學姊的肉體果然對我搭帳篷一事提供了莫大的貢獻。

「還剩下……一件喔。」

她口中說的一件這個詞彙。

我明白這指的既不是內褲也不是胸罩。到了這地步，我已了然於心。

我將手放在太陽眼鏡上。

「……」

當我摘下之後，出現在眼前的……果然……

是熟悉的臉孔。

那張臉，是過去我認為長大後肯定會變成美少年的臉。

甚至覺得只要跟這張臉排在一起，我也能撿到殘羹剩菜的美麗臉龐。

然後，那張臉遠比我當時所想像的更為惹人憐愛。

儘管還殘留些許稚氣，這張臉依然只能用可愛來形容。

有神的雙眼，挺拔的鼻子再加上櫻桃小嘴。

或許是長耳族的遺傳基因使然，感覺與艾莉娜麗潔也有些許神似。
然而卻有著二分之一混血和四分之一混血的親和感。
「那個，菲茲學姊。」
「怎麼了，魯迪？」
像這種面紅耳赤地歪著頭聆聽的動作，也和以前沒變。
為什麼我一直到現在都沒有察覺呢？
頭髮。對了，髮色不同。她的頭髮原本是翠綠色，然而現在卻是純白色。
不對，要改變髮色的方法多得是。畢竟脫色也沒有那麼困難。
「該不會，菲茲學姊的本名……是叫希露菲葉特嗎？」
「…………嗯。」
菲茲學姊……不對，希露菲靦腆地笑著並點點頭。
「嗯……嗯……沒錯，我是希露菲葉特。是布耶納村的……希露菲葉特。」
眼看她的笑容就要變成哭臉。
在完全變成哭臉之前，她抱住我。
「終於……說出口了……」
希露菲喃喃這麼說著，肌膚非常冰冷。

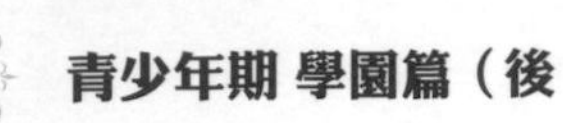

經過了一段時間。

我無法隱藏自己的困惑，然而卻也有種一切了然於心的感覺。

「嗚……嗚……」

希露菲一邊抱著我一邊低聲啜泣。

她和當時很像，依舊是個愛哭鬼，而且依然柔軟。身材很纖細，看起來明明沒有任何脂肪，但抱起來卻很柔軟。搞不好是用了柔軟精。

「我……我……一直……一直在等你。我在布耶納村……一直……很努力。」

自從我去擔任家庭教師後，希露菲有多麼努力，我已經從保羅那聽說了。

我一語不發地撫摸著她的頭。於是，希露菲加重抱緊我的力道。

然後她抬起臉。那是張因淚水及鼻水而變得黏糊糊的臉。

我看著她的臉，不知道自己該說些什麼。

「我從以前……」

但是希露菲不同。她注視著我的眼睛並開口說道：

「我從以前……就一直……一直喜歡你。」

我明白自己現在一定愣住了。

「我以前就喜歡魯迪，現在更喜歡了。請你不要再離開我，我想一直和你在一起。」

腦中變得一片空白。

被希露菲說喜歡，我感到很驚訝。

希露菲從以前就很黏我，也可以說是我有意這麼引導她。

然而現在卻不同。至少在這一年來，我都看著菲茲學姊。我將她視為一個可以尊敬的人物。至少，菲茲學姊不依靠任何人就可以自力更生。

或者說，是我當年灌輸的依賴性還殘留在她身上。

可是，如今在依靠菲茲學姊的人是我。她博學多聞，又處處為我設想，是個值得依靠的學姊。而且仰賴她的人並非只有我，「沉默的菲茲」這個人，甚至還受到愛麗兒公主深深信賴。

現在，這樣的對象竟然對我告白。

胸口變得好熱。

我現在異常混亂，儘管我還無法完全理解希露菲＝菲茲學姊這個事實，但是現在充滿了甚至想要跳舞的喜悅之情。

可是在這個瞬間，我突然想起艾莉絲。

這麼說起來，我曾對她說過喜歡這兩個字嗎？

是有說過要成為家人，不過那卻是她開口的。那麼我到底主動對她說了什麼？

我曾對莎拉說過嗎？不，沒說。

說起來，我到底是不是喜歡莎拉這點其實還有待爭議。雖然我不討厭她，甚至還打算從事那種行為，雖說如此，但那應該是種與喜歡不同的情感在驅使著我。

那麼，我是怎麼看待菲茲學姊……不，看待希露菲的？

我認為自己得好好思考這點。

我覺得自己必須不斷自問自答，給出一個明確的答案才行。

然而，若我現在不說出口，她或許又會離開我的身邊。

「我……也喜歡妳。」

想好答案後，我就抓住希露菲的肩膀拉開彼此距離，如此說道。

儘管有抗拒反應，但是非常微弱。

希露菲的臉上滿是淚水跟鼻水，我輕撫她的頭部，將臉靠上。

「嗯……」

希露菲的嘴唇好柔軟。

儘管因為鼻水而有點黏稠，但無所謂。

接吻後，希露菲不再哭泣。而是滿臉通紅用發愣的表情看著我。

「……」

我不知道該說什麼。

因為我們兩人已經不需言語。

既然我們已經用話語確認彼此的愛意，接下來就是那個了。I（愛）的下一步就是H（做愛）。

儘管自己也覺得這樣很現實，但我那兩年來一直壓抑的玩意兒已瀕臨爆發邊緣。

希露菲也沒有抵抗。

她順勢地躺在我準備好的露營用毛毯上，準備任我擺布。說不定她打從一開始就是這麼打算。就連這份委託，也是為了在沒有任何人在的地方表明自己的身分而策劃。

不，別想這些不解風情的事了。

現在最重要的，就是絕不能重蹈覆轍。

「……希露菲，妳是第一次對吧？」

「咦？啊……嗯，對。我是第一次……這樣……不行嗎？」

「怎麼會呢。」

不如說正合我意。

不過，可是，可是呢……要是在這裡失敗，或許又會像以前那樣。

我已經不想再體驗到像艾莉絲那時……還有像莎拉那時的慘痛回憶了。

我現在不能失敗，絕不能失敗。

我慎重再慎重地將手伸向希露菲。

「…………」

「……那個，魯迪？」

當我回神，帳篷已經倒了。

接著又經過大約一小時左右。

雨停了。可能是長時間抱在一起的緣故，身體很暖和。衣服似乎也快要完全乾了。

但是我卻快哭出來了。

對於在關鍵時刻沒辦法派上用場的自己受到打擊。

也不知這種打擊究竟是第幾次了，無論何時都實在讓人難受。

何況這次的對象不是在娼館買的女人，或是失之交臂的冒險者，而是喜歡的對象。

是自己親口說出喜歡的對象。認為特別的對象。

即使是現在這個瞬間，我也害怕希露菲會露出灰心的表情嘆氣，並說一句：「算了」自顧自地離去。

所以我渾身顫抖，不發一語地握緊她的手。

但是，希露菲並沒有那麼做。

意外的是，她似乎也受到打擊。不過希露菲受到的打擊似乎比較少，只是一邊苦笑調侃自己，一邊對自己的身體感到自卑。

「不是魯迪的錯。畢竟我……你看，我胸部又小，又沒有魅力……」

「不，希露菲的身體充滿魅力。但是很抱歉，我從三年前開始就這樣了。」

「魯……魯迪……」

我開始講起自己的事。

坦承了一切。不僅是三年前迎來初體驗，後來就派不上用場的事；還有為了尋找治療的方法，而來到魔法大學的事；結果卻一無所獲，直至今日的事。

「我讓希露菲蒙羞了。真的很抱歉。」

我跪地道歉。

希露菲的身體並沒有問題，甚至讓我非常亢奮。雖然胸部確實是小了點，但是那苗條的手腳搭配纖細的腰部。整體的平衡並非不好，那宛如跳脫了少女這個概念的肉體，完全正中我的好球帶。

何況真要說的話，這三年來唯一能讓我站起來的人也只有希露菲。

所以我不可能對她有任何不滿。

只是我太膽小罷了。

「魯……魯迪，你別這麼說嘛。沒有什麼蒙羞啦，快回到原本那樣嘛。」

希露菲發出可憐的聲音。

這使得我開始對自己感到難為情。

「儘管我也很想恢復原樣，然而就這件事實在束手無策。」

「我不是指那個，是你的語氣，講話不要那麼恭敬嘛。」

希露菲又開始落淚。我慌慌張張地恢復了原本的語氣。

「啊，嗚……對不起。我只是有點不知所措。」

對希露菲充滿了歉疚。

是因為最近一直在用敬語嗎？一個不小心就會照那樣的語氣說話。

「……不過，畢竟我講話一直都是這麼恭敬，所以應該沒關係吧？」

「是沒關係……不過你講話那麼禮貌，聽起來會讓人感覺有點距離。」

是這樣嗎？我第一次聽說。

會不會艾莉絲和瑞傑路德也是這麼認為？

甚至連札諾巴也……話說回來，我對那傢伙倒沒什麼用敬語呢。

「今後，禁止你講話時太過恭敬喔。」

「是。」

「又那麼有禮貌了。」

「『是』應該沒關係吧？」

「嘻嘻……說得也是。」

不知道是不是我多心，氣氛好像因這樣的對話變好了。

不過，感覺好久沒有不用敬語了。仔細想想，自從來到這個世界後，好像就一直用敬語說話。儘管有陣子對佐爾達特說話比較不客氣，不過也是馬上就用回敬語。

……不對，應該沒有這回事。

現在回想起來，那是在我還小的時候。

當時我還在布耶納村，教導希露菲魔術，並跟她一起玩耍的那個時期，並沒有使用敬語。

這樣一想，或許對她來說這樣才自然。

「……」

我們暫時都沒說話，只是坐著依偎彼此。

同時還聽著火堆劈哩劈哩的燃燒聲，彼此都還只穿著貼身衣物。

只要稍微轉頭，就能俯視希露菲的鎖骨。

從上方看她那有些許寬鬆的內衣，可以隱約看見淡紅色的某種物體。

此時我突然提問：

「話說回來，希露菲為何女扮男……不對，妳轉移後做了什麼？」

護衛愛麗兒公主的理由。

髮色染白的理由，隱藏身分的理由。雖然我不知道是否可以問，但應該要問吧。

「嗯，呃……該從哪裡說起呢？」

希露菲開始娓娓道來。

從在布耶納村的修行開始，她當初打算從塞妮絲和莉莉雅身上探聽我的所在地，結果反而被教導治癒魔術和禮儀規矩，還為我製作項鍊。

「這麼說，這項鍊是希露菲親手做的嘍？」

「你怎麼會戴著那條項鍊？」

我把項鍊藏在衣服裡，因為不想被人調侃我和艾莉娜麗潔戴著成對的項鍊，現在脫下衣物才會暴露在外。

「是莉莉雅帶在身上。不過，她當時沒有提到希露菲。」

「我想她一定是認為我可能已經喪命，所以才保持沉默。」

「原來如此。」

或許莉莉雅也是顧及到我的感受。

大概是聽說這是死人的遺物，難以判斷是否應該對我吐露真相吧。

「呃，我可以繼續說下去嗎？」

「抱歉，請繼續吧。」

在轉移後發生的事，只能用險象環生來形容。

突然被丟到高空中，落下後還遇上魔物，碰巧拯救了公主，因此成為護衛。不知不覺間頭髮整個變白，在價值觀相去甚遠的地方過著讓人胃痛的生活。因為被捲入政權鬥爭而遭到刺客盯上，後來被逐出王都，一群不習慣旅行的人開始旅行，偶而還被人欺騙陷入窘境。然後抵達了魔法大學，試圖東山再起時……我就出現了。

「雖然是無可奈何，但被魯迪你說『初次見面』那時，我真的受到打擊了耶。」

「對不起。可是，希露菲如果早點告訴我，那我也會知道啊。」

「啊，也……也對。對不起，都是因為……我沒有說……不好對吧……對不……起……」

希露菲落下了斗大的淚珠。

關於這件事，她應該也煩惱了很久吧。

聽了剛才那番話，我也能理解她絕對不是心懷惡意才瞞著不說。

所以我並不打算責怪她。

「我才是，居然一年都沒察覺，真的很抱歉。」

總之，根據希露菲的說詞，她是因為當時不僅在隱藏身分，而且還認為我已把她完全遺忘。要是我真忘了的話，一旦告訴我，很可能只是單純曝露自己的真面目。

畢竟我是和伯雷亞斯有關的人，甚至還有可能是敵人。

因此選擇不說，應該算是正確答案。

而且，我想自己在這一年中並沒表現出在尋找希露菲的舉動。一旦她認為自己完全不被擔心，說不出口也是人之常情。

沒錯，這也無可奈何。畢竟有太多狀況在阻撓我們。

算了，既然她最後還是像這樣表明自己的身分，我認為這樣就好。

我一抱住希露菲的肩膀，她的頭便靠了過來。肩膀很冷，必須貼得更緊一點來取暖。

「所以……我才一直無法鼓起勇氣。不過，我心裡一直覺得像現在這樣的關係也沒什麼不好。」

「嗯，因為這樣的關係也不壞。」

只是，據說她最近突然開始著急。

好像是因為我周圍陸續有美少女聚集過來，覺得要是不想個辦法，我就會被其他人搶走。

不過我現在處於ＥＤ狀態，其實是不用擔心……不對，比方說像七星如果製作出特效藥，我理所當然表達感謝之意，最後可能還因此屈服於她。

所以，希露菲才進行了如此大規模的作戰。

為了要讓遲鈍，又試圖想些無謂方案的我一次就能察覺到，同時也是為了切斷依舊膽小的自己的後路。

「魯迪真的很遲鈍呢。」

「我沒辦法反駁。」

儘管我以前曾暗自發誓要當個遲鈍系，但是這下我可不能再笑遲鈍系主角了。

當有其他事情混在一起處理時，就意外地難以察覺朝自己而來的好意。

其實如果跟性欲稍微牽扯上一點關係的話，應該就能察覺啦……

說不定那些遲鈍系主角的各路好漢也都是ＥＤ呢……

「所以，表示我這次完全被妳的作戰給騙到了。」

「對……對不起。感覺變得好像在騙你一樣……」

「不，這證明不做到這個地步，我就不會察覺吧。」

如果繼續維持那樣的關係，我八成會一直把菲茲學姊當成男人。

真要說的話，甚至還不見得會想起希露菲。

「話說回來，愛麗兒公主知道這件事嗎？」

「知道啊。倒不如說這個作戰計畫就是愛麗兒殿下想的。」

「這樣啊。」

看來我的擔心只是杞人憂天。

如果是希露菲獨自決定這麼做，我原本還想說裝作什麼都不知道比較好……畢竟還是讓「菲茲」以「菲茲」的身分繼續存在比較正確……

「不過，愛麗兒殿下相當煩惱喔。還說：『摸不清魯迪烏斯・格雷拉特的目的。他到底在想什麼』這樣。沒想到……那個……她好像沒預料到你會是為了治療那個才來的……」

儘管有這樣的傳言，但據說她無法信服。畢竟事實總是遠比小說離奇。

「不過這樣一來，我是不是也加入愛麗兒公主的麾下比較好？」

儘管我非常不想和政權鬥爭什麼的扯上關係……

不過，如果希露菲希望我幫忙，我當然會盡棉薄之力。

「就我來說，畢竟愛麗兒殿下很照顧我，當然會希望你幫忙……不過魯迪不想和阿斯拉王國扯上關係吧？既然這樣，那也不用勉強啦。」

希露菲邊說著邊露出了靦腆的笑容。

一摘下太陽眼鏡，可愛的程度就增加了一百倍。
這讓我的兩腿間也隨之升溫，忍不住舔了她的耳朵。
「呀！」
「啊，失禮。」
聽到她驚訝的聲音，我的雙腿間也馬上跟著降溫。
看樣子我還無法隨心所欲控制。
不過，有反應果然會讓人安心。可以說正在順利恢復。
這都多虧了希露菲。
「謝謝妳，希露菲。」
「咦？怎麼了……？」
希露菲歪頭表示不解。
儘管沒有做到最後，不過我認為現在這樣就行了。

第十一話「推最後一把」

當我們回到魔法都市夏利亞時，已經是三天後的中午。

在這三天裡，我和魯迪聊了許多。

內容大半都是魯迪至今做了些什麼。魯迪似乎是被名為艾莉絲的大小姐拋棄，所以造成心靈上的創傷。據說從那之後就變成那樣。

關於艾莉絲．伯雷亞斯．格雷拉特這個人物，我在王宮時也略有耳聞。

據說是個難以教養的野丫頭，甚至還有人說她是個不像人類的粗魯少女。

雖然就魯迪的說法，感覺比我印象中還來得稍微溫馴……不過她被魯迪從魔大陸一路保護到阿斯拉王國，結果卻說魯迪配不上自己，這實在太莫名其妙了。

要是見到面，我絕對要跟她抱怨。只是當我這麼跟魯迪說後，他卻鐵青著臉叫我還是別這麼做比較好。看來艾莉絲真的很強。

就我來說是有點掃興啦……不過，我也因為這樣的插曲才能與魯迪重逢。所以也不盡是些壞事。

……咦？魯迪不是為了調查轉移事件才來的嗎？

…………算了，有兩個目的也沒什麼不好。

最後我們總算回到魔法大學的校門口。

我已經換回原本的打扮，也就是「菲茲」的模樣。

「呃，總之我先去愛麗兒殿下那報告喔。」

「好。呃……今後也多多指教。」

魯迪一邊苦笑一邊低頭鞠躬。

聽到「多多指教」這個詞彙，思考這句話的意思，我感覺到自己的臉甚至紅到了耳根，臉部好燙。

「啊，嗯，好。我……我才要請你多多指教。」

這樣就表示……我們正式交往了對吧。

好開心，心情好輕鬆。所謂高興得忘我就是這種感覺吧。

接著，為了向愛麗兒殿下報告，我前往學生會室。

因為現在是午休，愛麗兒殿下應該在學生會室才對。

我一邊走著，同時思考各種事情。我有很多事情想跟魯迪做。比方說一起到街上去逛街、購物之類。啊，不過我得打扮成男生的模樣才行，這樣或許會害魯迪被人遭異樣眼光看待。

不……不過，那種事根本不重要。嗯，只要有愛的話。

不過，我記得男人會以確認彼此的愛意為由，要求女性獻出身體對吧。

沒錯，魯迪也說過。要是沒有身體上的聯繫，總有一天彼此的心會越來越遙遠。

可是，我的身體似乎沒辦法讓魯迪起反應……

該……該怎麼辦？

★★★

當我一踏入房間，愛麗兒殿下就注視著我的臉，嘆了口氣。

「果然失敗了啊。」

「咦？那個……愛麗兒殿下……？」

「當我浮現這點子時還以為是完美的作戰，不過仔細想想，儘管會有凍死的危險，但是有誰會硬把對方身上的衣物扒光呢？」

看來她會錯意了。

怎麼辦？與其說誰會這麼做，事實上魯迪就真的把我的衣服脫掉了。

「希露菲，總之妳先冷靜下來，好好向愛麗兒殿下報告。」

這個時候路克適時伸出援手。

「啊，嗯。其實呢。愛麗兒殿下為我考量的作戰非常順利。」

愛麗兒殿下的單邊眉毛挑動了一下。

儘管沒有發出聲音，但光從動作就可以明白她相當吃驚。

「是這樣嗎？雖說如此，妳的臉色卻不太好呢。」

「嗯，關於這件事……」

「失禮，理由待會再說就行，先報告吧。」

「啊，是的。」

我冷靜下來，報告作戰的結果。

事情就如同作戰內容順利進行。我們兩人進入洞窟，按照預定在篝火旁表達彼此的心意。

像這樣重新講出口，就會覺得那宛如是置身在夢境一般，羞到耳根都紅了。

不過，愛麗兒殿下卻露出了不解的神情。感覺就像是在說：「那為什麼會失敗」。

「然後，魯迪……那個……他就很消沉。說自己也是為了尋找治療那方面的方法才來魔法大學。」

「妳說什麼？」

「咦？呃，所以……那個……他說是為了治療不舉而來的。」

「不，失禮了，我稍微亂了方寸。」

愛麗兒殿下捂住自己的嘴巴。

她也曾聽說這個傳聞。

但沒想到那就是真相。她現在應該在想既然如此，為何魯迪要來魔法大學？畢竟這裡明明是學習魔術的場所，而不是治療疾病的地方。

「這樣啊。不過話說回來，沒想到居然會在緊要關頭派不上用場。看來我似乎過於高估魯迪烏斯這個男人了。雖然我認為他很遲鈍，但卻沒想到居然會是個讓鼓起勇氣的女人蒙羞的男人。」

愛麗兒殿下之所以會這樣說，應該是為了讓自己的心保持平靜吧。

儘管她表現得有點生氣，但卻不是真心這麼認為。對生氣的我道歉，安撫我，藉此守護自己的心。是一如往常的愛麗兒殿下。

「愛麗兒殿下，您說得太過分了。」

不過意外的是，路克竟然糾正她的言詞。

「男人總是會有對自己感到無能為力的時候。就算是魯迪烏斯，沒有抱希露菲也並非是他心甘情願這麼做。倒不如說，我總算明白他至今為止都那麼安分的理由。」

「路……路克……？」

「這樣我也能了解為何他的表情與態度會如此沒有自信。真可憐啊，想必他是在無計可施的情況下，抱著抓住救命稻草的心情才來到這裡吧……」

雖然路克是個輕浮的男人，卻鮮少對愛麗兒殿下提出意見。

儘管他有時會提出忠告，但並非是會完全否定愛麗兒殿下想法的那種言詞。更何況還用如此強硬的口氣提出質疑，至今為止從來沒有過這樣的事。而愛麗兒殿下好像也因此受到被毆打一般的打擊。

「…………失禮了。我剛才的話確實是過分了些。」

「不，畢竟愛麗兒殿下是女性，不清楚這方面的煩惱也是情有可原。」

路克說完這句話，轉身面向我。

「希露菲，妳想要治好魯迪烏斯身上的毛病嗎？」

「咦？呃……嗯。」

我都只考慮到自己的事，但仔細想想，魯迪當時的神色明顯消沉。不僅露出沒有自信的表情，甚至還突然使用敬語。現在想想，握住我的手似乎還在發抖，那應該不是因為寒冷，而是有某種原因。

「魯迪受到了很大的打擊。所以只要力所能及，我都希望幫助他。」

「即使那對妳來說或許會很辛苦嗎？」

「嗯……對。我已做好心理準備。」

魯迪以前曾對我伸出援手。

既然魯迪現在認真在煩惱，那我也想要幫上他的忙。

「我明白了。先稍等一下，我有東西要交給妳。愛麗兒殿下，恕我失陪。」

路克快步離開學生會室。

愛麗兒殿下注視著他的背影，皺起眉頭重新開口：

「很抱歉，剛才是我失言。」

「不會，沒關係的。不過很難到聽到路克會說那種話呢。」

我自己也對路克的發言相當驚訝。畢竟我以為路克討厭魯迪，而且基本上根本沒想過他會幫男人說話。

「不過，這麼一來就傷腦筋了呢。」

「嗯。該怎麼辦？愛麗兒殿下……」

「總之，路克似乎已經想到某種作戰，而且關於治療不舉的方法，其實我也有些眉目。」

「是真的嗎？」

「是的。這算是王族的修養之一。」

對喔，愛麗兒殿下是王族。一旦將來出嫁，肯定得生小孩才行。即使對象是類似魯迪那種狀況也一定要生。所以也會有對應的方法。

「只是，畢竟我當年還小，沒有那麼認真去聽內容，但是有幾種方法依舊留在我的記憶裡。而其中大部分都是讓對方喝酒。」

「酒嗎？原來如此。」

我回想起在餐廳那件事。

當時魯迪和札諾巴還有巴迪大人一起大開酒宴，心情非常好。雖然我沒有喝過，但是酒會讓人的情緒亢奮，變得大膽起來，也就是會使人變得不正常。既然魯迪現在並不正常，說不定讓他喝酒就會稍微恢復正常。

之後，愛麗兒殿下口述了幾套誘惑男人的方法。

雖然我覺得與其說是治療不舉，倒不如說都是以讓不想做的人變得想做的方法為主，但既然是愛麗兒殿下作為一名王族曾學過的技巧，應該不至於完全沒用。畢竟是阿斯拉王族嘛。

「……然後，妳就說好熱，偷偷敞開肩膀那一帶的衣物。」

「這樣有用嗎？」

「應該沒問題吧，畢竟希露菲很可愛。既然有了契機，接下來就該想想必殺台詞了呢。」

在我們模擬了一定程度的作戰後，路克回到房裡。

他默默地聽著我們的聊天內容幾秒左右，突然吐嘈說：

「有哪個白痴會在冬天說什麼很熱，露肌膚給對方看啊。而且基本上，靠希露菲的身體根本沒辦法色誘對方。」

「嗚……」

我無言以對，愛麗兒殿下則是對路克投以責備的視線。

「這種講法是什麼意思，路克？她正為此煩惱呢。」

「……愛麗兒殿下，繼承諾托斯．格雷拉特的血緣之人，每一代都有被女性的大胸脯吸引的傾向。實際上，我從希露菲身上完全感覺不到絲毫魅力。」

諾托斯．格雷拉特喜歡巨乳。這對阿斯拉王國的貴族來說，可說是等同常識的認知。其他廣為人知的還有「伯雷亞斯喜歡野獸」等等，總之這些都已視為常識。

「那……那麼，即使我去色誘魯迪也沒用嘍？」

「嗯，沒用。」

被這麼直截了當說沒用，就算是我也會有點受傷。儘管平常被怎麼說我也完全不會在意，但現在正處於我完全不相信自己魅力的時候。

「但是，只要喝下這個，或許就有辦法。」

接著，路克把拿在手上的小瓶子交給我。那是大約手掌大小的小瓶子。

我想自己是用愣住的表情看著小瓶子吧。

「路克，這是什麼？」

「具有強力催淫效果及強精效果的……媚藥。」

「媚藥？」

路克重重點頭。

「這是以前在菲托亞領地時製作的。主要是用芭緹爾絲的花瓣製作而成，包含提煉方法在內都由羅亞市長壟斷。但是隨著菲托亞領地消失，不僅目前已停止生產，製作方法也成為不解之謎，因此相當珍貴。時下的零售價格應該超過一百枚金幣。」

順帶一提，路克購買時一瓶的價格是十五枚阿斯拉金幣。他買了五瓶，其中兩瓶好像已經用在自己狀況不好的時候。至於效果他則是拍胸脯掛保證。

「原本我是打算在緊要關頭變賣，賺取貴重的資金，不過希露菲，這個就送妳吧。」

「路克，你要把這麼昂貴的東西給我……真的好嗎？」

「當然。」

路克點點頭，對我傳達幾個注意事項。

只要一喝下這藥，男人就會變得沒有任何節制。要是無法跟上對方的步調，自己也得喝下。還有，恐怕無法迎來自己曾幻想過的甜蜜初體驗。

「路克……謝謝你。」

「別放在心上。畢竟我被妳救了好幾次。」

我認為自己和路克之間，有著一份奇妙的友情。

然後，還有一個人也想加入其中。

「你們兩人感情真好呢。那麼，我也送份禮物吧。」

愛麗兒殿下露出了宛如慈愛女神般的微笑，把錢交到我的手裡。那是阿斯拉金幣。儘管只有兩枚，可是光這樣就能買下這城鎮大部分的商品吧。

「這……這是愛麗兒殿下的錢吧？」

「沒錯，是我這個月的零用錢。」

自從來到魔法大學後我們甚至還四處籌款，所以其實還算有錢。

不過，那是今後的活動資金。每個人能動用的金錢則另計。

愛麗兒殿下明白自己和路克完全沒有理財概念，因此設下了限制。

「事已至此，我能給妳的也只有這些了。」

「不，給您添麻煩了，真的非常抱歉，愛麗兒殿下。」

「呵，不愧是愛麗兒殿下。」

我們應該是陶醉著。

陶醉在為了友情，而把原本的目的拋諸腦後的自己。

不過，儘管自我陶醉卻依然團結，我覺得這樣也不壞。

那麼，現在我們的敵人就只有一人。就是魯迪的ＥＤ。

「希露菲……祝妳馬到成功。」

「好，我去去就回。」

我鼓起幹勁，離開學生會室。目標直指位於鎮上商業區的酒舖。

到了晚上，我現在手中拿著兩瓶最上等的烈酒。

老實說，我對酒的種類不是很清楚。畢竟我沒喝過，也不知道魯迪的喜好。然而，我相信只要貴的話就不會有問題。

也順便把貼身衣物換新。

是不久前愛麗兒殿下為我選的。

因此，上面的內衣也不是平常穿的「鋼絲蠶的調整型內衣」。

而且在制服的內袋也放著路克給的媚藥。

「好。」

很完美。

「嘶～呼～……」

深呼吸。

（在天國的爸爸還有媽媽，希露菲葉特今天就要變成大人了。）

做好覺悟後敲了敲門。平常若是在這個時間，魯迪會不會已經去找札諾巴了呢？

不，我記得今天他說剛旅行回來，想要好好休息。不要緊……不要緊。

「來了……啊，希露……菲茲學長。來，請進。」

魯迪一開門，看到是我後露出驚訝的表情。

我按照魯迪所說，走進他的房間。反手把門關上並上鎖。

「怎麼了？」

一進到房間，魯迪就用溫柔的聲音詢問。

原本我們應該說好今天因為旅途疲累，所以就好好休息。

「呃，我是來你房間過夜的。」

「………啊，哦……噢。總之先坐下吧。」

雖然魯迪想說些什麼，卻欲言又止，結果先建議我坐上椅子。

不知道是不是我多心，感覺他的表情有點遺憾。是我礙到他了嗎？這樣不要緊吧？

我在椅子坐下後便摘下太陽眼鏡，從包包裡拿出兩瓶酒放到桌上。姑且是做了點料理充當小菜帶過來，那是將不同種類的堅果搭配較辣的調味料下去炒過。考量到萬一不合魯迪的胃口，還買了煙燻肉過來。

「那是？」

「呃，就是啊，我想說姑且還是……慶祝一下我們重逢。」

「……啊，也對。的確也該這麼做。」

魯迪搔了搔臉頰，自己也在椅子上就坐。

不過，這時我才注意到沒有杯子，糟了。也不能直接整瓶拿起來喝，怎麼辦？要回去拿嗎……

「不要緊，區區杯子我還是有啦。」

看樣子，我內心想的完全表露無遺。

魯迪露出苦笑，從位於房間角落的架子上拿出杯子。

是灰色的杯子。表面相當光滑，材質應該是石頭吧？有一點重。但是扣除重量的問題，就算說是阿斯拉貴族在用的也不會覺得突兀。

「這杯子感覺很貴呢。」

「是我用土魔術作的杯子。價值可是無價的喔。」

「啊，是這樣啊。噢～真厲害。」

原來是魯迪自己做的啊，那就說得通了。

我一邊想著這種事，同時把酒瓶的包裝拆掉，將酒倒入杯子。

當琥珀色的美麗液體充滿了杯子後，魯迪瞇起眼睛細看。

「感覺是滿烈的酒呢。」

「嗯。我對酒不太了解，總之就先挑貴的買回來。」

「不要緊吧？」

「嗯？嗯，不要緊啦。因為今天要好好慶祝呀。」

魯迪會不會是在意價位啊？就不要提這筆錢是愛麗兒殿下給的好了。因為魯迪好像會在意那種事。

酒也倒了，下酒菜也準備好了。好，完美。呃……作戰計畫中是說藥得待會兒再放吧？

「好啦，那麼就來乾杯吧。慶祝菲托亞領地布耶納村的兩人再度重逢。」

「……還有，也祝我和希露菲的未來。」

「乾……乾杯！」

嗚~居然說未來。魯迪有時候會像這樣說些超令人害羞的話呢。

我一邊感覺到自己的臉頰發燙，一邊將酒從杯子大口含入嘴裡。

「……唔！咳！咳！」

嗆到了。

這……這是什麼！好嗆，嘴巴裡好痛！

「不要緊吧？果然還是先用水稀釋比較好吧？」

「稀釋？」

「像這種烈酒，其實可以用水或是熱水稀釋過再喝喔。」

是這樣啊？我完全不知道。魯迪露出一副真拿我沒辦法的表情苦笑。

「這也沒辦法啊，畢竟我以前從來都沒喝過酒嘛。」

「呃，我不是在責備妳，稍微等我一下。」

魯迪一邊說著，一邊將我的杯子裡的大半液體都倒往自己的杯子，並用魔術在我的杯子倒入熱水。杯子隨即冒出了熱騰騰的蒸氣。

「請用。」

魯迪把酒遞到我的面前，我小小翼翼地喝了一口。

就這樣，沖淡了剛才還殘留在嘴裡的那過於嗆口的味道，緊接著柔和的香氣順暢地通過鼻腔。啊，或許挺好喝的。

「話說回來，我向魯迪學習魔術的契機也是因為熱水呢。」

「是這樣嗎？」

「你忘了嗎？就是我以前在路上被人丟泥球，然後魯迪你用熱水幫我把泥巴洗乾淨啊。」

真令人懷念。魯迪從以前就能若無其事地使用無詠唱的混合魔術。但我至今依舊無法辦

到。只有透過時間差使用才可以辦到相同的效果。

「噢，真令人懷念。」

「嗯。」

之後我們熱烈地聊起往事。

儘管在布耶納村的記憶已變得模糊，但是只要說出口就會源源不絕地想起那段回憶。

已經……無法再回到那時候。布耶納村已經不在了。儘管我們當時遊玩的那座山丘還在，但是那棵樹已經消失了。

當時真的很美好。什麼都不用想，能邊玩邊練習魔術。對自己每天都在進步感到開心。雖然現在也有這樣的心情，但是著重在如何用於實戰上的想法比較強烈。

「真的很棒呢，那個時候……」

說著說著，我開始感覺腦袋變得飄飄然。

這就是所謂的「喝醉」嗎？

「哎呀，糟了，得趁還沒忘記之前……」

我這麼說著，從懷裡拿出了那罐小瓶子。

當我將它緩緩放在桌上後，魯迪就歪著頭露出疑問的表情。

「這是？」

「呃……就是……對魯迪的那個有效的藥。」

對於該如何讓魯迪喝下媚藥這點，我也相當煩惱。

是可以偷偷地摻在酒裡，但要欺騙魯迪還是會感到歉疚。

雖說如此，我也不太想要直截了當地說：「我準備了媚藥」，招來奇怪的誤解。

因此，就採用「藥」這種稱呼。畢竟媚藥也算是藥，我並沒有說錯。

「是這樣啊……不過我好像曾在哪看過。」

「呃……嗯。那個，我希望你能喝看看。」

我說完這句話後，魯迪落寞地笑了。

他的笑容彷彿像在表示至今為止已經不斷嘗試過這類物品，但全都沒用。

然而，他卻不發一語喝下。將整瓶的三分之二左右一口氣喝下。

這種感覺就是有毒的粉紅色液體，要是真的是毒藥他打算怎麼辦呢？

啊，我忘記說要喝多少了。

「這個……和酒一起喝應該沒關係吧？」

「呃，給我的人說摻在一起喝也沒關係。啊，好像還會立刻見效。」

我一邊說著，一邊脫去上衣。

這樣子，上半身就只穿襯衫和內衣而已，老實說有點冷。但是路克說過，就算不露出肩膀，只要能看到脖頸和胸口好像就足夠了。

「要……要是生效的話，不……不用忍耐也沒關係喔。」

魯迪的眉毛抽動了一下。

可以知道他的視線正目不轉睛地盯著我的頸項和胸口。

被他看著感覺好難為情。我現在這算是在誘惑魯迪吧？嗚嗚……會不會讓他覺得我很下流啊？應該不要緊吧？

感覺我也開始緊張起來了。明明喝了酒，明明想趁著酒醉的氣勢一舉讓事情發展下去。

難道說是喝得還不夠嗎？

……好，那就……

我下定決心，將手伸向小瓶子。

「希露菲也要喝嗎？」

魯迪發出疑惑的聲音。

我將小瓶子裡僅剩的粉紅色液體一飲而盡。

有點黏稠又帶點苦味。我為了要沖淡這個苦味，拿起酒杯一口氣喝下。喝完之後感覺到肚子深處整個沸騰起來。

然後我又為了搪塞這個舉動，伸手拿取堅果一口咬下。

大約吃了三顆堅果後，我再度拿起酒杯一飲而盡，此時第一杯已經完全喝乾。

「希露菲，別喝那麼快，這樣說不定會不舒服。」

「嗯，可是……我就是覺得有點緊張。」

「這樣啊。也對，畢竟妳是第一次喝酒嘛。」

魯迪一邊這麼說著，同時小口小口地喝著酒。

因為他的酒沒經過稀釋，好像不能一口氣喝下。然後魯迪拿起酒瓶，往我的杯子裡倒酒。再直接用熱水稀釋。

「……」

「……」

後來我們兩人暫時不發一語地喝著酒、吃著下酒菜。

煙燻肉品鹹味太重，並不是很好吃，但不知為何手就是停不下來。

過了一會兒，身體開始熱了起來。大腿附近開始騷癢。看來是藥效發作。

魯迪他呢？

看起來一如往常。就和平常一樣……帥氣。而且現在感覺比平常更帥。

視線會飄到平常不會注意的地方。像是脖頸……還有嘴唇，感覺好煽情。

魯迪的臉……好像有點紅呢。啊，視線對上了。魯迪一直目不轉睛地盯著我。

「…………」

他目不轉睛地盯著我。我被看著。從剛才開始眼神就一直相對著。

是我的錯覺嗎？魯迪的呼吸好像有一點急促。

「呼……哈啊……」

不對，呼吸急促的人是我。真不檢點。但畢竟我喝了媚藥，這也沒辦法吧？況且腦袋從剛才就一直昏沉沉的，這也沒辦法嘛。對，沒辦法。

身體好熱。

我解開了穿在最外面那件襯衫的鈕釦，敞開胸口。明明很冷，卻好熱。我知道魯迪的視線集中在我的手上，但我已經不再感到害羞。

我傾杯喝酒。

滾燙的酒落到肚子裡，傳來了一種刺痛的溫熱感。

第二杯也空了。正當我把手伸向酒瓶……手卻被抓住。

「……啊……」

魯迪抓住我的手。

彷彿是在表達絕對不會讓我逃走一般，從手中感覺到堅強的意志與力量。

當然，我也不打算逃走。

「……希露菲。」

魯迪的眼神充滿血絲，邊看著我邊起身。

他抓住我的手繞過桌子，立刻就來到我身旁。然後像是有點顧慮似的拉著我的手。我察覺到他的用意，不做任何抵抗，而是起身詢問：

「你……你忍不住了嗎？」

「……」

魯迪沉默地點點頭。

接著用手繞過我的腰間，撩過屁股上面的肉，緊緊地抱住我，還有某個堅硬的物體緊緊貼在我身上。

作……作戰成功。

很好，就是現在吧。我要講出和愛麗兒殿下策劃作戰時想到的……那句必殺台詞。

「那……那麼，請……請慢用。」

在說完這句話的那瞬間，我就彷彿被拋到床上般，整個人被他推倒。

然後……

★魯迪烏斯觀點★

清醒了。映入眼簾的是雙層床鋪的上層底板。

昨晚的事情，我記得非常清楚。

本來想說只是在喝酒，卻突然就無法忍耐性衝動心癢難耐，順勢襲擊希露菲。看來是希露菲帶來的藥發揮了功效。

沒想到居然會有那種藥……不過，我好像曾在哪看過。

……啊，想起來了。那是羅亞市的商人賣的媚藥。

儘管我是第一次喝下，但效果真的非常驚人。簡直就像是特效藥一樣，我的兒子瞬間從房間飛奔而出，像是發狂似的跳來跳去。到了最後，我還以為會不會是溶解蒸發掉了。

不愧是要價十枚金幣（當時）東西。

然而，同時卻有一種恐怖感與不安感襲來。

儘管理性被吹得一乾二淨，但行為的內容卻記得一清二楚。

我當時相當粗魯。雖然希露菲拚命地回應我的動作，但依舊很疼。畢竟她是第一次。

但是，希露菲努力接受了我。

明明她在勉強自己，卻不斷重複：「沒關係喔」、「我愛你」、「好舒服喔」回應我的行為。

相較之下，我卻完完全全地失控。根本沒有餘裕去體諒希露菲。每當希露菲的聲音在我耳邊低喃就會興奮，完全沒有顧慮她的感受，只是一味地把欲望發洩在她身上。

在我漫長的人生中，這是第二次從事如此行為。但是我卻沒有信心說自己做得很好。

而且這次比第一次還來得更糟糕。

沒錯，比那個時候更加……

當時清醒之後，艾莉絲……已經不在我的身邊。

「……」

我緩緩地把視線別向旁邊後…………彼此的眼神相對。

「早安，魯迪。」

對我投以靦腆笑容的希露菲，就在那裡。

我小心翼翼地伸出手。彷彿是要確認她的存在一般試著撫摸頭部。

希露菲閉上眼睛，感覺很愉快地享受被我撫摸的感覺。雖然頭髮很短，但是非常柔順。

我順勢將手從脖頸移動到肩膀。多麼纖細的肩膀，彷彿隨時都會折斷一般。

然後，手部再從肩膀進一步移動，搓揉胸部。

「呀！等等，魯迪……」

希露菲吃了一驚，對我投以抗議的視線。

然而卻沒有抵抗。儘管面紅耳赤，也依舊接受了我。

希露菲那小巧的胸部，感覺簡直就象徵著貧瘠二字。老實說根本沒什麼可以揉。不過，卻有種獨特的柔軟。

突然，我看見一道幻影，有個禿老頭在我腦內說：「胸部不分貴賤對吧」並豎起大拇指。

謝謝你，胸部仙人。真是久違了，胸部仙人。

「……」

希露菲的確就存在我的眼前。

而且，胸部的柔軟觸感令我的紀念碑感動地聳立了起來。

它聳立了。既雄壯，又威武……且屹立不搖。

看到這一幕，我確信了一件事。
「痊癒了。」
我忍不住抱住希露菲。
當我強而有力地緊緊抱住她之後，眼淚頓時奪眶而出。
「呃，魯迪……？那個，你覺得如何？我的身體……應該沒有哪裡奇怪吧？」
希露菲雖然感到困惑，依然如此詢問。
只要回想起昨晚的事，應該馬上就會明白那種擔心根本是多餘的吧。
「謝謝妳。」
我只能道謝。我現在能做的，就只是對希露菲表達我的謝意。
現在有種羞愧的心情占據了我的內心，感覺隨時都會胡言亂語。
像是「麻雀雖小五藏俱全」，還是「承蒙款待」，或是「妳實在可愛極了」之類的。
然而，我現在不想用那種玩笑話敷衍過去。
我只是默默地抱著希露菲，表達我的感謝之情。
於是，我與病魔戰鬥的漫長生活就此劃下句點。

閒話「希露菲葉特0」

我作了個夢。

是魯迪剛入學那時的夢。

自從進入魔法大學就讀已經是第三年。

莉妮亞與普露塞娜變得安分守己，愛麗兒殿下也當上了學生會長。

同時，愛麗兒殿下的信眾與協助者也日漸增加，一切都進行得很順利。

已經與大學內部的大半有力者都打過招呼的我們，決定今後的方針是將在野的高手拉攏至魔法大學就讀，不過此時卻獲得了一份情報。

那份情報是有關被稱為「泥沼的魯迪烏斯」這號人物。

魯迪烏斯。沒錯，我們獲得了魯迪的情報。他年紀輕輕就成為A級冒險者，是個僅花短短數年的時間就在魔法三大國聲名遠播的魔術師。

得意招式是土魔術。儘管無法判斷實力在什麼程度，但據說能透過無詠唱製作巨大泥沼。

聽到使用泥沼魔術，我就確信是魯迪本人無誤。

回想起來，一開始相遇時他也是使用泥巴。

儘管因為魯迪是水聖級魔術師，容易被人以為他擅長水系魔術，然而他其實更喜歡用泥沼阻礙對手的移動，或是透過衝擊波藉此展開高速移動等諸如此類的牽制手段。

我也慎重告訴愛麗兒殿下這件事。告訴她「泥沼的魯迪烏斯」就是教導我魔術的人物，同時也是長年以來行蹤不明之人。

「如果他是本人，那的確會讓人想要借助他的力量……」

不過這個時候，我認為愛麗兒殿下對魯迪抱持著懷疑的態度。

因為我們收到的「泥沼的魯迪烏斯」的情報，實在描述得過於天花亂墜。

魯迪烏斯．格雷拉特。出身於阿斯拉王國菲托亞領地的布耶納村。

三歲時拜水王級魔術師洛琪希．米格路迪亞（當時為水聖級）為師，年僅五歲就成為水聖級魔術師。七歲時來到菲托亞領地的要塞都市羅亞，擔任市長女兒艾莉絲．伯雷亞斯．格雷拉特的家庭教師，藉由良好的教育，使得原本無法馴服的野丫頭，搖身一變成為出色的淑女。後來，因為菲托亞領地轉移事件而下落不明。

如果是在以前，即使聽到這些情報，我應該也不會覺得有何過人之處。

然而，如今我待過阿斯拉王宮，又在魔法大學鑽研了各式各樣的知識後，可以明白地這麼說。

這份經歷不對勁，是虛構的。不過我很清楚。魯迪的確將洛琪希小姐當作師傅尊敬。

儘管我從未見過洛琪希小姐，但知道她確實曾待過布耶納村。

而且我現在持有的魔杖，也是當初洛琪希小姐贈予魯迪的。七歲就成為家庭教師的經歷也是在和我分離之後，就時期來說一致。

「情報沒有錯，這肯定是魯迪。」

「既然希露菲都這麼說了，也不是不能相信啦……」

「不過實際聽到這些傳說，還是會讓人覺得過於誇大。」

儘管基本上相信這件事，愛麗兒殿下和路克依舊對此半信半疑，這也沒辦法。畢竟就連認識魯迪的我，也會覺得不對勁。

「不過，如此有來歷的人物會願意出手幫助我們嗎？那個名叫魯迪烏斯的人，原本是伯雷亞斯家的人吧？」

老實說，我對於阿拉斯王國的勢力分布不是很清楚。

畢竟只待在王宮一年，還沒沒辦法全盤記熟。只是關於格雷拉特家族，倒是略知一二。

伯雷亞斯家是第一王子派。換句話說，伯雷亞斯是敵人。

因此，擔任伯雷亞斯家家庭教師的魯迪，是敵人的機率也很高。

不過，魯迪應該已經和伯雷亞斯家斷絕關係。

否則，他不可能會在北部當什麼冒險者。

「只……只要我去拜託他的話，一定……」

雖然自己這麼說，但卻沒有自信。對於我這番沒有自信的話，路克嗤之以鼻。

「就憑妳的胸部，根本不可能讓諾托斯家的男人屈服。」

聽到這句話，我壓住經常被路克說沒料的胸部，用力嘟嘴。

路克老是這樣，每次有什麼事情就扯到胸部。說什麼女人就是靠胸部。沒有胸部的女人就不是女人。妳沒有身為女人的魅力。

這也沒辦法啊。這部分是遺傳到長耳族的血統。是種族特性，根本不可能變大嘛。

不過，路克也不是只會說壞話，最後他一定會加上這句：

「算了，正因為妳不像個女人，所以我才能當妳的朋友。」

雖然朋友兩字讓我很開心，但是被說沒有身為女人的魅力還是會讓心情感到很複雜。

當然啦，跟愛麗兒殿下相比的話，我的確是連邊都沾不上……

「我說的拜託不是指那個意思啦。」

「那是什麼意思？妳該不會打算表明自己的身分吧？」

「咦？啊……對喔。」

我是菲茲，「沉默的菲茲」。因此不能表明身分……該怎麼辦才好？

「……太好了呢，希露菲。能找到妳一直在尋找的人。」

愛麗兒殿下突然面帶微笑地這麼說。

愛麗兒殿下總是如此溫柔。儘管有嚴格的時候，也會策劃些壞事，不過本性是個溫柔的人。

然而這樣的愛麗兒殿下居然說出了驚人之語。

「我可以特別允許妳對那位魯迪烏斯表明妳的身分。」

「咦？」

表明身分。

這個意思就是指……要表明「沉默的菲茲」的真面目。

「可是……要是因為這樣而讓計畫失敗……」

我自認很清楚自己的職責。

菲茲是愛麗兒殿下「實力的象徵」。有個不知來自何處，且實力高強的人物跟隨在愛麗兒殿下身邊，可以讓愛麗兒殿下更彰顯自己的存在感。

在這幾年裡，我明白自己不會輸給一般的對手，這都要歸功於魯迪幫忙鍛鍊我。雖然還沒達到什麼七大列強，什麼王啊，什麼帝的那種水準，但是有人說我現在的實力已相當於聖級劍士。

雖然無法勝過其他王子們麾下的王級高手，但是如今我也成了第二公主派的最強戰力。

正因為有「菲茲」這號人物跟隨愛麗兒殿下，才會有好幾個人基於這樣的理由成為愛麗兒殿下的部屬。

然而，一旦知道菲茲也不過是鄉下出身的小姑娘，這些人就很有可能叛離。

當然，即使我只是個鄉下出身的小姑娘，也不代表實力會因此改變。

「畢竟希露菲一直為了我而努力到現在……我也想讓妳至少能和對方有個感動的重逢。」

「可是……」

「如果因為這樣導致計畫告吹，那也沒辦法。」

愛麗兒殿下用堅毅的語氣如此說道。

「而且，既然要拉攏對方，那當然是交給青梅竹馬去遊說會比較簡單吧？」

「……謝謝妳，愛麗兒殿下。」

我坦率地表達謝意。雖然愛麗兒殿下看來似乎心懷鬼胎，不過這已經司空見慣了。

看到成長之後的我，魯迪不知道會說什麼？

現在就開始期待了。

將魯迪招攬至學校的計畫順利進行。

當我們把情報放給吉納斯副校長，有意無意地促使他去勸說，他很輕易地就開始行動。

過了幾個月，我引頸期盼的這天終於到來。

在修練場進行實習課程時，看到吉納斯副校長帶了一個人走進來，讓我差點就要發出歡欣的叫聲。

魯迪。是魯迪！

沒有錯。儘管看起來和以前不同，表情顯得陰沉了些，但肯定不會錯。

我不可能把魯迪看錯。

（怎麼辦？他變得超帥氣！）

魯迪臉上依舊殘留著記憶中那名少年的容貌，而且變得更加健壯。

行動非常犀利，從步伐可以看出經過相當程度的鍛鍊。磨損的長袍很粗獷，讓人覺得他身經百戰。至於魔杖，就算從遠方也可看出是他平常愛用的上等貨。而不放鬆警戒，注意四周謹慎走路這點，也和以前沒變。

（哇……我以前……居然想和那樣的人結婚。）

一這樣想，就覺得身體好熱。

「魯……！」

就好像被一種難以言喻的情感催促著一樣，我呼喚魯迪的名字同時打算跑到他身邊。

但是隨後我馬上僵住。因為魯迪的身後站著一名漂亮到不行的女性。

（……咦……難道是……魯迪的太太？）

那名女子是長耳族。

是個和爸爸感覺很像的人。端正的五官給人一種高貴的印象。然後，那個人還緊粘著魯迪。

雖然魯迪看起來很不耐煩，但絕對沒有討厭這個舉動。

（……咦？……怎麼會？）

在我混亂的這段期間，失去了衝向魯迪身邊的機會。

後來由於要測試魯迪，所以我被找了出來。

似乎是要我確認魯迪是否真的會使用無詠唱魔術。

到了這個時候，我也總算是重新振作起來。畢竟魯迪那麼帥氣，就算已經有對象也沒什麼好奇怪。我是這麼認為的。

嗯，就算他結婚了也沒關係。因為自己和他是朋友，沒有任何問題，就祝福他吧。不對，現在重要的，是要先慶幸彼此都平安無事。我這麼安慰自己，打算對魯迪搭話……

「初次見面，我是魯迪烏斯．格雷拉特。」

我整個人僵住了。

「…………」

初次……見面？

咦？呃……奇怪？不會吧，等一下………………我被遺忘了？

「如果一切順利，下一學期會成為你的學弟。如果我有什麼不周到的地方，還請學長多多鞭策指導！」

「…………………咦？」

嘴巴湧出問號時，我想起自己現在戴著太陽眼鏡，一頭綠髮也已染白，甚至還女扮男裝。

即使沒有這些因素，自從我們離別後也過了八年。

人一旦成長，身高也會有很大的改變，所以沒辦法一眼就認出也是無可奈何。

我想得太過自我中心了。以為既然自己察覺，那麼對方應該也會發現。實在太早下定論。

那麼，只要找個機會摘下太陽眼睛，再慎重地自我介紹就行了。畢竟我已經取得愛麗兒殿下的許可。雖然在這裡不太方便，但是只要把他叫到沒人的地方，重新報上名號就好。

可是，這時我突然在內心閃過一種想法。

（魯迪……根本就已經……不記得我了……）

只要一度湧現這種想法，就無法再摘下太陽眼鏡。

要是我摘下太陽眼鏡，報上姓名，結果魯迪還說：「對不起，妳是哪位？」的話……

光想到這樣我就不行了。

「噢，好……好的。」

之前曾想說遇到魯迪要說這個要說那個的心情，如今都已煙消雲散。

已經不知道自己該說什麼才好。然後就在胡思亂想的時候，測驗已經開始。我輸了。而且還敗得體無完膚。

我的魔術被莫名其妙的魔術封住，在無計可施的狀況下被從未見過的超強岩砲彈削過臉頰。他如果真想擊中我，那我肯定已經被打到了，他卻手下留情。

我的成長根本不值一提。魯迪已經走到更遠的地方。

「剛……剛剛那個……是怎麼辦到的……？」

好不容易擠出來的，就只有這句話。

「那是叫作亂魔的魔術，你沒聽說過嗎？」

不知道，甚至連聽都沒聽過。那恐怕是某個種族的獨創魔術之類的吧。就算問魔法大學的任何人，應該也不會有人知道這種魔術的存在。

（魯迪好厲害。）

我再度這麼認為。

一股尊敬的念頭油然而生。他果然成長了。成長的幅度之高，讓自己根本望塵莫及。我一邊這樣想著一邊看著他，他卻不急不徐地鞠躬致意。

「謝謝你，前輩！是你刻意把勝利讓給身為新生的我吧！」

「咦？」

我感到困惑。

我不懂他的意思，因為我對他完全束手無策。魯迪分明也知道這點。可是他卻說我賣他面子？

儘管感到困惑，我依然抓住魯迪伸出的手。那並非魔術師的手，而是劍士的手。是隻練到手掌長繭，甚至還磨破過的手。明明他不是劍士，但是這隻手給人的感覺卻讓人覺得他握劍的時間比路克更長。

不過，儘管感到困惑，我握住他的手後依舊感到心跳不已。

魯迪的體溫傳到我的手上，光這樣就讓我莫名喜悅。

但是，魯迪卻再次讓我感到困惑。

「今天的事情，我以後會找一天確實回報。」

回報……是什麼意思？我不懂，不明白。

儘管我不明白魯迪話中的含意，但我認為這句話是表示日後還會再見面的意思。

我感到自己的臉微微染上紅暈，並不停點頭。

接著在魯迪離去之後，我想起自己沒有被他記住，於是哭了。

在那之後過了一個月。

我在入學儀式上看到了魯迪。穿著制服前來的魯迪，與入學考時相較之下顯得更加耀眼。

當我們四目相接時，真的害我心跳加快。

雖說如此，他是特別生。事到如今魯迪在這所學校能學習的事應該不多，所以碰面的機會肯定也不多，當時的我是這麼想的。

在那場測驗之後，我們決定既然魯迪不記得我，就不要跟他進行過多的接觸。

儘管愛麗兒殿下和路克說了許多，然而他們似乎對魯迪不記得我這件事最為不滿。我對這件事感到有些開心，因為從中可以感受到所謂的友情。

愛麗兒殿下說魯迪一事就交給我來負責。即使無法一鼓作氣拉攏他成為伙伴，只要和其他人一樣慢慢培養感情即可。為此，能使用無詠唱魔術的「菲茲」應該是最適任的人選。

現在回想起來，她應該是看穿我喜歡魯迪吧。

（不過，到底該怎麼去搭話才好……）

那天我在思考著這樣的事，結束入學儀式後便和愛麗兒殿下一起參加課程。

畢竟愛麗兒殿下作為學生的榜樣，必須維持優秀的成績所以很辛苦。

混合魔術的課程與我知道的完全不同。魯迪似乎是從洛琪希小姐那學習的，我原本以為這所學校也是採取同樣的教法，但卻有點麻煩。

雖說如此，因為我曾接受過魯迪的指導，還是可以順利地理解課程內容，只是愛麗兒殿下和路克倒是為此陷入苦戰。所以我也打算盡可能地從旁協助，教導愛麗兒殿下各種原理。

然而，就算運用魯迪當初教我的方法，她似乎也不太能理解。

「菲茲，能麻煩你幫我帶下一堂課相關的資料嗎？」

愛麗兒殿下光靠我的說明沒辦法全盤理解，因此經常吩咐我去圖書館借用參考書。

圖書館位於主校舍外面，距離下一堂課開始應該也沒剩多少時間。

儘管如此，我在這三年內不斷往返圖書館，非常清楚哪裡擺著何種書籍。只要稍微思考一下，腦中馬上就會浮現今天的課程需要用到的資料位於哪個地方。

將那些書一本一本地拿在手上。好，這樣應該馬上就能回去，就在我這麼想的時候……

「啊！」

注意到站在書架前面的某人，我驚叫出聲。

是魯迪。這太突然了。原本還想說之後有機會的話就去跟他碰面，完全沒想到居然會在這裡遇見他。

「…………」

（該……該說點什麼……！）

魯迪注意到驚慌失措的我。下一瞬間，魯迪低頭深深鞠躬。

「之前真是非常抱歉，都是我欠缺考慮的行動才會導致那種讓學長丟了面子的狀況。我一直想找個時間帶上禮盒去找學長致意，但無奈身為新生，實在有很多事情忙不過來……」

「咦！……沒……沒關係，你把頭抬起來吧。」

看來，魯迪似乎認為自己惹我不開心。

嚇我一跳。原來他在入學測驗時說的話是這個意思。

不過經他這麼一說，就結果來說我的確是顏面盡失。嗯，這麼一說的確是這樣沒錯。

……所以愛麗兒殿下和路克才會那麼不開心啊。

我倒是打從一開始就不認為自己能勝過魯迪。當然啦，我也沒想到自己會像那樣完全束手無策，不過就他們兩人的立場來看，確實會覺得我落敗並不是什麼有趣的事。

不對，這種事根本無關緊要。總之先放在一邊吧。

「魯迪……呃，你是叫魯迪烏斯吧？在這裡做什麼？」

「我有些事情想調查。」

「調查什麼？」

「轉移事件。」

聽到這句話，我心裡起了個念頭：「不會吧？」

難道，魯迪也和我有同樣的想法嗎？

「調查轉移事件？為什麼？」

「我原本也住在阿斯拉王國的菲托亞領地，在那次的轉移事件中被傳送到魔大陸去了。」

「魔大陸！」

我吏加大吃一驚。

魔大陸的事情我也曾有耳聞。據說那裡只存在D級以上的魔物，是個非常嚴苛的土地。雖然也有劍士為了武者修行而前去魔大陸，但幾乎都沒有回來。因轉移事件而被傳送到那裡的人被視為沒有希望生存。然而，魯迪卻成功從那裡回來。

「嗯，後來我花了三年才回到故鄉。在這段期間，家人好像都被找到了，不過其他認識的人連一個都還沒找到，所以我想難得有此機會，可以來詳細調查看看。」

「……難道你是為了調查轉移事件才進入這間學校？」

「是的。」

聽到這句話，我再次確認魯迪烏斯的驚人之處。

「是嗎，果然……很了不起呢。」

即使從魔大陸花了三年才回來，也絕對不因此安心，而是繼續尋找其他人的下落。

明明光是這樣就已經很厲害了，居然還把魔法大學的邀請當作為了調查事件的踏板。應該沒有人像他一樣了吧。

如果是我，即使花了三年也不可能回來，甚至會耗盡所有力量，落得定居在難民營的下場吧。

「學長在這裡做什麼呢？」

這句話讓我回神。

我才剛拿完資料要回去而已，愛麗兒殿下還在等我。雖然還想再和魯迪多說些話，但是也不能讓愛麗兒殿下枯等。而且就快開始上課了。

「啊，對了，我是在拿資料。我要先走一步了，魯迪烏斯同學，下次見。」

「啊，好的，下次見。」

我回頭打算申請借用資料的手續時，突然想到一件事。

這間圖書館非常寬廣，儘管有很多書籍，但是關於轉移事件所需的資料卻少之又少。

就算是魯迪，要調查轉移事件的資料也得花上不少時間吧。

「啊，對了！關於轉移，你可以看一下亞尼馬斯寫的《轉移迷宮探索記》。雖然內容是故事形式，但寫得很淺顯易懂。」

首先要做的，就是推薦當初讓我理解何謂轉移的書籍給魯迪。

如果是那本書，應該連小孩子都能知道轉移究竟是什麼。況且其他書籍甚至還有一部分被人撕走。

感覺自己做了一點好事後，我離開圖書館。

到了當天傍晚。

我在清洗貼身衣物，洗愛麗兒殿下的貼身衣物。

清洗愛麗兒殿下的衣物之所以會變成我的職責，是有原因的。

愛麗兒殿下的貼身衣物是以極為高價的布料製作而成。

而且還是阿斯拉王族的貼身衣物，因此會有附加價值。

簡而言之，就是在市場上能以昂貴的價格售出。

事實上在剛入學那時，也的確曾經有人偷走拿出來清洗的內衣轉賣出去。

五件裡面有四件被偷，其中三件被賣出。剩下來的那件，似乎是那名犯人男學生以個人目的使用。

對這種事情沒有任何免疫力的女學生過度反應表示：「簡直不敢相信！」

但是這對於在阿斯拉王國土生土長的愛麗兒殿下，還有雖然期間短暫，也服侍過愛麗兒殿下一陣子的我來說，並不是值得大驚小怪的事。因為在阿斯拉王國，有更多更變態的人。

不過，讓人不愉快的事情依舊還是不愉快。

從那之後，清洗愛麗兒殿下的貼身衣物就成了我的工作。雖然我對愛麗兒殿下為何要吩咐我做這種事感到有些不解，反正我也可以順便清洗自己的衣物，挺方便的。順道一提，我為了隱藏性別，穿的是與愛麗兒殿下同款的貼身衣物。

雖然顏色不同就是。

順利洗完衣服，我打算把貼身衣物留到晚上再晾，便為了先晾其他衣物而走到陽台。

然後，正當我把衣服一件件地掛在附有繩子的曬衣架上時……

「咦……？」

此時，我不經意地往陽台下一看，嚇了一跳。

明明太陽已經西下，居然還會有男學生在這一帶行走。根據住宿生的規矩，男生不能在這個時間走在這條路上。畢竟除了內衣小偷的問題以外，還有發情期的問題，雖然現在並非處於那種季節就是。明明是這樣，為何會有男生……

就算只是抄捷徑，我想一樓那些自稱自警團的女孩也會立刻將他團團圍住。

是不是趁現在提醒他比較好？第一個發現男性的人，有通報其他人的義務。啊，不過我的角色又設定成不要隨便出聲會比較好……

（咦？奇怪。難道……）

這時我才注意到那個人是魯迪。

（為……為什麼？）

害得我手不小心滑了一下。

從我的手離開的內褲飄啊飄地落下，最後掉到魯迪頭上。

魯迪在「那個」進入視線的瞬間，就用迅雷不及掩耳的速度用手牢牢抓住。

（好……好快……！）

這表示他時常警戒著周遭吧。從剛才的動作來看，可以感覺到他攻略魔大陸的驚人實力。

而魯迪也似乎馬上就注意到手上的物品其實是件內褲。

他抬頭往上注意到我的存在後，就像是在表示「掉下來了喔」一樣高舉內褲。

和剛才出手的動作不同，動起來非常緩慢。

（啊，對喔，他今天才剛入學所以還不知道！）

魯迪是特別生，特別生是住單人房。

據說，雖然特別生可以不需要負責宿舍內指派的各種值日工作，但也無法參加說明宿舍規則的等等集會。

必須告訴他才行。要是在那種地方拿著內褲站著，絕對會被誤會。

「呀啊啊啊啊啊！內褲小偷！」

我的擔憂立刻成為現實。

突然有女學生放聲大叫。然後住在一樓的那群自稱自警團的女孩立刻飛奔出來，魯迪轉眼

間就被團團包圍。

（……不過如果是魯迪，應該可以設法突圍吧？）

我這樣想著，抱著些許樂觀的態度旁觀。

因為我對那個魯迪在這種時候會怎麼做很感興趣。果然還是會和在布耶納村時一樣，把對方擊倒嗎？或者說，會運用三寸不爛之舌巧妙地脫離險境呢？

是會使用魔術威脅對方，還是說直接轉身逃走？

我抱著這種想法旁觀…………然而魯迪卻不採取這其中任何一個選項。

他看起來只是被辛馨亞蒂抓住手臂，露出困擾的表情。

那個模樣，彷彿是還待在布耶納村時的自己。我感到自己的腦袋突然被澆了一頭冷水。

（我在做什麼啊！）

我慌慌張張地從陽台飛奔而出。

下了樓梯後，我直接往人群跑去。

「哦？這是怎樣，你打算乾脆擺爛並大鬧一場嗎？明明是內褲小偷還這麼厚臉皮，你該不會是認為自己面對這麼多人還有機會打贏吧？」

可能是因為天色昏暗所以大家沒有注意到，不過魯迪正用土魔術固定自己的雙腳。我不清楚他為何要這麼做。說不定這種舉動根本沒有意義。我想魯迪不可能會因這種事嚇得雙腳發抖才對……

我想到這裡突然會意過來，回想起以前的事。

仔細想想，魯迪把索馬爾他們趕跑的時候，雙腳也在發抖。

魯迪知道我是女孩子後，講話態度也稍微有點生硬。魯迪當時一邊說：「最近希露菲有點冷淡」時，身體也微微發抖。沒錯，魯迪或許是覺得自己被我討厭，所以才會感到有點害怕。

……就像普通的男孩子一樣。

（啊……）

此時我才發現。

我一直把魯迪視為特別的存在。像是看著遠比我年長的人那種感覺。

然而，魯迪和我同年。

（希露菲，妳只想一直讓他保護自己嗎？）

最後我想起爸爸說過的話。然後我收下爸爸這番話，對自己發誓。

我要幫助魯迪，站在他的身旁。無論發生什麼事，我都要支持魯迪。

我曾經這麼發誓。

沒錯，我不就是為了這個目的才一路努力過來的嗎？更何況這次的原因根本就是我啊。

「等一下！先不要把他帶走！」

我介入他們之間。

然後，拚命地為魯迪辯解。自從來到這所學校，或許我是第一次和愛麗兒殿下以外的人對

話。這也代表我平常有多麼貫徹「沉默的菲茲」這個角色。

然而，抓住魯迪手臂的女學生，辛馨亞蒂非常固執。

執著地想定罪魯迪。明明魯迪沒有犯任何錯。

「哼，既然向來沉默寡言的菲茲大人都為他辯護到這種程度，想來應該是事實吧。但是，這傢伙違反宿舍規矩也是事實。所以我要讓他接受懲罰，好殺雞儆猴……嗚！」

殺雞儆猴。聽到這句話的那瞬間，我體內有某種東西斷掉。

居然只因為運氣不好，就想把什麼也沒做的對象殺雞儆猴，這種事情簡直無法饒恕。

當我回神，已經把灌注了魔力的魔杖朝向辛馨亞蒂，彷彿隨時都會使出魔術。

「我說過他沒有犯錯吧？總之，妳給我放手……！」

「菲……菲茲大人……？」

「還是說，在場的所有人都想被送進醫務室？」

這種強硬的講話方式，是我在阿斯拉王國時和路克學來的。

他說有時候也必須要虛張聲勢嚇唬對手，所以我才拚命練習。在從阿斯拉前往拉諾亞的這段路上，我已經對強盜實踐過好幾次。儘管路克曾說我講起來就像個小孩子只會造成反效果，經常被他調侃，但是這次似乎頗有成效。

「嘖……我知道了啦。」

辛馨亞蒂鬆開魯迪的手。

然後丟下虛張聲勢的台詞，離開現場。既然身為實質領導人的她打了退堂鼓，其他女孩也只好跟著離去。

「呼……真是的，辛馨亞蒂同學總是不聽別人講話……」

我想起她平常的言行舉止。

她並不是壞人。只不過所謂的獸族就是會對遵守規定顯得特別忠實，很不知變通。

對了，比起這種事情，得先道歉才行。畢竟真要說起來其實是我不對。

「對不起，都是因為我弄掉內褲才會演變成這種狀況。」

要是我沒有一時手滑，事情應該不會鬧得這麼大吧。

辛馨亞蒂也不會採取那麼過當的舉動才對，大概。

「不，菲茲學長你沒有錯……讓我得救了。」

魯迪的回應讓我覺得不太對勁。

總覺得，魯迪的聲音變得沒有那麼生硬。當我抬頭一看，才發現魯迪的眼神有些許不同。

（……原來，魯迪之前一直在警戒著我。）

仔細想想，感覺魯迪的態度打從一開始就不太對勁。

而且還經常低頭……不過，這樣啊。也對。仔細想想，畢竟我是「沉默的菲茲」嘛。魯迪會對我有戒心也是理所當然。

不過現在他終於解除了警戒。

（總覺得……好開心。）

儘管是因為我的過失才得到這樣的結果，但是我感覺自己又更接近魯迪一步。

後來我為魯迪說明宿舍的大小事。

當然也包括一旦太陽西下，這條道路就無法通行的規矩。

然而魯迪果然不知道這件事，擺出恍然大悟的表情點點頭。

「學長，真的非常感謝你。」

魯迪這樣說著，最後低頭道謝。

這種心情感覺有點不可思議。現在的立場和我以前被霸凌的時候完全相反。當時我有對魯迪道謝嗎……想到這些事後，一股笑意就不可思議地油然而生。

「啊哈哈……聽到魯迪烏斯同學對我道謝，感覺好奇怪喔。」

「咦？為什麼會那樣覺得？」

那當然是因為在一開始相遇的時候……啊，正當我要自然地表明身分時，突然猶豫不決。另外，還有一股不安的感覺突然增強。要是在現在這種氣氛下，還被魯迪說：「對不起，我不記得了」的話……

我彷彿是在安撫自己一般，內心浮現一股想法。

就算沒被他想起來也沒什麼不好。就當作是全新的相遇，和他一起邁向新的道路不就行了嗎？就把以前的事放在一邊，和現在的他重新打好關係不就可以了嗎？

所以，我這麼回答魯迪：

「這是祕密。」

結果魯迪的表情楞了一下。

後來，我就回到宿舍。

當然，有先請魯迪把內褲還給我。

走到一半我突然想到，雖然被魯迪接住了那就表示沒有弄髒，但是魯迪是男性。我並不是認為魯迪很髒之類的，但是要讓愛麗兒殿下穿上男性的手接觸過的內褲，感覺還是不太妥當。

「果然還是重新清洗一遍比較好……呢……」

在燈光下攤開一看，我整個僵住了。

這是我的內褲。

魯迪剛才還把這拿在手上……我當場昏了過去。

而和魯迪開始一起調查「轉移事件」，是在那起事件過了一個月後的事。

★★★

從夢中醒來後，魯迪就睡在我的旁邊。

「哇……」

我不禁發出聲音。

「……哎呀。」

不過魯迪卻沒有清醒。

依然睡得一臉香甜。

是睡臉，魯迪的睡臉。雖然當時在布耶納村已經看過好幾次，然而自從成為大人後，這還是第一次。

（……大人……）

這個詞彙讓我回想起昨晚的事。

偷偷瞄了毛毯裡面一眼，現在魯迪和我都是一絲不掛。

在一股精疲力盡的倦怠感之中，同時湧出了難為情的感覺與成就感。

然後兩腿之間也有點疼痛。

（做了……）

儘管以前曾夢過幾次，如今真的做了。

一想到昨晚從事的各種行為，就有一種想要抱著枕頭翻來滾去的衝動湧上心頭。

（哇……）

當我用雙手蓋住臉龐時，手肘輕輕地碰到魯迪的肩膀。

（……）

自然而然地，我把臉頰貼上他的肩膀。

從遠方觀看的話，會覺得魯迪的身材很苗條，但現在發現他意外地結實。甚至能夠完全把我包住。

嗚啊……受不了了。沒辦法再繼續下去，臉好燙。

當我這麼想著拉開距離時，魯迪突然眉頭一皺。

「嗯……」

感覺好像很痛苦地皺起眉頭。

於是我自然地握住他的手，他的表情頓時變得平靜許多。

「……」

這個時候魯迪清醒。

他注視天花板大約幾秒之後，緩緩地把頭朝向我。

「早安，魯迪。」

這麼說完，我可以知道魯迪明顯地感到安心。

然後，突然揉了我的胸部。

「呀！等一下，魯迪……」

我之所以沒有特別抵抗，是因為不覺得討厭。

魯迪搓揉胸部一段時間後，抱著我低聲說道：

「痊癒了。」

魯迪用充滿感慨的語氣說出這句話。

我沒有辦法馬上理解這句話的意思。

因為對我來說，比起思考這句話的意義，還有更令人在意的事。

「呃，魯迪……？那個，你覺得如何？我的身體……應該沒有哪裡奇怪吧？」

所以我戰戰兢兢地這麼詢問。

雖然我覺得應該沒問題，不過基本上還是問一下。

「謝謝妳。」

結果他卻向我道謝。

在洞窟那時我還不明白，但這次總算懂了。

我成功幫助了魯迪。

儘管我不清楚自己是否能站在他的身邊，但至少我支持了他。

（不客氣。）

在心裡如此低喃，我覺得自己總算實現了長年來的思念。

就這樣，我和魯迪結合了。

無職轉生
到了異世界就拿出真本事

外傳

「燃燒吧，狂犬」

有塊土地被稱作劍之聖地。

那裡一整年都被白雪覆蓋，是個環境非常嚴酷的場所。

是初代劍神創立流派，晚年在此教導弟子們習劍的場所。

是劍士的目的地，同時也是出發點的場所。

只要是劍士，任誰都會造訪過的場所。那就是劍之聖地

在劍之聖地聚集了將來充滿希望的新人劍士。

那些人都是年僅十幾歲，就已顯露劍術才能的年輕天才。

而現在，在劍之聖地聚集了具有出眾才能的三名天才劍士。

首先，是劍神的長女妮娜·法利昂。

現年十八歲，在十六歲那年就被稱許擁有無人能出其右的才華，並具有劍聖的稱號。

眾人認為她在二十歲時就會被稱為劍王，在二十五歲以前肯定能當上劍帝，是目前最被重視的潛力股。

接著是妮娜的表弟吉諾·布里茲。

他是劍神流宗主法利昂家的分家布里茲家的次男，現年十四歲。

他在十二歲就被授予劍聖的稱號，是最年輕的劍聖。據說儘管目前與妮娜的實力尚有一步之遙，但將來會如何發展就不得而知的天才劍士。

最後，是艾莉絲・格雷拉特。

現年十七歲的她是讓所有看到她的人都會感到畏懼，毫不留情摧毀敵對之人的狂犬。

兩年前，作為劍王基列奴的弟子來到此地的她，對自己的所作所為沒有任何一絲妥協。每天拚死地展開修行，嚴格再嚴格地鍛鍊自己的身體。

她在劍之聖地的出道戰非常搶眼。

即使如今已過了好幾年，依然為人津津樂道。

★大約兩年前★

艾莉絲被基列奴帶到劍之聖地——會面之間，出現在劍神面前。

圍繞在周圍的都是具有劍聖以上稱號的劍神流得意門生。而妮娜和吉諾的身影也在其中。

艾莉絲即使站在劍神面前，也沒有雙腳屈膝，低頭致意。

「我對你這樣的雜碎沒興趣！」

沒想到她對當代最強的劍士，劍神加爾・法利昂喊出的第一句話，竟然會是如此粗暴的言詞。

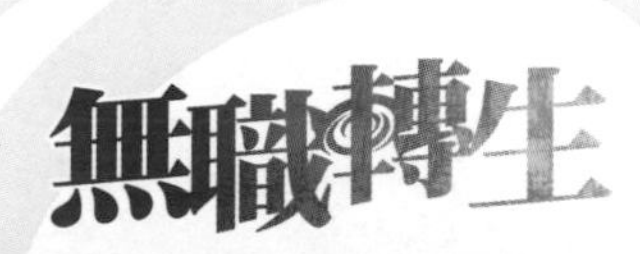

「什麼！妳這傢伙，竟敢這樣對師傅說話！」

「給我跪下！難道妳不懂劍神流的規矩嗎！」

「基列奴大人到底都教了什麼！」

聽到如此粗暴的言詞，讓周圍的劍聖都激動了起來。

「坐下。」

但是劍神的一句話，讓劍聖們頓時閉嘴。

這條年輕又傲慢的狗會被劍神親手斬殺，在場的人都這麼認為。因為從來沒有人對劍神加爾・法利昂如此出言無狀，還能活著走出這裡。

這句話無禮到就連那個狂妄不羈的基列奴都豎起了耳朵和尾巴。

然而，劍神只是露出一臉賊笑。

因為只有他明白。

眼前的這頭野獸是為了什麼才來到這裡。

又是為何不惜對初次見面的對象如此大放厥詞，藉此提振自己的士氣不可。

因此他笑著提問：

「眼神不錯。妳究竟想斬殺誰？」

聽到這句疑問，艾莉絲乾脆地回答：

「是龍神，龍神奧爾斯帝德！」

儘管任誰都曾聽過龍神這個名字，但是卻對奧爾斯帝德這個名字感到陌生。

在場知道這個名字的人，只有艾莉絲和另外一人。

「哈哈哈哈！原來如此，沒錯，如果和奧爾斯帝德相比，老子的確和雜碎沒兩樣！這樣啊這樣啊，妳想砍了那傢伙啊！除了老子以外，居然還會有人想砍了那傢伙！」

劍神不斷拍打自己的膝蓋發出爽朗的笑聲。

在場的所有人都對如此毛骨悚然的光景嚥下了口水。那個劍神居然在笑。對方不僅出言不遜，甚至還挑釁地以雜碎形容自己，可是他依然在笑。實在令人無法置信。

然而，只有劍神知道。

斬殺龍神奧爾斯帝德。換句話說，就是以成為最強為目標。

「不過啊……」

笑聲突然停止。當座之間回歸一片沈寂。

「光是耍耍嘴皮子是很簡單。妳辦得到嗎？」

「可以。」

艾莉絲宛如理所當然地回答。此時她並沒有逞強，也沒有任何猶豫，眼神中更沒有任何迷惘。劍神見狀後，嘴角微微上揚。

「很好，讓我看看妳的劍。吉諾，你來當她的對手。」

「咦？是……是的！」

被伯父叫到名字後，吉諾．布里茲撐起身子。眼前是與自己年齡相仿的少女。還是個用嘴上功夫讓伯父發笑的惹人厭少女。因此吉諾提起幹勁，打算讓這傢伙大吃一驚。

「那傢伙是我們這裡最年輕的，比妳還要小。儘管還太過天真，但是還挺行的喔。」

吉諾與艾莉絲接住其他劍聖丟出來的木刀。

「那麼，先到中央來。」

「嗚啦啊啊啊啊啊！」

收下木刀的那瞬間，艾莉絲就朝吉諾劈了過去。

情急之下，吉諾甚至無法應戰。對手第一刀就強而有力地使出痛擊，打掉自己的木刀，連說出「認輸」的時間也沒有，不對，就連自己被做了什麼也渾然不知，便屈服在對手的木刀之下。

這股完美的殺氣讓吉諾產生被真劍斬殺的錯覺，當場昏迷。

「什麼！」

當座之間的眾人全都啞口無言。

怎麼會有這麼荒唐的事。至少要等雙方都移動到中央面向彼此，才能開始比武吧。

而且吉諾根本就還沒面向艾莉絲。這個舉動讓劍聖們認為她是個卑鄙小人。

看到自己的表弟被這種活像是趁人不備的方式擊倒，妮娜當然也是這樣想。

然而不這麼認為的有四人。那就是兩名劍帝，一名劍王，還有劍神。

「瞧，很天真對吧？」

「真的是這樣呢。」

艾莉絲甩了甩那頭剪短得井然有序的秀髮，同時已把注意力放在所有人的動作上。

為了在隨時有人襲擊過來都有辦法應對，她用沒有多餘動作的站姿斜眼看著周圍。

然而，劍神卻不責怪艾莉絲。

只對被擊暈的吉諾下了「天真」的評語。

在雙方持劍的狀態下是大意的人不好。沒有考慮過對方有可能會突然襲擊過來的傢伙根本是蠢材。

劍神的話語中帶有這樣的含意。

「好啦，下一個是妮娜。這次就站到中央面對面後再開始。趁人不備是可以，但也讓我看看妳在準備萬全的狀況下展現的劍技吧。」

聽到這句話，其中一名劍聖朝著妮娜丟出木刀。

接下這把刀的那瞬間，妮娜再度朝向那名劍聖望去。

木刀有點重。這把木刀裡面含有金屬。

「…………」

丟出木刀的劍聖默默點頭。

看到這個動作，妮娜打了個冷顫後點頭回應。

意思就是，要殺了這個無禮之徒。

妮娜好歹也是劍聖，當然也曾砍殺過人。儘管用內藏鉛塊的木刀多少有些勝之不武……但是先做出無禮舉動的人是對方。

只要想到吉諾受到的屈辱，那麼她的確是罪該萬死。

站到中央後，兩人擺出架勢。

「開始！」

劍聖一聲令下，妮娜高高舉起木刀。

她擺出重複訓練了數萬次的劍神流架勢，要將這個無禮的紅髮女打得體無完膚。

她帶著這種氣魄打出了一擊。

劍與劍互相碰撞。

「……唔！」

接著響起乾枯的聲音，艾莉絲的木刀在那瞬間被擊得粉碎。

妮娜確信自己會贏，接下來，只要朝著目瞪口呆的艾莉絲頭頂，揮出毫不留情的一擊就行，

然而在妮娜這麼想的那瞬間，臉上卻被迎面揍了一拳。

再來是下巴遭到痛擊。正當她想站穩腳步時卻被踹飛，艾莉絲隨即跨坐在她的身上。

當妮娜回過神來，才發現自己的雙手已經被對方的腳固定。

然後再抬頭一看，纏繞著真正殺氣的惡魔正高舉著拳頭……

「住……住手！住手……不要！」

等劍聖們提出中止宣言時，已經是妮娜的顏面被痛毆十幾拳之後的事了。

不僅流著鼻血，牙齒也被打斷，妮娜整個人昏了過去。而且兩腿之間還滲出冒著熱氣的液體。

艾莉絲緩緩起身，撿起妮娜剛才握著的那把塞有金屬芯的木刀。

「哼。」

然後用鼻子哼氣，將妮娜踢到吉諾昏迷的地方。

「這裡只有天真的傢伙嗎？」

「妳……妳這傢伙！」

劍聖們看到這種情景怒不可遏。開始咒罵艾莉絲是卑鄙小人。

然而，具有劍王以上稱號之人反而冷眼輕蔑著這些劍聖。因為他們明白誰才是正確的。

剛才艾莉絲做的也是正確之舉。

所謂正式比賽，並非在劍被折斷的當下分出勝負。而是在心屈服於對方的時候。

「抱歉抱歉。我稍微看走眼了呢。接下來由老子當妳的對手。」

然而當劍神起身，兩名劍帝也露出了些許訝異的神情。

「不需要由師傅親自動手。」

「像這種時候應該要由基列奴……不過那是她的弟子，那就由弟子來。」

劍神無視這番話，握住了自己的劍。當然是經過開鋒的真劍。

艾莉絲看到這個舉動後，使勁蹬地跳往後方，退到放著自己的劍的位置。

然後，將一起度過漫長旅途的伙伴握在手中，迅速地從劍鞘拔出。

「別著急，我會好好放水的……是說，妳那把劍挺不錯的嘛。那是尤里安做的吧。」

「不知道。是米格路德族送我的。」

「啊，是嗎……我這把也是尤里安的作品喔。」

劍神一邊說著一邊緩緩地拔劍。

那把劍的刀身閃耀著金色光芒，是劍神七劍的其中一把。由魔界的名刀匠尤里安．哈利斯可用王龍王卡夏庫特的骨頭所作的四十八把劍之一。

名為魔劍「喉笛」。

劍神慵懶地垂下手提著魔劍。

「……」

劍聖們屏息以待。因為劍神除了在與劍帝進行實戰對練以外，鮮少會使用真劍。

然後劍神用輕鬆的態度低聲說道：

「好，要上啦。」

剎那間，艾莉絲就被轟飛了。

艾莉絲撞破當座之間出入口的門，整個人被打飛到外頭，栽進積雪之中。

劍神在不知不覺之間，已擺出揮完劍的動作靜止不動。

沒有人看清他的動作。

「精彩！」

「精彩！」

「實在太精彩了！」

周圍的劍聖們開始誇讚師傅的劍法。

剛才那並非是依靠魔劍的力量。劍神是藉由自己發出的鬥氣，將艾莉絲轟飛。

那個無禮之徒已死。任誰都這麼認為。

然而，艾莉絲並沒有死。

「嗚……咕……！」

她發出呻吟在雪中虛弱地掙扎。

難道她吃了劍神的斬擊依然沒死？不，是劍神手下留情。

不過這也代表那條野狗不需要讓劍神使出真本事。接下來只要把她逐出師門，丟到積雪的外頭就好。任誰都這麼認為，但是劍神卻說了與劍聖們的預測完全相反的話。

「基列奴，去治療艾莉絲。那傢伙從今天起就是劍聖了。明天起由老子親自教她劍術。」

露出笑容的劍聖們同時僵住。要教導她劍術，換句話說就是成為劍神的直屬弟子。自從基列奴以來從沒人獲得這項殊榮，可謂得意門生中的得意門生。

「不可能！劍聖是只有習得『光之太刀』的人才能獲贈的特別稱號！怎麼能讓這個等同於山猴的小鬼……！」

這名男子說到一半，就被劍神用劍指著，停止繼續說下去。

「她幹掉了習得『光之太刀』的兩個小鬼，這樣就足夠了吧？」

「可……可是……」

「所謂的『劍神』啊，也不是說非得要學到什麼技巧才能當上啊。連與眾不同的老子都沒有受到特別待遇，那為什麼區區劍聖就必須要受到特別對待。」

「…………是弟子失言了。」

劍聖沒再說過一句話，因為他察覺到自己是基於嫉妒才這麼說。嫉妒會讓劍變鈍，劍聖們也明白這點。

只是他們誤會了。劍神提倡的是隨心所欲的劍術。基於這點，類似嫉妒的醜惡感情往往會讓劍變得更加鋒利。

不過呢，劍神也不打算將這麼重要的事一五一十教導他們。

如果是要別人說才總算察覺到這點的傢伙，就算說了也是白說。

於是，艾莉絲給眾人留下深刻印象的同時，也獲得了劍聖的稱號。

★現在★

妮娜討厭艾莉絲。

畢竟她被艾莉絲在大庭廣眾之下打暈，甚至還當場失禁。

丟臉。

沒錯，艾莉絲讓自己蒙羞。

她大肆宣揚艾莉絲不過是個鄉巴佬山猴。劍術比不上別人就直接用拳頭動手，這種暴躁的態度不只配不上劍聖之名，甚至還跟劍神流一點都不相稱。

因此，她有將近兩年時間都沒和艾莉絲好好說過話。

她和吉諾兩個人跟同年的弟子們結伴，徹底拒絕艾莉絲加入他們的圈子。

不過基本上，艾莉絲平常都專注地接受劍神或是基列奴的鍛鍊。

睡覺時也和基列奴同房。

彼此沒有任何交集，除非必要，否則她也不會和妮娜等人對話。

至於對話時會說些什麼，也頂多是在每個月一次召開的徒弟總對練上，會對彼此冷嘲熱諷個兩三句罷了。

在總對練上，艾莉絲與妮娜的實力可說勢均力敵。妮娜甚至覺得自己勝過對方。如果遵循正當的規則，只要劍被擊落或是折斷的話就敗北，自己就不會輸。妮娜是這麼想的。

然而這種部分正是所謂的「天真」，實戰經驗不足的她得知這點，是再過一段時間之後的事。

她們兩個人是對手關係。

儘管周遭這麼認為，但是對艾莉絲而言，妮娜卻是不足掛齒的存在。

而某天。

妮娜正和同齡的女孩子對話。就像個年輕女孩一樣，在聊著弟子裡面誰最帥，或是和前陣子交往的誰迎來初體驗什麼的話題。

妮娜自出生以來就一直為劍而活，而且她認為自己將來也與這些事情無緣，因此不擅長應付這類話題。

如果有人問跟自己親近的男人是誰，她腦中會浮現比自己小四歲的表弟吉諾，然而她並不認為自己會和像兄弟一樣一同長大的對象發展成那種關係。

因此，自己要只為劍而活。如果不這麼做，就會被艾莉絲拋在後頭，因為她不想要輸給那個女人。

就在此時，艾莉絲剛好經過。

她全身都散發著熱氣。在自己閒話家常的這段期間她也依然在修行。一這麼想就讓妮娜感到有些焦躁。

因為這種情緒作祟，所以她這麼說：

「哼，連這種時候都還在修行啊！妳大概一輩子都沒辦法交到男朋友！妳就繼續當個處女為了劍活下去吧！」

明明自己也沒有經驗。

不過，正因為自己對這種事情在意，正因為自己被這樣說的話會受傷，因此她認為艾莉絲也同樣會受傷。

「哼……！」

然而，艾莉絲卻用鼻子笑了一聲。看到那誇耀勝利的表情，妮娜不禁感到退縮。

「怎……怎樣啦！」

「抱歉，我可不是處女。」

艾莉絲有點自豪又有點臉紅地說道。

在場的每個人馬上就領悟到，她明顯地不是愛慕虛榮才這麼說。

「咦……！騙人的吧？咦？誰？對象是誰？」

妮娜完全無法掩飾內心的動搖。

儘管慌張到讓自己醜態畢露，依然要從艾莉絲身上問出這件事。

「是和我從小一起長大的人。」

雖然艾莉絲平常沉默寡言，但一提到那男人，就會開始侃侃而談。

說自己和他從小一起長大，一起從魔大陸踏上返回故鄉的旅程，與龍神對上，還有那個男人在這場戰鬥報了一箭之仇之類。還有和那個男人迎來第一次，以及自己是為了那個男人才打

算變強等等。

完全是少女戀愛修成正果的愛情故事。

妮娜被完全擊潰。

她覺得自己輸了，輸得徹徹底底。

在劍術上是平分秋色……不過就年齡來看其實是輸了，而且對方居然還有男友。

妮娜能做的，頂多就是否定那個男人的存在。

「妳……妳說謊！因為爸爸他曾說過，龍神身上纏繞著『龍聖鬥氣』，半吊子的技巧絕不可能傷到他一根寒毛！根本就是鬼扯！其實那個人……根本就不存在對吧！快承認妳在說謊。現在的話還來得及喔！」

「我沒有說謊，而且魯迪烏斯也不是半吊子！……不過，現在的我配不上魯迪烏斯。得變得更強才行。」

艾莉絲最後這樣說著，緊握自己的拳頭。

在下定決心的瞳孔中燃起鬥志，接著就無視妮娜等人，回到自己剛才待著的修行場「鍊氣之間」。

妮娜只能以詫異神情望著她離去。

認為與這種事最沾不上邊的對象，沒想到居然已經領先自己一步，這個事實讓她腦袋一陣天旋地轉。

那個山猴艾莉絲有戀人，自己卻沒有。

怎麼能允許這種事發生。那一定是說謊。魯迪烏斯只是個虛構的人物。

妮娜抱著這樣的想法，在假日去找情報販子，委託收集魯迪烏斯的相關情報。

不過，應該沒這麼容易收集到吧，畢竟他是虛構的人物。妮娜這樣想著，不，是如此期盼著。

但是與她的期望相反，情報很快就收集好了。

魯迪烏斯・格雷拉特。

出身於阿斯拉王國菲托亞領地的布耶納村。

三歲時拜水王級魔術師洛琪希・米格路迪亞（當時為水聖級）為師。

僅五歲就成為水聖級魔術師。

七歲時來到菲托亞領地的要塞都市羅亞，擔任市長女兒艾莉絲・伯雷亞斯・格雷拉特的家庭教師。

後來，雖然因菲托亞領地事件而下落不明，但是最近卻在中央大陸北部以冒險者「泥沼的魯迪烏斯」的名號聲名大噪。

現在以特別生的身分被招攬至魔法大學，待在拉諾亞王國的魔法都市夏利亞。

另外，還受到部分冒險者的敬重，據說還曾單槍匹馬擊倒脫隊龍。

是實際存在的人物。

並不是艾莉絲妄想的王子殿下。

儘管妮娜感到洩氣，同時也認為他沒什麼大不了。

的確，到七歲為止的經歷是很驚人，但終究是一介冒險者。從他沒有升上水王級，而是被冠上了泥沼這個老土的稱謂這點來看，不過是典型的小時了了大未必佳，肯定沒錯。

同時，也想到了壞主意。

只要打倒那個魯迪烏斯，把他當作奴隸帶來這裡，到時艾莉絲會露出什麼表情呢？

坐而言不如起而行。妮娜發揮遺傳自父親的急性子，當天就立刻準備行囊，騎馬飛奔而出，踏上往拉諾亞王國的旅程。

拉諾亞近在咫尺。在冬季倒是另當別論，但其他季節只要駕著在劍之聖地千錘百鍊的名馬，不需三個月就可往返兩地。

妮娜毫不費力地結束一個月半的旅程，抵達魔法大學。然後感到驚訝不已。

老實說，妮娜很瞧不起所謂的魔術師。

她認為魔術師都是些沒有好好修行，只是隨意呢喃出所謂的詠唱，就覺得自己變強的一群人。

然而，行走在路上的都是些身強體壯的男子。不知為何大部分都是獸族，而且許多人都打扮成戰士風格。

儘管也有人穿著長袍或可愛的制服，但具有健壯肉體的人……換句話說，看起來有好好地鍛鍊自己的人莫名地多。

妮娜對自己的不諳世事感到羞愧。

沒想到自己居然會一直活到十八歲，還對魔術師有著偏見。

總之，妮娜先向附近的青年搭話。那是個體格魁梧，給人一種戰士感覺的獸族。試著向他詢問魯迪烏斯的所在地後，結果他卻說自己也是要去找魯迪烏斯。

妮娜認為這簡直求之不得，於是決定跟著他一起行動。

青年馬上就找到了穿著制服的少年。

魯迪烏斯是如同妮娜想像中的人物。儘管肉體似乎經過一定程度的鍛鍊，但是卻感覺不出霸氣。相貌不差，但是缺乏自信，感覺不到身為男性的魅力。跟艾莉絲很搭。

很好，再來就是教訓這傢伙……當妮娜這麼想的那瞬間，獸族青年突然大聲嚷嚷。

「閣下想必就是單槍匹馬解決脫隊龍的A級冒險者『泥沼』魯迪烏斯閣下！請與我以婚禮為賭注，正正當當地一決勝負！」

我整個人愣住了。這個男人突然對魯迪烏斯要求決鬥。

「不，我還得去練習鋼琴才行……」

魯迪烏斯用了沒有男子氣概的藉口，立刻拒絕。

然而，青年卻用各種不同的理由繞到魯迪烏斯面前，不分青紅皂白地襲擊過去。

妮娜心想魯迪烏斯會在下一瞬間被大卸八塊。那是因為她覺得獸族青年就算沒有到自己的程度，但也相當具有實力。

而且，魯迪烏斯是魔術師。魔術師只要一被拉近距離就會變得相當脆弱，這對劍士來說是常識。

在那個距離下，魔術師根本束手無策。

但是，結果卻完全相反。魯迪烏斯一眨眼就打倒了那名青年。

應該只花了三秒吧，勝負簡直就在一瞬間決定。

然後他對楞在一旁的妮娜視若無睹，快步跑向其他的地方去了。

後來妮娜好不容易打起精神，重新打聽消息，得知魯迪烏斯現在人在圖書館。

當妮娜問出圖書館的場所過去一看，發現建築物前面排滿了大量的獸族。

她覺得這和自己無關，打算直接進入圖書館時……

「妳也是要申請和魯迪烏斯決鬥的嗎？」

獸族的青年如此問道。

「對……對啊，沒錯。」

當她不假思索地回答後……

「那就排在最後面！別插隊！」

被罵了。

結果一問才知道，在這裡排隊的人全部都要和魯迪烏斯申請決鬥。

雖然對有三十個人在排這個事實感到驚訝，但妮娜還是決定老實排隊。

然後，排在前面的獸族青年突然對她說：「真令人同情啊。」

反正不知道是指什麼意思，所以妮娜專心等待，接著時間過了正午。

那傢伙出現了。

有著漆黑的肌膚，彷彿肌肉集合體的魔族。

那傢伙相當用相當自以為是的態度睥睨四周。

「噢～這個隊伍是什麼！難道有祭典嗎！」

「是要向魯迪烏斯．格雷拉特申請決鬥的排隊順序啦！」

「什麼！居然如此之多！呼哈哈哈哈！魯迪烏斯還真是受歡迎啊！儘管吾不討厭等待，但有沒有什麼方法可以讓吾先上呢！」

這男人坦蕩蕩的態度讓周圍激動不已。讓「給我排隊」、「照順序來」的聲音此起彼落。

妮娜也感到相當憤慨，因為就連千里迢迢來到這裡的自己也在排隊。所以她也要對方別這

麼自以為是，好好排隊。

然而此時，卻有個笨蛋說了這句話。說了不該說的一句話。

「如果你無論如何都想先上，那就先把在這邊排隊的人幹掉啊。」

「呼哈哈哈哈！好主意！這個提案不錯！那麼，所有人就一起上吧！看在你們膽敢挑戰吾的這股氣概，就先讓你們一招吧！」

由於他態度實在過於傲慢，讓在場的人都氣到抓狂。

「你說什麼！」

「喂！少在那得意忘形！」

每個人一邊口出惡言，同時打算好好教訓這個不知天高地厚的傢伙，一起襲擊過去。

妮娜也在摸不著頭緒的狀況投身戰線之中……然後慘敗。

這名魔族即使吃下妮娜的斬擊，也依舊若無其事地站著。

刀劍無法傷及漆黑的肌膚。儘管秉持殺氣放出的光之太刀勉強能傷到對手，卻會在一瞬間重新復原。

「吾乃不死身魔王巴迪岡迪！呼哈哈哈！只要勝過吾，就賜予你們勇者的稱號！」

雖然以魔王為對手，妮娜還算是驍勇善戰，不過在攻擊力不足這點實在力不從心，導致最後在無計可施的狀況下被抓住，不僅被制伏，連愛劍都被打斷。

接著陷入了恐怖與混亂之中。開始詢問自己：「為何我會在這種地方？為何會與魔王在戰鬥？」

歸根究柢，為何魔大陸的魔王會出現在這。

在場的每個人應該都這麼想吧。

在妮娜被打倒後，沒過多久排隊的人潮就遭到全滅。

然而不可思議的是，儘管有人受傷，但卻沒有出現死者。

魔王對自己手下留情。

察覺到這點後，妮娜在自己的拳上落下淚珠。

只是，儘管她再怎麼不甘心，失去劍的自己已然無計可施。

「……這是什麼狀況？」

與全滅幾乎同一時間，魯迪烏斯從圖書館走了出來，開始和魔王對話，過了一陣子後他們移動到其他地方。

妮娜也面露痛苦表情，拖著疼痛的身軀追上他們。

接著，魯迪烏斯和魔王在寬廣的校園凝視著彼此。

他們似乎在進行對話，偶爾會聽到魔王大笑的聲音，但無法得知他們交談的內容。

後來在一名腳程飛快的少年把魔杖遞給魯迪烏斯後，他們倆便展開決鬥。

魯迪烏斯和魔王的這場決鬥，妮娜從頭到尾看得清清楚楚。

魯迪烏斯手持魔杖並解除封印，兩人再交談了兩三句後，他就把魔杖朝向魔王，就在下一

瞬間……

魔王的上半身被整個轟飛。

自己剛才束手無策的對手被人擊倒。

還是被自己甚至覺得憎恨的人物所喜歡的男人。原本以為只是個不太正經的男人，只用一擊就擊倒魔王。

而且，艾莉絲也打算把自己的實力提升到這種境界。

注意到這件事實的妮娜只能呆楞在原地。

後來的事，妮娜已經不太記得。

一回過神，就發現自己已經騎馬回到劍之聖地。

只是，回到劍之聖地，看到一如往常無心揮劍的艾莉絲，妮娜感覺到了什麼。

那是至今為止從未感覺到的心情……

★　★　★

在這天之後，妮娜洗心革面。

她比之前還要更加努力，為了在劍被折斷時有辦法應對，開始攜帶兩把劍在身上。

也不再小看艾莉絲用拳使出的攻擊方法，並開始疏遠原本只是淺交的那些同年代的弟子們。

另外，看著不斷努力的艾莉絲，妮娜的視線也自然而然地變得柔和。

之後，妮娜成為艾莉絲名符其實的對手……

然而這又是另外一段故事了。

順道一提，聽說魔王來襲的消息後，劍神興高采烈地磨亮自己的寶劍，可是後來從妮娜口中得知事情經過，又露出遺憾的表情靜靜地把劍收回劍鞘。

Kadokawa Light Novels

錢進戰國雄霸天下 1 待續

作者：Y.A　插畫：lack

戰國大發利市！
群雄割據時代即刻開幕！

時值永祿三年，「足利」幕府時代末期。「神奈川號」太空船跨越時空到來。原本在遙遠的未來時代專營宇宙間的貨運事業，突然意外闖進宇宙異次元奔流，因而跳躍了時空。牽扯未來世界之人的群雄割據時代即刻開幕！

NT$200/HK$60

國家圖書館出版品預行編目資料

無職轉生：到了異世界就拿出真本事 / 理不尽な孫の手作；羅尉揚, 陳柏伸譯. -- 初版. -- 臺北市：臺灣角川, 2017.05-

冊； 公分

譯自：無職転生：異世界行ったら本気だす

ISBN 978-986-473-681-2(第7冊：平裝). --

ISBN 978-986-473-797-0(第8冊：平裝). --

ISBN 978-986-473-894-6(第9冊：平裝)

861.57　　106004553

Kadokawa
Fantastic
Novels

無職轉生～到了異世界就拿出真本事～ 9

（原著名：無職転生～異世界行ったら本気だす～ 9）

２０１７年９月14日　初版第１刷發行
２０２３年10月16日　初版第８刷發行

作　者：理不尽な孫の手
插　畫：シロタカ
譯　者：陳柏伸

發行人：岩崎剛人
總編輯：蔡佩芬
副總編輯：朱哲成
設計指導：陳晞叡
印　務：李明修（主任）、張加恩（主任）、張凱棋

發行所：台灣角川股份有限公司
地　址：１０４台北市中山區松江路２２３號３樓
電　話：（02）2515-3000
傳　真：（02）2515-0033
網　址：www.kadokawa.com.tw
劃撥帳戶：台灣角川股份有限公司
劃撥帳號：19487412
法律顧問：有澤法律事務所
製　版：巨茂科技印刷有限公司
ＩＳＢＮ：978-986-473-894-6